Bea

Van dezelfde auteur

Hotel Babylon
Air Babylon
Fashion Babylon

Imogen Edwards-Jones & Anonymus

Beach Babylon

A.W. Bruna Uitgevers B.V., Utrecht

Oorspronkelijke titel
Beach Babylon

Vertaling
Heleen Schneiders
Omslagontwerp
Wil Immink Design
Foto auteur

ISBN 978 90 229 9380 4
NUR 302

Mixed Sources
Productgroep uit goed beheerde bossen, gecontroleerde bronnen en gerecycled materiaal.
www.fsc.org Cert no. CU-COC-802528
© 1996 Forest Stewardship Council
FSC

Dit boek is gedrukt op papier dat het keurmerk van de Forest Stewardship Council (FSC) mag dragen. Bij dit papier is het zeker dat de productie niet tot bosvernietiging heeft geleid. Een flink deel van de grondstof is afkomstig uit bossen en plantages die worden beheerd volgens de regels van FSC. Van het andere deel van de grondstof is vastgesteld dat hiervoor geen houtkap in de laatste resten waardevol bos heeft plaatsgevonden. Daarom mag dit papier het FSC Mixed Sources label dragen. Voor dit boek is het FSC-gecertificeerde Munkenprint gebruikt. Dit papier is 100% chloor- en zwavelvrij gebleekt en wordt geleverd door Arctic Paper Munkedals AB, Zweden.

Voor KA

Proloog

Alles in dit boek is waar gebeurd. Alleen de namen zijn gewijzigd om de schuldigen te beschermen. Alle anekdotes, situaties, hoogtepunten, dieptepunten, schandalen, drugs, excessen, de hectiek en gekte zijn zoals aan mij verteld door Anonymus, iemand die al twintig jaar werkzaam is als manager van de meest luxe vakantieoorden in de wereld. Hoewel de incidenten echt zijn en de beroemdheden zichzelf spelen, is het hotel zelf gefictionaliseerd en zijn de verhalen, verteld door Anonymus, gecomprimeerd in één drukke week in het hotel. Maar verder is alles zoals het hoort. De rijken drinken cocktails, de armen maken ze en alle anderen zorgen dat er genoeg kaviaar en roze champagne is voor iedereen. Het is een doorsneeweek in een van de duurste hotels ter wereld.

Maandagmorgen

Het is zes uur 's ochtends en ik heb het nu al warm. Ik heb het eigenlijk altijd warm. Tropische eilanden zijn geweldig als je halfnaakt op een ligstoel kunt liggen en een koel drankje kunt drinken terwijl iemand anders je zonnebril oppoetst. Maar zodra je iets doet, zoals met kleren aan een van de beste en meest luxueuze resorts ter wereld leiden, zweet je je kapot. Mijn pasgewassen, linnen overhemd kleeft nu al aan mijn rug en mijn linnen broek knelt om mijn ballen. Ik voel me ook niet superhelder. Ik heb gisteravond een hele fles Dom Pérignon achterovergeslagen in een poging te ontspannen na een helse week en ik heb een champagnekater: een droge mond en een stekende koppijn die als een scherpe naald achter mijn rechteroog zit. Wat ik nodig heb, is een dutje in een koele kamer, gevolgd door een stevig, Engels ontbijt. In plaats daarvan sta ik hier op de aanlegsteiger, uitkijkend over de zee, te wachten tot één van onze achttien boten aankomt.

Gelukkig hoef ik alleen onze nieuwe souschef Ben te verwelkomen, die ik al ken sinds we zo'n vijf jaar geleden samen achter de balie werkten van een chic hotel in Kensington. Ik heb het ver geschopt sinds die tijd. Ik heb de glibberige ladder van de horeca snel en behendig beklommen en een van de beste banen in het hotelwezen bemachtigd. En nu is mijn vriend ook van de partij.

De horizon is roze gekleurd en er hangt een zilte, kruidige geur in de lucht. Ik zie de witte romp van de *Hummingbird* door het water snijden. De crew staat op zijn post en ziet er in hun witte shorts en poloshirts, zelfs van deze afstand, indrukwekkend uit. Ik moet bekennen dat ik stout ben geweest en 600 dollar heb verkwist door een van onze 16,70 meter lange Sunseeker-jachten naar het vasteland te sturen om Ben op te halen. Normaal halen ze alleen onze vipgasten op; personeelsleden moeten meestal op het vliegveld rondhangen en wachten om de oversteek te maken op onze benzineslurpende personeelsboot, maar ik wilde indruk op hem maken en hem met enige stijl vervoeren. Ik zie hem zwaaiend op het dek staan. Hij detoneert enigszins met zijn donkere pak en leren schoenen. Hij draagt een spiegelende *Miami Vice*-zonnebril.

De boot glijdt de kunstmatige haven binnen en meert aan. Als een goedgeoliede en getrainde machine gooit de crew de touwen op de kant en helpt de vermoeid uitziende Ben over de loopplank.

'Ahoi!' zegt hij, terwijl hij naar me toe wankelt en zijn landbenen langzaam hervindt.

'Welkom op Alcatraz.' Ik glimlach en loop naar hem toe om zijn klamme hand te schudden.

'Kijk dit nou,' zegt hij, terwijl hij zijn armen omhoog gooit. 'Het lijkt verdomme wel een paradijs!'

'Dat is het ook, kerel,' stem ik in. Ik glimlach naar twee bemanningsleden die langslopen met Bens bagage. Een personeelslid komt eraan met een dienblaadje met daarop een strak opgerold vochtig, koel handdoekje en een gekoelde fruitcocktail, compleet met rietje en lotusbloem. Niet dat het drankje en washandje veel verschil zullen maken, want hij ziet er vreselijk uit. Maar ja, de meeste mensen zien er vreselijk uit als ze hier aankomen. Het heeft te maken met het feit dat ze een hele dag onderweg zijn geweest. Een van de problemen van op vakantie gaan naar een afgelegen plaats en de ware Robinson Crusoë-ervaring te ondergaan, is dat het zo verdomd lang duurt voor je er bent dat je een vakantie nodig hebt om te herstellen van de vlucht; zelfs als je businessclass vliegt of met je eigen privévliegtuig komt, wat de meeste gasten doen.

Maar die arme Ben heeft als gewone passagier gereisd en

dat is te zien aan zijn pafferige gezicht en verkreukelde pak. Het is gelukkig wel de laatste keer dat hij met het gepeupel reist, een van de voordelen van manager zijn, is een Club Class-ticket naar huis. Het zou niet goed zijn voor het imago van het hotel als een gast ons zou snappen in economyclass. En hier draait alles om uiterlijk. Uiterlijk en schijn. God, dit hele eiland bestond tien jaar geleden niet eens! Het is met brute kracht en beton uit de grond gestampt en zo vaak vergroot dat niemand meer precies weet wat door de natuur is gemaakt en wat door de mens.

Ik zie dat Ben onder de indruk is, want hij is stil en probeert alles in zich op te nemen. We lopen over de aanlegsteiger naar de receptie. In plaats van de lullige balie met telefoon van een paar jaar geleden, bestaat die nu uit een open, Balinese pagode met enorme pilaren, stenen beelden, fonteintjes en witte, marmeren vloeren. Er staan grote, comfortabele sofa's, lage tafels met ventilatoren en groene welkomstboekjes, enorme tropische boeketten in twee meter hoge vazen en overal waar je kijkt, zie je de oceaan. Er staan momenteel een paar bloedmooie Thaise meisjes achter de balie en buiten hangen drie bestuurders van golfkarretjes rond die je overal naartoe brengen. Ben kan zijn ogen niet geloven. Hij loopt langzaam achter me aan en mompelt telkens als hij iets nieuws ziet: 'Wauw.' Eindelijk heeft hij zijn drankje op, geeft zijn gebruikte handdoek terug en komt naast me staan achter de ontvangstbalie.

'Dit is ongelooflijk,' zegt hij hoofdschuddend. 'Hoe lang ben je hier ook alweer manager?'

'Anderhalf jaar.'

'Eigenlijk run je een klein land,' zegt hij.

'Inderdaad,' zeg ik, en ik knik naar een van bestuurders, die in zijn golfwagentje springt en naar ons toe komt rijden.

'En jij bent de despoot.'

'Ik ben geen despoot,' zeg ik. Ik zie mezelf meer als het type goedaardige dictator.

'Maar jullie hebben de tijd veranderd op het eiland,' zegt hij. Hij kijkt op zijn horloge en vergelijkt die met de grote klok aan de wand. 'De klok loopt hier een uur achter vergeleken met het vasteland. Waarom is dat?'

'We willen een statement maken,' zeg ik. De chauffeur rijdt een meter, stopt voor de receptie en stapt uit het wagentje, waardoor de bestuurdersplaats vrijkomt voor mij. Ik ga zitten en gebaar naar Ben dat hij naast me moet komen zitten.

'Wat voor statement?'

'Dat wij hier de baas zijn en kunnen doen wat we willen. Hoewel,' zeg ik met een glimlach, 'sinds ons hoofdkantoor naar Engeland is verhuisd, maken ze er een potje van. Dat betekent dat we laat op kantoor moeten blijven voor conference calls met Londen, wat vrij irritant is. Ze hebben overwogen zomertijd en wintertijd te introduceren en de klok twee uur terug te zetten om het makkelijker voor ons te maken. Maar toen realiseerde ik me dat de zon dan om ongeveer halfvijf zou ondergaan, en dat is niet het beste moment voor een cocktail.'

'Nee,' geeft hij toe. 'Dan gaan de gasten vast klagen.'

'Goed,' zeg ik, terwijl ik in mijn handen wrijf. 'Een rondleiding over het eiland? Eerst de ochtendvergadering en dan laat ik je zien waar je komt te wonen, oké?'

'Uitstekend.'

Ik zet het golfkarretje in de versnelling en zoef over een van de talloze witte zandpaden die kriskras over het eiland lopen. Het eiland heeft 48 hectare tropisch oerwoud en een 10 kilometer lange kustlijn, 15 zandstranden en zo'n 20.000 palmbomen. Elke gastsuite bestaat uit een alleenstaande luxevilla van minimaal 84 vierkante meter. Ze hebben plasmaschermen, surround sound, tweepersoonsbedden, een zitgedeelte, terrassen, badkuipen en zowel binnen als buiten een warme douche, plus directe toegang tot het strand en een fantastisch uitzicht op de oceaan. Sommige hebben een eigen zwembad. Andere villa's staan op palen op het strand en weer andere hebben een eigen zwembad én staan op het strand. Elke villa heeft ten minste één gastheer die 24 uur per dag beschikbaar is en de gasten op hun wenken bedient. Dat is bijzonder veel luxe voor bijzonder kritische mensen en er hangt dan ook een prijskaartje aan. We hebben zes categorieën vertrekken en de prijzen variëren van 1.500 tot 6.000 dollar per nacht, en dan heb je nog niet eens een glas wijn gehad of een pak Pringles opengetrokken die, ondanks dat ze drie dollar per half pakje kosten, gretig worden afgenomen. We hebben 140 villa's, die genummerd zijn van 100 tot 240, en ruim 800 personeelsleden, wat inhoudt dat de verhouding werknemer tot gast zeer hoog is. We trekken niet alleen rijke, beroemde mensen naar ons tropische eilandje, maar bedienen ook de zeer veeleisende zielen.

Ik rij zo snel ik kan door het bos. Het gaat me er ten dele om – vooruit dan, helemaal – om indruk te maken op Ben. Ik wil hem laten zien dat ik het eiland op mijn duimpje ken en deze rotgolfkarretjes met wat wind mee en een Schumacher in spe aan het stuur ruim 30 kilometer per uur kunnen halen. We vliegen langs een paar tuinmannen die gevallen bladeren opruimen en het oprukkende onkruid verwijderen. Ze stoppen allemaal en groeten als het wagentje van de manager langskomt. Ik voel me net een leenheer en Ben heeft dat goed in de gaten.

'Dit is net een sprookjeseiland,' zegt hij grijnzend, terwijl het zweet van oude alcohol over zijn gezicht loopt.

Ik lach naar hem, en zie hoe eindeloos verzorgder ik eruitzie in de reflectie van zijn zonnebril.

'Links is de sportschool,' zeg ik.

Ben kijkt naar het prachtige fitnesspaviljoen. Het staat vlak naast de zee, zodat je starend naar de oceaan al je extra kilo's eraf kunt trainen. Het is uitgerust met alle nieuwste gadgets, Pilates en gewichten, wordt geleid door diverse sportverslaafden uit verschillende landen, zoals Keith, een 110 kilo zware spierbonk uit Zuid-Afrika. Hij is zo'n gespannen, stil type dat proteïnedrankjes drinkt en aminozuurpillen achterover slaat. Hij droogt ook zijn eigen biltong in het personeelsdorp.

'Het ziet er leeg uit,' zegt Ben, terwijl hij over zijn zonnebril heen kijkt.

'Het is nog wat te vroeg voor gasten,' antwoord ik. 'Ze komen meestal niet voor achten tevoorschijn en gaan pas na het ontbijt naar de sportzaal.'

We rijden verder door het weelderige woud. De zon is op en je voelt zijn warme stralen al door de bladeren heen boren en onze huid langzaam verbranden. Doordat ik hier al zo lang ben, zorg ik ervoor dat ik me niet te veel blootstel aan de zon. Ik weet niet hoe vaak ik volwassen mannen zo vuurrood en verbrand heb gezien dat ze 's morgens niet konden opstaan voor het ontbijt, nadat ze de dag ervoor na een vloeibare lunch in slaap waren gevallen. Hun huid was zo rauw en verbrand dat je een plak spek op hun verhitte dijen kon bakken.

'Daar is de spa,' voeg ik toe. 'Het ziet er vanbuiten niet zo indrukwekkend uit, maar vanbinnen is het fantastisch.'

'Het ziet er vanaf hier ook al fantastisch uit,' zegt Ben, terwijl hij naar een groep Filippijnse en Thaise vrouwen in witte uniformen kijkt die de receptie binnen lopen.

'We hebben achttien therapeuten, die ieder zes behandelingen per dag geven, zeven dagen per week. Ze hebben één uur vrij voor de lunch. Het is twaalf uur per dag open en toch krijgen we klachten dat het onmogelijk is om een afspraak te maken.'

'Dat brengt dan zeker wel geld in het laatje?' vraagt Ben.

'Het is helaas onderdeel van een Frans bedrijf dat de meisjes opleidt en hierheen stuurt. We krijgen maar 10 procent van de winst, zo'n 120.000 dollar per maand. Maar de vrouwen hier krijgen de beste fooien.'

'Dat geloof ik graag,' zegt hij, terwijl hij met zijn tong langs zijn droge lippen gaat.

'Zo'n 1.500 dollar per persoon, boven op hun loon van 600 dollar.'

'Jezus. Echt waar?'

'Wie had er kunnen denken dat wat crème, een massage en even platliggen zoveel geld opbrengt?'

'Ja,' beaamt Ben, terwijl hij zijn handen door zijn donkere, sluike haar haalt. 'Dat komt vast door al die veeleisende vrouwtjes van de Russische maffia.'

'Er komen vreemd genoeg evenveel mannen als vrouwen.'

'Dat heb je met die metroseksuele miljonairs.' Hij haalt zijn schouders op. 'In Mexico waren het bijna allemaal wijven en concubines. Ik dacht dat het hotel waar ik daar manager van was chic was, maar dit is een heel ander verhaal.'

Ik moet zeggen dat ik het fijn vind dat Ben hier is. Het is niet alleen prettig om iemand te hebben die jouw taal spreekt en hetzelfde gevoel voor humor heeft; iemand van vroeger, maar ook iemand te hebben om aan te laten zien hoever je het hebt geschopt en de vruchten te tonen van je harde werk. Mijn vriendin Kate heeft bewondering voor me, maar zij kende me niet toen ik me volgoot met cafeïne en miniflesjes wodka en dubbele diensten draaide om de huur te betalen. We hebben elkaar in het Four Seasons op Bali ontmoet en werden verliefd onder het genot van mojito's en het wajangpoppenspel in Ubud. We zijn nu twee jaar samen. Ze is me hiernaartoe gevolgd en kreeg na een week werkloos te zijn geweest de leiding over de boetiek op het eiland.

'Hier is het,' zeg ik tegen Ben, terwijl ik voor een rij tamelijk onaantrekkelijke houten gebouwen tot stilstand kom. 'Hier gebeurt het allemaal.'

'O. Oké,' zegt Ben. Hij stapt uit het wagentje en strekt zich uit in de zon. Hij heeft het voor elkaar gekregen zijn hele pak nat te zweten en heeft nu al natte plekken onder zijn oksels. 'Je zou toch denken dat ze je een mooier kantoor zouden hebben gegeven met al die winst die jullie maken.'

'Winst? Wie heeft iets gezegd over winst?'

'Wat?' zegt hij, ietwat beduusd. 'Maken jullie geen winst dan?'

'We hebben een omzet van 55 miljoen dollar en maken nog altijd geen winst.' Ik glimlach. 'Welkom in de wondere wereld van de vakantieparadijzen, vriend. Zullen we?' Ik trek de zware, glazen deur open en een koude stroom lucht van de airconditioning ontsnapt. 'Ik zal je even aan wat mensen voorstellen.'

De ochtendvergadering vindt meestal plaats tussen acht en halfnegen, maar vandaag is het iets eerder dan normaal zodat iedereen de kans krijgt Ben te ontmoeten en hem een beetje te leren kennen voor de pleuris uitbreekt. We lopen langs mijn kantoor – door het glas zie ik dat mijn bureau nu al vol ligt met stapels papieren die ik moet tekenen – door de gang naar de vergaderkamer. Binnen staat een lange, glimmende tafel met hoge stoelen eromheen. Vóór elke stoel ligt een groen vloeiblad, een notitieblok, een paar geslepen potloden en een fles geïmporteerd mineraalwater. Als ik rondkijk en de lichtgebruinde gezichten in me opneem, zie ik dat bijna iedereen aanwezig is. Het is een lange lijst: de bestuursmanager, de financieel beheerder, de residentmanager, het hoofd HR, de trainingsmanager, het hoofd van de huishouding, de senior villagastheer, de IT-manager, de aankoopmanager, de verkoopmanager, de spamanager, de barmanager, het hoofd van de technische dienst, het hoofd beveiliging, de boekingsmanager en, als laatste, de recreatiemanager. Meer managers dan je voor mogelijk houdt.

Idioot genoeg is dit geen overdreven blijk van eenheid ten bate van Ben. Deze mensen gaan elke morgen naar de vergadering. De grootte en infrastructuur van het eiland dwingen ons dagelijks te vergaderen, omdat we anders als gekken op onze golfkarretjes zouden rondrijden in de hoop elkaar tegen te komen om erachter te komen wat er in godsnaam allemaal gaande is.

Op die manier zien we elkaar tenminste nog voor we

weer oprotten naar onze eigen kleine koninkrijkjes. De laatste persoon die arriveert is Geri, de mollige spamanager die vanuit Liverpool bij ons is terechtgekomen, via Soneva Fushi. Of was het Gili? Dat vergeet ik altijd. Maar goed, ze werd gestrikt door Dave, onze onlangs vertrokken waarnemend manager, die naar de Malediven was gegaan voor een minivakantie, wat rust en relaxen en bedrijfsspionage, en terugkwam met Geri en een uitstekende patissier. Ze loopt het vertrek binnen en begint direct een of ander langdradig verhaal over ochtendlijke tranen en driftbuien en een ruzie tussen de shiatsumasseuse en een Thaise manicure. 'Ze zijn zo anders, die meisjes,' zegt ze hijgend, terwijl ze naast me neerploft. 'Ze zijn zo verdomde gevoelig.'

Als iedereen zit, heet ik Ben welkom. Ik vertel hun hoe we elkaar hebben ontmoet in Kensington. Hoe hij altijd probeerde zijn hele dienst slapend door te brengen. En hoe hij, tegen alle verwachtingen in, een invloedrijke en rijke meneer werd in de Golf van Mexico, en een armzalig, verlieslijdend hotel veranderde in een vijfsterrenresort. Ik voeg eraan toe dat ik hoop dat hij dit schitterende zessterrenhotel met straffe hand zal leiden. Er volgt een beleefd applaus als iedereen hem welkom heet op het eiland. Als ik rondkijk, zie ik echter dat Bernard, met zijn lange, Franse neus, een nog langer gezicht trekt. Hij had op promotie gehoopt toen Dave oneervol ontslag kreeg omdat hij met zijn hand in de kas zat en in zijn kamer een kopie lag van de keldersleutel, waar ruim 9.000 flessen zeldzame en kostbare wijnen lagen. Maar het hoofdkantoor en ik hadden andere plannen. Als we Ben welkom hebben geheten, gaan we aan de slag. Bernard neemt het logboek met de gebeurtenissen van de vorige dag door. Zondag is mijn vrije dag en omdat ik nogal een control freak ben, ben ik altijd tamelijk nerveus over het logboek van maandag. Wie weet wat er is gebeurd toen ik even niet oplette en bubbelwijn achterover sloeg?

'Juist,' zegt Bernard, en hij schraapt zijn keel. 'De Duitse industrieel in villa 130 heeft huisarrest.'

'Wat?!' roep ik en ik spring op van mijn stoel.

'We moesten wel,' dringt Bernard aan, en hij schuift heen en weer in zijn stoel. 'Mohammed? Zeg jij eens wat…' Hij kijkt de tafel rond, op zoek naar steun.

'Hoezo? Waarom?' Ik kijk van de norse Bernard naar de nog norsere Mohammed, hoofd beveiliging. 'Wat is er verdomme gebeurd?'

Bernard vertelt hoe deze Duitser de avond ervoor zo stomdronken was dat hij het slot heeft opengebroken van een van de golfkarretjes die voor het restaurant geparkeerd stonden, en er op hoge snelheid over het hele eiland mee is gaan crossen. Hij werd achternagezeten door de bewakingsdienst, crashte het golfkarretje en probeerde toen de plaats delict te ontkomen. Hij kwam niet erg ver, omdat hij te dronken was om in een rechte lijn te lopen en werd tegengehouden door twee bewakers. Hij verzette zich, sloeg een van de bewakers en werd uiteindelijk overmeesterd door twee andere bewakers. Hij werd teruggebracht naar zijn villa en kreeg daar te horen dat hij zijn roes moest uitslapen waarin hij verkeerde na het drinken van een fles Philip Togni Cabernet Sauvignon uit 1998 van 650 dollar. Die ochtend hadden ze de man, toen ik Ben op de pier stond op te wachten, kennelijk benaderd en hem gevraagd te vertrekken. Toen was zijn vrouw gaan huilen als een kind en had ze gesmeekt of ze alsjeblieft mochten blijven. Uiteindelijk viel hij op zijn knieën en smeekte hen ook, en stelden ze voor dat hij een brief schreef waarin hij beloofde zich gedeisd te houden.

'Hier is hij,' zegt Bernard, en hij zwaait ermee door de lucht. 'Hij heeft hem getekend en gezworen dat hij de villa de rest van zijn verblijf niet meer zal verlaten.'

'Dus, als ik het goed begrijp,' zeg ik, kijkend naar het gekrabbelde briefje, 'betaalt hij 2.500 dollar per nacht om opgesloten te zitten in zijn villa?'

'Het was de enige oplossing,' zegt Bernard.

'Ik weet dat we een antiagressiebeleid hebben,' beaam ik, 'maar ik kan niet geloven dat hij hierin heeft toegestemd.'

'Zijn vrouw dwong hem te tekenen, ze wilde per se blijven. Ik denk dat ze het te gênant vond om eerder terug te gaan naar Hamburg.'

'Ja,' beaamde Geri. 'Wat moet ze dan tegen de buren zeggen?'

'Ik vind haar niet het type om buren te hebben,' zegt Bernard enigszins uit de hoogte.

'Verder nog iets?' vraag ik.

'Nee, dat is alles wat gisteravond betreft,' antwoordt hij.

'Dat is niet slecht.' Ik glimlach en wrijf in mijn handen. 'Helemaal niet slecht. Goed dan.' Ik wend me tot onze boekingsmanager Garry, een knappe, blonde homo uit Queensland.

'Hoe staat het met bezettingsgraad en wie kunnen we nog verwachten?'

'Juist,' zegt hij. Hij glimlacht en gaat rechtop zitten. Garry's gezicht is een en al ogen en tanden, en oor. Hij weet altijd alles. Geef hem een biertje en hij vertelt je precies wie wat uitspookt en met wie. Hij is dus de ideale persoon om de leiding te hebben over de vips en erachter te komen wie misschien een vip is. 'De bezettingsgraad is momenteel 97 procent. Dat is 8 procent meer dan vorig jaar, en wat we normaal mogen verwachten in deze tijd van het jaar.'

Anders dan een stadshotel met een vaste stroom zakelijke gasten, varieert ons gastenaantal enorm; en we kunnen ons er evenmin, zoals stadshotels, uitredden door dubbele boekingen en het overboeken van suites, omdat we extra gasten nergens kwijt kunnen. We zitten op een eiland overal ver vandaan en als de mensen hier uiteindelijk arriveren, moeten we ze op zijn minst een schone handdoek en een bed kunnen aanbieden. Dat gezegd hebbende, ons gastenlijst is zeer seizoensgebonden. De rijken en beroemdheden komen hier vooral in de winter. Hoogseizoen is van november tot eind maart, met kerst en nieuwjaar wordt er om villa's gevochten en met Pasen en de krokusvakantie om geruzied. Het laagseizoen is van juni tot oktober, als de veelverdieners afreizen naar hun villa aan de Middellandse Zee en hun jacht in Zuid-Frankrijk, waardoor wij voornamelijk met Britten worden opgescheept die denken dat ze het gemaakt hebben. De prijzen zijn dan gehalveerd en datzelfde geldt voor het uitgavenpatroon van de cliëntèle. Ze hebben geen geld voor extraatjes en klagen overal over. Godzijdank is het nu november en is het plebs vertrokken. Nu zitten er alleen grote verkwisters.

Hij vervolgt: 'Ik heb de gastenlijst gecheckt en alle namen gegoogeld. We hebben drie vips, twee vaste gasten en Liz Hurley is hier voor een bikinireportage.'

'Liz Hurley?' roept Ben vanuit de hoek van het vertrek. 'Die is hartstikke sexy.'

De mannen rondom de tafel mompelen instemmend, waarna vijf minuten lang wordt gediscussieerd over hoe sexy Liz Hurley nu precies is. De mannen zijn stuk voor stuk enthousiast; de vrouwen minder. Die zijn gewoon jaloers, denk ik. Ik kijk naar Ben, die er nog steeds ongemakkelijk uitziet in zijn pak maar enorm lijkt opgefleurd. Ik ben weinig onder de indruk van de komst van Liz Hurley. Ik heb veel halfnaakte en naakte vrouwen gezien en er is meer voor nodig dan het miljoenengezicht van Estée Lauder om dit katterige, vermoeide lid nieuw leven in te blazen. Als Garry het heeft over meneer McCann, de eigenaar van een Amerikaanse televisiezender, gaat mijn bloed weer stromen.

'Hij heeft een luxe villa en een paar watervilla's geboekt,' leest Garry op, terwijl hij met zijn vinger langs de gastenlijst loopt. 'Hij arriveert vanmiddag in zijn privéjet. Hij wordt om vier uur verwacht op het vasteland en heeft zijn overtocht zelf geregeld. Omdat hij een vaste gast is, heeft hij gezegd dat je hem niet op het vasteland hoeft te ontmoeten.'

'O,' zeg ik. 'Hoe hoog was zijn rekening vorige keer?'

‘Iets minder dan een half miljoen dollar,’ zegt Garry. ‘Zijn eisen zijn simpel. Kussens van eendendons, Cristal in de minibar, en… o,’ zegt hij, terwijl hij opkijkt, ‘hij brengt zijn eigen meisjes mee.’

‘Meisjes?’ vraagt Ben.

‘Meisjes, ja,’ zeg ik knikkend.

‘O, meisjes.’ Ben knikt terug en heeft het eindelijk door. ‘Juist ja, meisjes.’

‘Jezus.’ Ik sla mijn ogen ten hemel en kijk hem aan. ‘Het is vast een heel lange vlucht geweest.’

Maandagmiddag

Ben moest nog een halfuur in zijn stijve pak zitten terwijl ik de rest van Garry's Google-resultaten doornam. Ik weet dat het idioot overkomt om gasten te checken die een luxeoord bezoeken om weg te vluchten en van wie niet wordt verwacht dat ze zich netjes aankleden voor het diner, maar je zult nog verbaasd staan hoe vaak zelfs mensen die hier onder een valse naam zijn, hun toevlucht nemen tot de opmerking: 'Weet u wel wie ik ben?' zodra de wijn die ze willen er niet is of ze een massage willen om zes uur 's avonds. Dus in plaats van dat personeelsleden hun schouders ophalen en zeggen: 'Geen idee, meneer Gates', nemen we iedereen die hier komt vooraf even snel door, zodat ons niets ontgaat, ook niet de rijkste man ter wereld. We checken ook of ze al eerder bij ons zijn geweest en nemen hun verleden door, waarbij we letten op hun grillen en de eventuele problemen opschrijven die we in het verleden met ze hebben gehad. Negen van de tien keer steekt de naam van de gast die eventueel lastig kan zijn bij de volgende vergadering weer de kop op. Een vos verliest wel zijn haren, maar niet zijn streken, hoe rijk hij ook is. En Ben ook niet, kennelijk. Toen we eeuwen geleden louche kerels waren van de receptie, nam hij het meisje van de huishouding in verschillende kamers van het hotel op rustige momenten tijdens de dag. Elke kamer die leeg en geïnspecteerd was, werd geschikt bevonden voor een snelle wip. Hij is hier nog maar een paar uur en hij zit nu al te flirten met Ingrid, het nieuwe, behoorlijk sexy Deense meisje van de pr. Ze lacht en gooit haar blonde haar naar achteren en hij geeft haar de beste glimlach die hij met zijn jetlag kan opbrengen. Ze is onder de indruk. Ik krijg een gevoel van irritatie, snel gevolgd door een gevoel van angst. Misschien was het toch niet zo slim om Ben aan te nemen. Ik vraag hem mijn golfkarretje te halen en zeg dat we naar het personeelsdorp gaan om zijn verblijf te bekijken. Hij knijpt Ingrid even in haar arm en ik weet dat het een kwestie van een paar drankjes aan de bar is voor ze een onderwerp van gesprek is.

We rijden over het zandpad dat langs de grote eetzaal en het zwembad kronkelt. Dit is, moet ik zeggen, de pièce de résistance van het hotel. Het restaurant is verbonden met houten wandelwegen en staat op palen boven de turkooizen zee. Het staat bloot aan de elementen en heeft van drie kanten een fantastisch uitzicht. Daarnaast ligt het strand met drie afzonderlijke zwembaden. Het eerste is een hooggelegen zwembad van glad, zwart leisteen dat uitzicht biedt over zee, met zoetwaterdouches naast de trappen en twee verzonken, granieten zonnedekken aan de andere zijde. Het tweede bestaat uit een reeks kolkende, kleinere baden met fonteinen en bubbelende jacuzzi's, en de derde is een pierenbadje voor kinderen. Er is een strandbar waar rum en reggae uitkomen; honderden ligstoelen bedekt met witte handdoeken en bediening die rondrent met warme en koude drankjes om zelfs de meest veeleisende gasten tevreden te houden. Op een paar tafels liggen boeken en tijdschriften. Er zijn iPods voor algemeen gebruik en kannen met gekoeld citroenwater, en er gaan mensen rond met schalen met fruit en kleine, porseleinen lepeltjes met ijs. Er liggen koude handdoeken waar iedereen naar believen gebruik van kan maken, en dan is er natuurlijk nog de kerel die je zonnebril oppoetst. Het is dus niet zo gek dat een gast die hier eenmaal in de zon is neergeploft, niet meer weg te branden is. Ben lijkt nogal overweldigd.

'Geen wonder dat dit hotel zes sterren heeft,' zegt hij, en hij duwt zijn *Miami Vice*-zonnebril hoger op zijn neus. 'Zoiets heb ik nog nooit gezien.'

'Fantastisch, hè?' antwoord ik, terwijl ik door de begroeiing een scherpe bocht naar links neem naar het personeelsdorp. 'En hier woont iedereen.'

Als ik 'iedereen' zeg, bedoel ik natuurlijk het personeel, want het dorp is zo goed verborgen, midden op het eiland, dat ik ervan overtuigd ben dat de gasten niet eens van het bestaan afweten.

Ik parkeer het golfkarretje naast de enorme rioolwaterzuiveringsinstallatie die midden in het personeelsdorp staat, naast de generatoren en de omgekeerde osmose-installatie die liters zeewater omzet in drinkwater. Als ik me omdraai, zie ik de blik op Bens gezicht. Ik druk me zacht uit als ik zeg dat hij teleurgesteld lijkt.

'Dit hier?' vraagt hij.

'Hoe bedoel je?' vraag ik, rondkijkend. Ik ben er zo aan gewend dat ik niet meer zie hoe het eruitziet.

'Waar zijn de zeegezichten?' vraagt hij.

'Zeegezichten?' Ik moet lachen. 'Je denkt toch niet dat we die verspillen aan personeelsleden?'

'Bedoel je dat ik al die kilometers heb afgelegd en het lawaai van de stad ben ontsnapt om naast een generator te slapen en de geur van stront van andere mensen in te ademen?'

'Het ruikt niet naar stront,' zeg ik, en ik adem in. Nu ik erover nadenk, ruikt het daar wel een beetje naar. 'Dat ligt aan de wind. Je went er wel aan.'

'Ja, vast,' zegt hij. 'Daar verheug ik me op.'

'Kom op, man.' Ik sla hem op zijn schouder. 'Zo erg is het allemaal niet. Je bent gewoon moe. Kijk maar,' zeg ik zo optimistisch mogelijk, 'je kamer valt best mee.'

Feit is dat hij de beste accommodatie heeft. Als een na hoogste manager, heeft hij een klein, houten huisje, compleet met zitkamer, keuken, slaapkamer en veranda. Hij heeft een tv en ik heb een dvd-speler voor hem uit de voorraadkamer gejat, zodat hij zich wat meer thuis voelt. Toegegeven, het verblijf is piepklein en kijkt uit op de timmermanswerkplaats, waar momenteel gewerkt wordt aan het opknappen van twintig van onze negenhonderd ligstoelen; maar als hij wist hoe andere personeelsverblijven eruitzagen, zou hij dankbaar zijn voor de waardering die wij hebben voor zijn staat van dienst.

De rest moet accommodatie delen en je positie in de pikorde bepaalt met hoeveel mensen je dat doet. Keukenschoonmakers, tuinmannen en villaschoonmakers hebben met zijn zessen een kamer. Het dorp was oorspronkelijk niet gebouwd voor zoveel personeelsleden, maar toen we tien jaar geleden begonnen, merkten we dat we zo'n achthonderd mensen nodig hadden om de boel draaiende te houden. Dus zetten we stapelbedden in de kamers en hoopten er het beste van. Daarboven zitten de serveerders, die met zijn vieren op een kamer zitten. De villagastheren zitten in een tweepersoonskamer en delen een badkamer met twee anderen. Supervisors hebben een eigen slaapkamer en delen een badkamer met één ander. Afdelingshoofden, zoals de mannen van de ochtendvergadering, hebben eigen accommodatie met een kleine patio en een eigen badkamer, en alleen leidinggevenden als Ben hebben een zitkamer, keuken, veranda en badkamer voor zichzelf. Hoe dan ook, de personeelsaccommodatie is altijd ruk geweest. Ik weet niet precies wat hij had verwacht.

'Het lijkt verdomme wel een kibboets,' zegt Ben, terwijl hij toekijkt hoe een golfkarretje met zijn koffers aan komt rijden. 'Ik bedoel, kijk al die was nou die daar buiten hangt en de vage pogingen die mensen hebben gedaan om hun huisje gezellig te maken met een paar planten. Het lijkt wel een Zuid-Amerikaanse krottenwijk,' moppert hij. 'En daar heb ik er genoeg van gezien, dat kan ik je wel vertellen.'

'Je moet er gewoon even aan wennen,' zeg ik. 'Daar is een bar.' Ik wijs naar een biljarttafel, een grote tv om voetbal te kijken en verschillende tafels en stoelen die om een houten bar heen staan, waar de vlaggen van de zevenentwintig verschillende nationaliteiten die we in het dorp hebben hangen.

'Het is daar 's avonds hartstikke gezellig. De drank is goedkoop en er is elke avond ander eten voor één dollar. Maandagavond is pizza-avond, dinsdag zijn er hamburgers, woensdag hotdogs enzovoort. Om de twee weken krijgt iedereen verse krab van het vasteland.'

Ben kijkt me alleen maar aan. Zijn bleke gezicht is pafferig en bezweet; zijn mond is vertrokken van het sarcasme.

'Allejezus,' zegt hij. 'Goh, fantastisch zeg.'

'Het personeelsrestaurant is goed,' zeg ik. 'Ze hebben salade en zo. Er is een winkel waar je tandpasta en chocola kunt kopen...'

'Juist, ja,' zegt hij.

'En je vrienden mogen hier logeren en kunnen voor zo'n acht dollar een maaltijd eten in de kantine.'

'Waarom zou ik dat willen?' vraagt hij.

'Weet ik veel,' antwoord ik. 'Ik zeg het alleen maar.'

We lopen verder en maken een rondje door het dorp. Ben schopt met zijn leren schoenzolen tegen wat afval. Misschien had ik hem moeten waarschuwen. Ik voel me vreselijk schuldig. Het is een grote verantwoordelijkheid om een vriend in dienst te nemen. Je wilt dat ze het naar hun zin hebben en het hier leuk vinden, maar je wilt tegelijkertijd ook dat ze hun werk goed doen. Afgaande op Bens reactie, zal hij in geen van beide slagen. Er komt gejammer uit de luidsprekers die aan de zijkant van een van de gebouwen zit.

'Jezus!' Ben schrikt. 'Wat is dat in godsnaam?'

'Dat is de imam die het personeel oproept om te bidden in de moskee,' zeg ik.

'Wat? Hebben jullie hier een moskee?'

'Inderdaad. Geheel functionerend. Hij staat achter je.'

'Die komt vast nog goed van pas,' zegt hij, terwijl hij niet de moeite neemt om te kijken en een leeg blikje Sprite light over het pad schopt, 'als ik me ga bekeren.' Hij steekt zijn handen in de zakken van zijn pak en zegt luid zuchtend:

'Nou, het is niet zo verwonderlijk dat jullie problemen hebben met het krijgen en behouden van personeel.'

Daar heeft hij wel gelijk in. Personeelsleden gaan er altijd halverwege hun contract vandoor, meestal na een maand of tien. Het is alsof ze een breekpunt bereiken en het niet meer aankunnen om in het paradijs te leven. Er is te veel zon, zee en zand; en ze moeten gewoon weg. Je zou de mensen die het hier twee jaar volhouden een medaille moeten geven. Ik ben hier pas anderhalf jaar en moet bekennen dat ik het wel begrijp. Je kunt niet naar de film. Je kunt niet naar een restaurant, behalve de drie die er op het eiland zijn. Je kunt niet autorijden. God, wat mis ik dat. De snelheid, de geur, de ronkende motor. Je kunt niet naar de pub. Je kunt geen Engels bier drinken. Je kunt niets eten dat niet op een bedje van iets ligt. Het enige wat ik wil, is een Guinness en een pakje kaantjes. Ik wil ergens heen waar ik anoniem ben, waar niemand mijn mening wil weten over dingen; ergens waar ik rustig mijn biertje kan drinken en kan zien hoe West Ham wordt gedegradeerd. Dat is toch niet te veel gevraagd? Hier kun je alleen maar werken, naar je kamer gaan of je lam zuipen in de personeelsbar. Dat doet iedereen. Ze zijn bijna elke avond dronken. Hans, de twee meter lange Duitse duikinstructeur, noemt de personeelsbar zijn zitkamer en zit er elke avond tot die ofwel om elf uur sluit of hij omvalt, afhankelijk van wat er als eerste gebeurt. Maar hij is wel het enige personeelslid dat de grens van vijf jaar heeft overschreden, dus hij is een beetje vreemd. Hier drinken of neuken ze. Er wordt hier vreselijk veel gesekst. En om de een of andere reden lijkt de Japanse sushichef de meeste seks te krijgen. Ik weet niet of het komt door zijn lange haar of de messen, maar Yoshiji krijgt alle vrouwen, waar ze ook vandaan komen. Ik ben de tel kwijtgeraakt van het aantal huilende vrouwen dat ik in mijn kantoor heb gehad die klaagden dat hij hun hart had gebroken. Wat me verder opvalt, is dat iedereen die hier komt thuis een vaste vriend of vriendin heeft, die altijd binnen een maand wordt gedumpt. Relaties lijken de lange afstand en vreemde tijdzones niet te overleven. Gek genoeg is er wat seks betreft een internationale scheiding in het personeelsdorp. De Indiërs en Sri Lankezen zoeken elkaar op. De Thaise vrouwen gaan om met de Filippijnen; ze wisselen onder de bomen glimlachen, manicuren en pedicuren uit. De plaatselijke bevolking mag niet drinken of in een kamer zijn met iemand van het andere geslacht, tenzij ze getrouwd zijn, en dat beperkt hun plezier enigszins. Ondertussen gaan alle westerlingen met elkaar naar bed. In feite is Yoshiji de enige die echt internationale relaties onderhoudt.

Het is dus niet zo gek dat we een drugsprobleem hebben in het dorp. Je zou denken dat we, omdat we op een eiland overal ver vandaan zitten, immuun zouden zijn voor de problemen van de moderne tijd, maar dat is niet zo. Ik weet dat sommige gasten cocaïne meenemen in hun privévliegtuig of voorraden in hun superjacht hebben die we voor de kust afmeren. Maar hier komt niets van bij het personeel terecht, en dus zien we het door de vingers. Zolang we de spiegels en bankbiljetten niet zien, kunnen we weinig beginnen. In het personeelsdorp is het probleem niet cocaïne, maar heroïne. Of bruine suiker, zoals ze het hier noemen.

Er is op het vasteland altijd een heroïneprobleem geweest in de arme wijken in en om de hoofdstad, net als in elke andere metropool, denk ik. Maar hier is het nog niet zo lang aan de gang. We hebben hier altijd hasj gehad en ik ben van mening dat er niets mis is met een paar joints na een zware dag in de helse dienstensector. Je gaat er alleen van niezen en het vergroot je eetlust. Maar een van de tuinmannen meldde dat er laatst een drugsdeal plaatsvond op het strand. Het was halfvier 's middags, en dat vond ik nogal ver gaan. Ik geloofde het aanvankelijk niet, maar toen de boosdoeners mijn kantoor binnen liepen en beweerden dat ze alleen een cd aan elkaar verkochten, maar het niet eens konden worden over de naam van de band, wist ik dat er iets mis was. De man van het watersportcentrum zei dat het Robbie Williams was. De bediende wist niet naar welke muziek hij wilde luisteren en staarde me als een debiel aan toen ik hem ernaar vroeg. Later bleek dat de jongens van de boot het spul overbrachten op de catamarans van het hotel en in het dorp verkochten. Ik weet niet waarom het me verbaasde. Het zijn altijd de jongens van de boot die drugs hebben. In elk vakantieoord ter wereld zijn zij degenen met de hasj en de pillen, en, zoals hier blijkt, de heroïne. Misschien is dit het soort werk dat deze types aantrekt. Nietsnutten die op het strand rondhangen en van een jointje houden moeten toch ergens hun geld mee verdienen. Of misschien worden ze zo door dit werk. Het is niet bepaald zwaar werk om dikke zakenmannen in Lasers te duwen en ze een halfuur later uit het huisrif te redden. Hoe dan ook, op elke plek waar ik ooit heb gewerkt, is de vuistregel dat je naar de boothuizen moet gaan als je drugs wilt hebben.

De bootjongen werd dus ontslagen en afgevoerd met de personeelsboot, en ik vermoed dat de helft van mijn beter verdienende personeel een cold turkey moet hebben gehad in het weekend. Desondanks verschenen de meesten maandag wel op hun werk, dat moet ik ze nageven. Maar ik denk dat ze het geld nodig hebben, zoals iedereen die hier werkt. We krijgen niet zoveel betaald. De tuinmannen krijgen 50 dollar per maand, de villagastheren 350. De pedicuren in de spa verdienen 1.000 dollar en ik 10.000. Maar je moet niet vergeten dat we op het eiland gratis wonen, eten en drinken, en bovendien fooien krijgen. De mensen in de spa krijgen 2.000 dollar netto per maand, inclusief fooi, en de villagastheren kunnen hun salaris eveneens verdubbelen. We doen het geen van allen dus erg slecht. Behalve de tuinmannen, de arme zielen, die helemaal geen fooien krijgen. Ik wil net een motiverend praatje afsteken tegen Ben en hem vertellen over zijn groeimogelijkheden binnen het hotel, hoe prestigieus dit vakantieoord is en hoe geweldig het op zijn cv zal staan dat hij hier heeft gewerkt, als mijn mobiel gaat.

'Hi, *merde*, waar ben je?' Het is Bernard.

'In het personeelsdorp,' zeg ik. 'Hoezo?'

'Omdat je met mij op het strand van Palm Sands zou moeten zijn om een huwelijk te voltrekken.' Hij fluistert hard door de telefoon.

'Godver.'

'Ja, zeg dat wel,' zegt hij.

'Hou ze even bezig,' zeg ik.

'Hoe moet ik dat doen?' zegt hij. 'Ze staan hier voor me.'

'Dat weet ik ook niet,' zeg ik. 'Maak wat foto's.'

'Heb ik al gedaan.'

'Maak er dan nog meer!'

Ik verontschuldig me tegenover Ben, die nukkig naar zijn villa loopt. Hij voelt zich vast een stuk beter als hij heeft geslapen, denk ik als ik in mijn golfkarretje spring en gas geef. God, wat zou ik veel overhebben voor een echte auto.

Ik sla bij het verlaten van het dorp rechts af en rij in de richting van het Palm Sands strand, in het noorden van het eiland, waar de meeste huwelijken worden voltrokken. Er is een mooi uitzicht met zwaaiende palmbomen en meestal wat boten op de achtergrond. Ik weet niet meer hoe vaak ik onder de bloemenpagode heb gestaan, met zwetende ballen in mijn linnen broek, grijnzend naar de camera, met mijn arm om de bruid en bruidegom heen, terwijl ik mijn beste algemene managersgezicht trek voor de huisfotograaf die tevens dienstdoet als patissier. We hebben zoveel huwelijken op het eiland dat je me het niet kwalijk kunt nemen dat ik er af en toe één vergeet.

We hebben er deze maand elf, en het zijn bijna allemaal Japanners. We hebben een speciale deal voor 2.600 dollar per stel, waarvoor ze een huwelijksinzegening op het strand en een diner bij kaarslicht krijgen. Het haar en de make-up van het bruidje worden gedaan door meisjes van het vasteland, ze krijgt een manicure en een hoofdtooi van bloemen en een boeket, al gebiedt de eerlijkheid me te zeggen dat het huwelijk niet officieel is. Het is min of meer een inzegening op het strand, uitgevoerd door Bernard of mijzelf of, als we het allebei druk hebben, ieder ander die op dat moment beschikbaar is. Niet dat de bruid of bruidegom doorheeft wat er precies gaande is. Ze spreken amper Engels, wat niet per se een bezwaar is, maar wel enigszins problematisch als je elkaar opnieuw het jawoord wilt geven. Je zou kunnen zeggen 'Hierbij roep ik jullie scheiding uit' en ze zouden gewoon 'ja' zeggen en er niets van begrijpen.

Terwijl ik mijn golfkarretje parkeer en snel langs de palmen loop, bedenk ik dat het bovendien weinig romantisch is. Kate en ik gaan een gigantisch groot drankfestijn organiseren als we gaan trouwen, we laten mensen uit de hele wereld overkomen naar een klein badplaatsje aan de oostkust van Australië, waar zij vandaan komt. Als ik haar ten huwelijk ga vragen, tenminste. Maar deze mensen komen hier alleen. Ze trouwen op maandag en gaan de rest van de week snorkelen. Dat lijkt mij geen feest, maar goed, ieder zijn smaak.

'Goedemiddag!' Ik glimlach breed, maar als je goed kijkt, lachen mijn ogen niet. Ik steek mijn hand uit. Mijn nagels zijn gistermiddag in de spa geknipt en gepolijst. De bruid en bruidegom glimlachen en hun hoofden gaan op en neer. Ze zijn allebei klein en tenger en lijken erg jong. Het meisje ziet er schattig uit in haar tot op de grond reikende zijden bloemetjesjurk. De spaghettibandjes hebben bijna dezelfde kleur als haar dunne, witte schoudertjes. Maar de bruidegom ziet er wat stijfjes uit in zijn zwarte jasje en open, witte overhemd. Zijn glimmende, zwarte schoenen zakken diep weg in het zand. Hij is niet de meest comfortabel geklede man die ik ooit heb gezien. Er zijn hier veel mannen die in avondkleding trouwen, maar meestal niet midden op de dag. Bernard gaat er bijna direct na mijn komst vandoor. Hij moet de villa van meneer McCann in orde maken. Hij en zijn 'dames' zouden in de loop van de avond moeten arriveren. Maar omdat hij in zijn privévliegtuig komt, kan hij elk moment aankomen.

De huwelijksvoltrekking verloopt probleemloos. Ze zijn getrouwd voor je het jawoord kunt zeggen, wat ze uiteraard geen van beiden kunnen. Ik moet toegeven dat ik het nogal afraffel. Ik sla een paar saaie stukken over mensen die bezwaar willen maken tegen het huwelijk over. Het strand is verlaten, afgezien van een paar zonaanbidders en de fotograaf, en ik kan me dus niet voorstellen dat dat een probleem is. Ik ga direct door naar de kus en de ring, wat, laten we wel wezen, het mooist van alles is. Terwijl ik daar sta met mijn armen in de lucht en getuige ben van de huwelijkskus, zie ik een beeldschone verschijning in een bikini op me afkomen. Ze zit op een van de 280 fietsen van het eiland en wordt gevolgd door een fotograaf en een assistent met een groot, metalen, reflecterend blad.

'Jezus,' mompel ik. 'Is dat Liz Hurley? Ik denk dat ik vanavond maar eens naar haar strandbarbecue ga.'

'Ja, ja,' zegt het pasgetrouwde stel instemmend en ze kijken me aan.

Maandag, zonsondergang

Na een halfuur foto's maken, zitten de pasgetrouwde Japanners stevig op de achterbank van hun golfkarretje voor de tour over het eiland, waarbij ze langs nog meer fotogenieke plekjes zullen gaan. De tocht voert onder andere langs het zwembad, het grote restaurant, de aanlegsteiger van de duikersboot en de receptie. De foto's worden dan in een speciaal boek gedaan en aan het gelukkige stel aangeboden als ze het eiland verlaten. Je ziet dat we hier niet alleen maar nemen in dit wereldje, maar graag af en toe ook iets terugdoen.

Nu het kersverse bruidspaar is vertrokken, ga ik me voorstellen aan mevrouw Hurley. Omdat ze op mijn vrije dag is gearriveerd en ik de hele ochtend in beslag ben genomen door vergaderingen en Ben, kan ik me nu pas gaan voorstellen. En ze is echt bloedmooi en erg smakelijk. Ze schijnt ook heel makkelijk te zijn. Ze vindt het hotel fantastisch en heeft geen enkele aanmerking. Dat is een unicum.

Beroemdheden zijn de nagel aan onze doodskist in deze wereld. Anders dan de Russen, Arabieren of rijke zakenmannen, komen de beroemdheden hier binnenstappen, hangen rond bij het zwembad en verwachten dat wij het hen naar de zin maken, nog los van alle drank en spijzen die ze nuttigen. De meesten van hen zijn zo gierig dat ze niet eens bereid zijn in de buidel te tasten voor de talloze manicuren, pedicuren en vagicuren waarop ze zichzelf trakteren in de spa. Ze zijn uiterst nuttig vanuit pr-oogpunt, en Ingrid is niet bij ze weg te slaan. Maar wat ons budget en onze doelstellingen betreft, zijn ze een nachtmerrie. Ze kosten ons uiteindelijk altijd geld, en dus probeer ik hun aantal te beperken. Ik weet dat ze belangrijk zijn om de naam van ons hotel hoog te houden, maar wat mij betreft mogen ze hun minibikini's inpakken en oprotten naar de Malediven of de Seychellen, waar ze ongetwijfeld warm onthaald worden.

Dat gezegd hebbende: we zijn dolblij met de komst van Liz. We hebben hier al in tijden geen bikinireportages meer gehad, en ik ben dus erg gelukkig. Ingrid doet radslagen en Bernard heeft Liz vanavond een gratis strandbarbecue aangeboden en ik ben van plan ongevraagd langs te komen. Net als ik me voorstel en iets te hard lach om een van haar grapjes, gaat mijn mobiel.

'Oké, *merde…*' Met Bernard. 'Monsieur McCann is een halfuur geleden geland op het vliegveld en kan hier elk moment zijn.'

'Godver, dat is snel,' zeg ik, terwijl ik wegloop bij mevrouw Hurley.

'Inderdaad,' beaamt Bernard. 'Hij heeft een watervliegtuig gehuurd.'

Dat doen vips altijd. Ze arriveren met hun privévliegtuig op het vasteland en hebben dan geen zin om een van de prachtige Sunseeker-jachten te nemen die we voor 600 dollar hebben gestuurd. In plaats daarvan huren ze een watervliegtuig ter waarde van 3.500 dollar voor een vlucht van tien minuten, omdat ze de vijftig minuten durende bootreis te lang vinden duren. Ik snap niet waarom ze niet gewoon van de bootreis en een drankje kunnen genieten terwijl ze naar de ondergaande zon kijken en ons zo een halfuurtje extra geven om hun luxe watervilla in orde te maken. Nu worden we overvallen en zit ik echt in de problemen. Ik zit aan de andere kant van dit stomme eiland met alleen een golfkarretje om me naar de receptie te vervoeren voor meneer VS tv voor ons staat met zijn dure verzameling langbenige prostituees.

Ik scheur over de hoofdweg en haal alle villagastheren in die op weg zijn om kamers te checken en bedden op te maken. Hun golfkarretjes zijn beladen met fruit voor de cadeaumandjes, flesjes water voor de minibars, schone handdoeken, wierook voor de branders in de kamers en zakken met bloemblaadjes voor de duurdere villa's, waar we de bovenlakens in ingewikkelde patronen vouwen en de bedden de avond voor de gasten vertrekken bestrooien met de bloemblaadjes.

Ik race net langs de strandbar als mijn mobiel weer gaat.

'Hallo? Is dat de algemeen manager?' zegt een afgemeten Britse stem, die zo overloopt van efficiëntie dat je er koud van wordt. Ik ga langzamer rijden en zet het golfkarretje aan de kant. We mogen op het eiland niet mobiel bellen tijdens het rijden en als algemeen manager moet ik het goede voorbeeld geven. Soms trek ik me er natuurlijk geen ruk van aan, maar nu ik word gepasseerd door de rits villagastheren die ik net heb ingehaald, is het een goed moment om ze te laten zien dat ik me aan de regels hou.

'Ja, mevrouw. Wat kan ik voor u doen?'

Blijkt dat het kille mens aan de andere kant van de lijn niemand minder is dan mevrouw Thompson, een puissant rijke vrouw uit Londen die, als ik het me goed herinner, hier in de afgelopen anderhalf jaar al drie keer is geweest. Ik moet me concentreren.

'Wat kan ik voor u doen?'

'Het zit zo,' begint ze. 'De laatste keer dat ik hier was, hadden we een maisonnette, zodat ik een oogje kon houden op mijn twee kinderen en de oppas, en deze keer hebben we dat niet.'

'O, dat vind ik heel vervelend, mevrouw.'

Ik merk dat het deze vrouw menens is, anders zou ze mij niet direct aan de lijn hebben gekregen. Ze zal ofwel iedereen hebben uitgekafferd om bij de top te komen of ik heb haar de laatste keer dat ze hier was mijn kaartje gegeven, wat wil zeggen dat ik haar belangrijk genoeg moet hebben geacht. Ik ben enigszins van mijn stuk gebracht omdat ik niet op mijn kantoor ben, anders had ik haar dossier erbij kunnen halen om te zien hoeveel ze de vorige keer heeft uitgegeven, zodat ik weet hoe uitgebreid ik haar hielen moet likken. Ik ga nu op mijn gevoel af en dat zegt me dat ik het zeer uitgebreid moet doen.

'Hoe dan ook, ik heb nu twee villa's naast elkaar en ik kan mijn kinderen niet zien. Ik wil een maisonnette. Die heb ik geboekt en dat is wat ik wil. En wel onmiddellijk.'

Ik leg uit dat we die niet meer hebben, anders zou ze hem zeker hebben gekregen. Het is niet ons belang om gezinsleden van elkaar te scheiden. Maar ze lijkt niet gerustgesteld. Ze wordt zelfs steeds kwader.

'Ik wil mijn kinderen zien. Ik wil ze kunnen horen,' vervolgt ze.

'Juist,' zeg ik. Het is tijd voor het grote gebaar, denk ik. 'Ik zal u vertellen wat we gaan doen, mevrouw. Ik stuur de tuinmannen direct naar u toe om de heg en alle planten tussen de twee villa's weg te halen, zodat u uw kinderen kunt zien en horen.'

'Wat?' zegt ze stomverbaasd. 'Laat u de tuin weghalen?'

'Inderdaad,' zeg ik. 'En wel direct.'

'Nu?'

'Nu meteen.'

'O,' zegt ze. 'Nou, als het maar snel gebeurt.'

'Ik ga direct aan de slag,' zeg ik. 'Goedenavond.'

Ze hangt op en ik bel meteen de hoofdtuinman, een schat van een Sri Lankaan, Jiwan. Ik vraag hem tuinmannen uit de eetzaal te halen en ze op te dragen de heg te verwijderen. Ik zeg hem dat ik een heleboel tuinmannen wil. Zelfs als hij denkt dat het met twee of drie wel gaat lukken, zeg ik dat ik er zeven of acht wil, zodat deze vrouw denkt dat ze heel wat teweeg heeft gebracht. Hij zegt dat hij het begrijpt en het binnen een kwartier geregeld heeft. Ik neem weer plaats aan het stuur en rij naar de receptie.

Ik ben net op tijd bij de pier om te zien hoe het watervliegtuig van meneer McCann landt. Het is niet het soort watervliegtuig dat we normaal zien, deze is groter en glimmender en een model dat ik niet ken. Ik vraag een van de bemanningsleden van het jacht om de piloot om zijn kaartje te vragen als meneer McCann is geland. Een sexy watervliegtuig met piloot komt altijd van pas in deze business.

Bernard en ik staan als een stel sukkels naast elkaar te wachten tot het vliegtuig naar de pier taxiet en meneer McCann van boord komt. Uiteindelijk gaat de deur open en komt hij tevoorschijn. Waarom zijn rijke mannen altijd zo klein? Misschien zijn ze juist daarom zo rijk, omdat ze hun gebrek aan lengte willen compenseren. Het enige wat ik weet, is dat ze deze tekortkoming altijd versterken door met een ongelooflijke lange, schitterende vrouw aan hun zijde te verschijnen, die hun kleine gestalte en lelijkheid alleen maar accentueert. Meneer McCann is van top tot teen in wit linnen gekleed, draagt een zwaar, gouden horloge en kauwt op een sigaar. Hij loopt met zijn 1,60 meter met een grote grijns op zijn gezicht op me af. Hij staat even stil voor hij me groet, houdt zijn duimen en wijsvingers in de vorm van een pistool waarmee hij me in mijn buik wil schieten en doet daarna, grommend als een tijger, alsof hij met me wil boksen. Het moge duidelijk zijn dat we oude vrienden zijn.

'Wat leuk om je weer te zien, kerel,' zegt hij, en hij omhelst me stevig. 'Dat is lang geleden!'

'Goedenavond, meneer McCann.' Ik glimlach. 'Fijn om u weer te zien.'

Het is zelfs geweldig dat hij terug is. Hij is het soort vip waar dit eiland voor is gebouwd. En zo te zien heeft hij één, twee, drie... zes vriendinnetjes van zijn dochter meegenomen. Je moet wel bewondering hebben voor de energie en het voorspellend vermogen van een man die zoveel vermaak denkt nodig te hebben.

'Dames,' zeg ik, terwijl ik knik en glimlach, en weet dat ze allesbehalve dat zijn. 'Welkom.'

'Bedankt,' zegt de langste en donkerste van hen met een

zwaar Russisch accent. Haar lange, goudbruine benen steken uit een mooi gesneden korte broek van Ralph Lauren. Deze meisjes zijn de crème de la crème. Ze zullen meneer McCann ongeveer evenveel kosten als de hotelkamers. 'Zullen we, schat?' zegt ze tegen meneer McCann.

De zon staat aan de horizon als het bizar luxe gezelschap over de aanlegsteiger naar de receptie loopt. Aangevoerd door de piepkleine meneer McCann, wordt de rij lome vrouwen voorafgegaan door een man of tien in witte poloshirts en krakende korte broeken, ieder met een koffer van Louis Vuitton in de hand.

Het gezelschap laat de schalen koude handdoeken en drankjes links liggen (als je met een Falcon 900 arriveert heb je ook niet echt een verfrissing nodig), en loopt op de rij golfkarretjes af die voor hen klaarstaat.

'Eén ding,' zegt meneer McCann, met één been op een golfkarretje en het andere op de grond. 'Ik heb toch wel dezelfde villa's als de vorige keer, hè?'

'Ah,' zeg ik, terwijl ik handenwrijvend en met mijn meest dienstbare glimlach op mijn gezicht op hem afsnel. 'Niet precies dezelfde. Maar ze lijken er heel erg op.'

'Maar ik wil dezelfde,' zegt hij. 'Precies dezelfde.'

In werkelijkheid hebben we de grote strandvilla met twee slaapkamers en privézwembad (6.200 dollar per nacht, inclusief Amerikaans ontbijt) bij het strand van Palm Sands verhuurd aan een Russische aluminiummiljardair en zijn vrouw en twee kinderen. Hij heeft de boeking vorig jaar al gemaakt en zit hier twee weken, en ik kan hem er dus moeilijk uitbonjouren voor meneer McCann, hoe blij we ook zijn met zijn komst.

'Het probleem is,' zeg ik, terwijl ik mijn arm om zijn schouders sla, 'dat we erg veel last hebben gehad van de wind. Het waait al wekenlang vreselijk hard.' Hij kijkt om zich heen en neemt de zachte avondbries in zich op. 'Niet hier,' voeg ik er snel aan toe. 'Maar in het noorden van het eiland is het vreselijk geweest. Daarom heb ik iemand uit de grote villa op het strand van Silver Sands gezet en die aan u gegeven. U hebt twee grote strandvilla's; een met twee slaapkamers en een met één slaapkamer ernaast,' (4.770 dollar per nacht) 'die eerlijk gezegd mijn favoriet is.'

'Jouw favoriet?' zegt hij.

'Nou en of,' zeg ik. 'Veel rustiger.'

'Maar verder bij het zwembad vandaan?' vraagt hij.

'Het scheelt maar een paar minuten,' zeg ik, en ik zwijg dan en doe alsof ik nadenk. 'Moet u horen,' zeg ik. 'U krijgt dag en nacht een eigen golfkarretje plus chauffeur tot uw beschikking, als dat makkelijker is.'

'Deal,' zegt hij, en hij schudt mijn hand. Zijn gouden horloge schittert in de ondergaande zon. 'Twee grote strandvilla's.' Hij glimlacht. 'Lijkt me perfect. Nietwaar, meiden?'

Ze giechelen allemaal verrukt. Ik kijk toe hoe het gezelschap in hun golfkarretjes stapt en de bagage wordt ingeladen. Hij heeft zes prostituees bij zich, plus twee mannelijke assistenten, waardoor er een ernstig tekort aan bedden is. Ach, denk ik, ze zullen wel niet veel aan slapen toekomen.

'Dat ging goed,' zegt Bernard zuchtend. 'Dat villaprobleem heb je goed aangepakt.'

'Dank je. De oude smoezen werken altijd het best.'

'Ik snap niet waarom die vips altijd dezelfde villa's willen als ze terugkomen,' zegt hij, terwijl hij het zand van zijn loafers schopt. 'Ik vind het nogal kinderachtig.'

Bernard heeft gelijk. Vips hebben veel rare trekjes. Er is een Italiaanse vrouw die altijd twee ochtendjassen over elkaar draagt, een Fransman die elke ochtend naakt langs het strand rent en een Rus die bier in de sauna wil hebben. Maar bijna iedereen wil dezelfde villa. Ze reserveren altijd al voor een volgende keer als ze hier nog zijn en nemen altijd vrienden mee. Ik heb één fantastische oligarch die steeds terugkeert en telkens meer mensen meeneemt. Hij heeft gereserveerd voor volgend jaar en deze keer gaat hij wel heel ver. Hij heeft om vijfentwintig villa's gevraagd, maar tot nu toe hebben we er maar achttien voor hem kunnen regelen. Hij wil met een rits schoolvrienden overkomen voor een of ander feest en zodra een villa beschikbaar komt en iemand annuleert, zit hij er bovenop. Zijn rekening zit momenteel rond de 650.000 dollar en hij heeft nog geen voet op het eiland gezet. Hij heeft ook het grootste deel van onze boten geboekt, en zo'n 130.000 dollar vooruitbetaald. Ik verwacht dat de rekening die week het half miljoen zal overschrijden als ik op de boekingen af kan gaan. Ik denk dat hij het liefst het eiland voor zichzelf zou kopen en alle andere gasten eruit zou gooien. Ik moet ervoor zorgen dat de overige gasten die week niet het gevoel hebben dat ze op het feest van iemand anders terecht zijn gekomen.

Maar het is moeilijk om nee te verkopen aan die mensen. Onlangs nog had ik een man aan de telefoon die belde namens de baas van McLaren, Ron Dennis. Hij vroeg om de mooiste villa op het eiland en ik zei dat die geboekt was. Hij vroeg me of ik wel wist over wie we het hadden. Meneer Ron Dennis, een van de rijkste mannen ter wereld. Ik zei dat het me erg speet, maar dat er niets aan te doen was en alle luxevilla's vol zaten. Ik bood hem iets kleiners aan, maar daar wilde hij niets van weten en hij hing op. Een paar minuten later belde hij terug met de vraag hoeveel het zou kosten om de andere gasten te verplaatsen.

En hij was beslist niet de lastigste of meest volhardende gast. Vorig jaar had ik een vent die waanzinnig veeleisend was. Ik moest die zak vijf keer verplaatsen tijdens zijn verblijf. De kamers waren niet goed. Het uitzicht was niet mooi. Er stond te veel wind. Hij was zo'n onhandelbare eikel dat ik ervan overtuigd was dat ik nooit meer van hem zou horen, omdat hij het overduidelijk verschrikkelijk had gehad op dit roteiland. Maar toen hij uitcheckte, wilde hij voor de komende kerst een maisonnette met zwembad boeken. Kerstmis is uiteraard onze drukste periode en maisonnettes zijn populair, en dus vertelde ik hem dat ze allemaal al geboekt waren. Toen vroeg hij om een gewone maisonnette en verzocht ons daar een zwembad bij te bouwen. Ik zei dat het ongeveer 200.000 dollar zou kosten om te bouwen en hij gaf me de opdracht het te doen. Hij wilde er alleen elk jaar met kerst in. Helaas vond het hoofdkantoor dat zijn plan de andere gasten op het eiland te veel tot last zou zijn, en het idee kwam op de plank te liggen. Dat is irritant, want het zou goed uitkomen om nog een maisonnette met zwembad te hebben.

Hij is niet de enige die een suite wil upgraden voor komende bezoekjes. Een paar weken geleden was hier een andere Rus; een Siberiër die in de olie zat en een squashbaan wilde. Daar drong hij erg op aan. Hij liet zijn mensen onze mensen een fax sturen met plannen en budgetten. Hij zei dat hij hem zelf zou bouwen en betalen en iedereen er gebruik van mocht maken. Hij wilde alleen voorrang hebben bij het boeken als hij hier tien dagen per jaar is. Hij was niet blij toen de grote baas zijn verzoek afwees. Hij stampte met zijn voet en zei dat hij wel ergens anders heen ging. Sommige mensen zijn nooit tevreden. Mijn mobiel gaat.

'Hallo? Is dat de manager?' Het is mevrouw Thompson. Ik zucht en zet een vrolijke stem op. Zij is duidelijk een voorbeeld van iemand die nooit tevreden is.

'Wat kan ik voor u doen, mevrouw?'

'Ik heb weer een probleem. Kunt u direct komen?' Het is niet zozeer een vraag als een bevel. Het lijkt erop dat ik voorlopig niet naar de barbecue van Liz Hurley ga.

Ik arriveer bij de strandvilla van mevrouw Thompson, waar de tuinmannen net bezig zijn met opruimen. Ze hebben alle planten tussen de twee villa's weggehaald, en die lijken nu veel meer met elkaar verbonden. De tuinmannen harken het zand glad en zien er heet, bezweet en uitgeput uit. De arme zielen moeten al die planten weer terugzetten als die ouwe taart weg is.

'Goedenavond,' zeg ik. 'Wat is er aan de hand?'

'Ah, daar bent u!' zegt mevrouw Thompson.

Mevrouw Thompson, een gezette vrouw van achter in de veertig, heeft zich in een roze, zijden kaftan gehesen, die strak om haar buikrollen zit. Haar bezwete, witte voeten glijden over de rand van haar elegante slippertjes. Haar echtgenoot ligt kennelijk slapend/zat/uitgeput op bed, terwijl haar twee blonde zoontjes, beiden onder de vijf, schreeuwend en met deuren slaand door de villa rennen. Geen wonder dat deze vrouw lichtelijk geïrriteerd is.

'Nu,' vervolgt ze, 'mijn andere probleem is mijn kindermeisje...' Ze wijst naar een ineengedoken vrouw in een hoek, die zich zo gedeisd houdt dat ik haar niet eens had gezien. 'Ze spreekt alleen maar Spaans.'

'*Hola*,' zeg ik, en ik knik en glimlach naar haar. Ze knikt terug.

'En omdat ze in haar eentje op de kinderen past en we niet de villa hebben die ik heb geboekt, heb ik een vertaler nodig. Ik bedoel, ze kan geen eten bestellen, geen golfkarretje bellen of de kinderen naar het zwembad en de kinderclubs meenemen. Ze kan helemaal niets doen, en ik ben hier niet om op mijn oppas te passen. Ik ben hier niet om telefoontjes te plegen en zo. Ik ben hier niet om op mijn eigen kinderen te passen! Ik ben hier om te ontspannen!' Het idee dat ze op haar eigen kinderen zou moeten passen, windt haar zo vreselijk op dat het zweet haar uitbreekt. Haar lange neus glimt en er verschijnen donkere plekken onder haar oksels.

'Is alles in orde, schat?' zegt haar man met dikke tong vanuit zijn bed. Zat, dus.

'Prima,' zegt ze stijfjes. 'Ik ben gewoon de boel aan het regelen, zoals altijd.'

'Ik zal u zeggen wat we gaan doen,' zeg ik, terwijl ik een stap naar voren doe en haar elleboog aanraak. 'Ik spreek een beetje Spaans, en ze hoeft me alleen maar te bellen als ze iets nodig heeft en dan zal ik het regelen. Dag en nacht. Hoe vindt u dat?'

'Dag en nacht?' bevestigt ze.

'Jazeker, dag en nacht,' herhaal ik. Dat snoert haar de mond. Ik ben bereid alles te doen om deze gespannen, zweterige omgeving te ontvluchten en een fluitje champagne te nuttigen met de welriekende mevrouw Hurley.

Ik laat meneer en mevrouw Thompson achter bij hun schreeuwende kinderen en eentalige oppas. Het is al negen uur 's avonds en ik heb schreeuwende honger en verlang naar een drankje. Ik heb op dit tijdstip gewoonlijk al of gegeten of gedronken, omdat ik de meeste avonden mensen moet vermaken. Als ik niet iets ga drinken met een gast, ga ik met een paar mensen uiteten in een van de restaurants, of geef ik een barbecue op het strand voor mijn villa voor de een of andere vip en diens entourage.

Strandbarbecues worden gezien als iets bijzonders. Voor 1.000 dollar per stel leggen we fantastische tapijten op het zand, maken een prachtig zitgedeelte met zijden kussens verlicht met fakkels en voeren we je een viergangenbarbecue met kooktoestellen, een desserttafel, kreeft en wagyu.

Maar eerlijk gezegd ben ik ze zat. Ik proef het eten niet eens meer. Ik bedoel, wat is kreeft nu eigenlijk en waar smaakt het naar? Garnalen? Inktvis? Gewoon, stukjes vis. Het is net kip. Als ik gasten vermaak, zorg ik dat er genoeg drank op tafel staat. Zeker als ik in het Japanse restaurant ben. Ik laat flessen vol saki aanrukken. Het is de enige manier. Hoe kun je anders over koetjes en kalfjes praten terwijl je koude rijst en rauwe vis zit te eten? Wat ik niet overheb voor een gebraad en Yorkshire pudding. Een goede, luchtige. Een belletje van Kate onderbreekt mijn dromen over een zondagse lunch.

'Wat ben je aan het doen?' vraagt ze.

'Ik ga nu even iets drinken met Liz Hurley en dan kom ik naar huis,' zeg ik.

'Oké,' zegt ze. 'Hoe was je dag?'

'Zoals gewoonlijk. Problemen. Miljonairs. En jij?'
'Klote.'
'Kan ik iets voor je doen?'
'Nee. Het is de gewoonlijke ellende. Zal ik roomservice bestellen?'
'Ga je gang.'
'Zes en veertien?'
'Nee. Weet je, ik ga eens gek doen en neem twaalf.'
'Wat, Pad Thai met garnalen?'
'Ik weet het, het is erg gedurfd,' zeg ik lachend.
'Nee, vet,' zegt ze. 'Ik zie je straks.'

Arme Kate, ik heb medelijden met haar. Ze had een behoorlijk goede baan op Bali. Ze was manager gastrelaties en had te maken met mensen als Kate Moss en Meg Matthews en al die andere sterren die rondhangen in vijfsterrenhotels. En nu zit ze door mij achter de kassa in een winkel waar ze teenslippers van Havaiana en bikini's van Melissa Odabash verkoopt aan prostituees. Ze klinkt altijd moe, en dat komt niet doordat ze uitgeput is, maar omdat ze zich kapot verveelt en dat is allemaal mijn schuld. Ze is om mij verhuisd. Mijn carrière neemt een hoge vlucht en zij vertelt gapende bankiersvrouwen dat roze het nieuwe groen is. Ik hoop bij god dat ze me niet verlaat.

Ik loop langs de strandbar naar het strand van Palm Sands naar mevrouw Hurley voor een snel drankje, als de muziek begint. De bas is niet zo sterk dat je niet meer kunt nadenken, maar het scheelt niet veel. Hij wordt vergezeld door bonkende raveklanken. Het feestje van de maandagavond is al vroeg begonnen op Fantasy Island.

Fantasy Island is een driesterrenhotel aan de andere kant van het water. Overdag ziet het er charmant uit, als een soort verlopen onderkomen voor rugzaktoeristen. Het is fijn voor de gasten om hier op hun ligstoel te kunnen relaxen en mojito's te drinken, in de geruststellende wetenschap dat ze het gemaakt hebben.

Maar 's avonds, met name op maandag- en soms donderdagavond, is er een strandfeest c.q. rave waar je zoveel kunt drinken als je wilt en de Duitse gasten – gek genoeg zijn het voornamelijk Duitsers – helemaal door het lint gaan. Ze horen het geluidssysteem om één uur 's nachts uit te zetten, maar gaan soms door tot twee uur. Ik bel bijna elke week wel een keer om te klagen. Maar ze kennen mijn mobiele nummer inmiddels en nemen gewoon niet meer op als ik bel, en dus moet ik enige moeite doen om ze te bereiken. Ik gebruik de telefoon van Kate of wie er ook in de buurt is. Het punt is dat ik niet te grof kan zijn omdat we er soms personeel onderbrengen als het erg druk is. Af en toe brengen we er andere mensen onder, zoals de band op nieuwjaarsavond.

Ik heb met de minister van Toerisme gesproken, die we soms uitnodigen voor een weekendje, en hij belooft altijd dat hij er iets aan zal doen. Maar tot het zover is, bel ik de receptie en waarschuw hen dat ze zich schrap moeten zetten voor de stroom agressieve telefoontjes van gasten die niet kunnen slapen.

Het is tien uur als ik uitgepraat ben en ik vrees dat het iets te laat is om nog aan te kloppen bij Liz. Ze zal of in bed liggen of het naar haar zin hebben, en ze zit er echt niet op te wachten dat ik mijn hoofd over de muur van de buitendouche steek en haar het gevoel geef dat ze me moet vermaken. Ik stuur wel een kaartje en een fles roze Dom om me te verontschuldigen. Ik bel roomservice en vraag hen een gekoelde fles naar haar villa te sturen.

'Het spijt me heel erg,' zegt de stem aan de andere kant van de lijn, 'maar we kunnen geen Dom Pérignon rosé sturen.'

'Waarom niet?'

'Die is op, meneer.'

'Hoe bedoel je, "op"?'

'We hebben geen Dom Pérignon rosé meer.'

'Nou, stuur dan een andere roze champagne.'

'Dat kan niet.'

'Wat bedoel je, dat kan niet?'

'Er is op het hele eiland geen roze champagne meer en de volgende lading komt pas donderdag.'

'Maar we hebben de eigenaar van een televisiezender te gast, die een grote groep dames moet onderhouden.'

'Dat weet ik, meneer.'

Ik laat mijn hoofd hangen en sla met mijn voorhoofd op de toeter van het golfkarretje. Godver! Dat kan ik echt niet gebruiken.

Dinsdagmorgen

Shit. Het is drie uur 's ochtends en ik ben klaarwakker. Er is iets mis. Dat weet ik. Ik voel het gewoon. Kate draait zich om.

'Wat is er?' mompelt ze in haar kussen.

'Dat weet ik niet,' antwoord ik. Ik ga rechtop in mijn bed zitten. 'Maar er is iets mis, dat voel ik.'

'Ik hoor niks. Ga slapen.'

'Shit. Dat is het!' Ik spring uit bed en grijp mijn kleren van de stoel. 'Er is niets te horen. Er branden geen lichten. De airco werkt niet. De koelkast is stil. De elektriciteit is uitgevallen, verdomme.' Ik kijk uit het raam. 'Het hele eiland is donker.' Ik bel de telefooncentrale en krijg geen verbinding. 'Shit, shit, shit. Dit is echt erg,' zeg ik als ik de deur uit ren. 'Dit is verdomme een crisis.'

Als ik met het golfkarretje naar het personeelsdorp rij, probeer ik Hori, onze technicus, te bereiken. Deze 1,86 meter lange Maori-spierbundel is het middelpunt van elke happening bij de personeelsbar en een bijzonder innemende vent. Normaal kunnen we het uitstekend met elkaar vinden, maar ik ben nu pissig omdat de klootzak zijn mobiel heeft uitgezet. Gelukkig verlichten de koplampen van het golfkarretje de bekende route, maar desondanks is het verdomde donker. Het is tien voor halfvier als ik voor Hori's deur sta, die ik praktisch intrap, waarbij ik Garry van de reserveringen wek die in de villa ernaast zit. Ik moet zeggen dat Hori zo midden in de nacht geen prettige aanblik biedt. Zijn zwarte haar zit in de war, zijn boxershort is enorm en hij ruikt naar zweet en verschaald bier.

'Gaat het, vriend?' zegt hij, terwijl hij zijn neus ophaalt en zijn hand door zijn dikke, lange haar strijkt.

‘Wat is er aan de hand?’ vraagt Garry, leunend over de rand van zijn veranda. Gekleed in een strak wit T-shirt en een joggingbroek ziet Garry eruit alsof hij zo uit een advertentie voor luxe vrijetijdskleding is weggelopen. ‘Kan ik wat voor jullie doen?’

‘De stroom is uitgevallen,’ zeg ik.

‘Shit,’ zegt Hori.

‘Shit,’ beaamt Garry.

‘Zeg dat wel.’

Op dit soort momenten besef je hoe geïsoleerd we zijn. We zitten echt overal ver vandaan, wat geweldig is als alles werkt. Maar zodra er iets misgaat, zijn we de lul. We kunnen niet zomaar iemand opbellen die overkomt en de boel repareert. We kunnen de elektriciteitscentrale niet bellen, even aan de lijn blijven en wachten tot de lichten weer aangaan. Als er iets ontploft, uit elkaar valt of de geest geeft, moeten we het zelf oplossen. En één ding staat vast, ik heb op de koksschool niet geleerd hoe je om drie uur ’s nachts op een onbewoond eiland een generator aan de praat krijgt.

Maar we kunnen niet zonder. De gevolgen zijn enorm. Binnen enkele uren zal het warm worden in de villa’s, ontwaken de gasten en zitten we met een massa militante miljonairs. En dan heb ik het nog niet over het ontbijt dat moet worden voorbereid in de keukens, de golfkarretjes, de televisies, de douches en de waterzuiveringsinstallatie.

De waterzuiveringsinstallatie is cruciaal voor het runnen van het eiland. Hij is een maand geleden kapotgegaan en dat was een godvergeten nachtmerrie. We hadden het ding niet goed onderhouden en dat is de helft van het probleem. Door de vochtigheid, de hitte en het zout rotten en vergaan spullen hier onrustbarend snel. We moesten de grote houten parasollen hier laatst voor een enorm bedrag vervangen. Een of ander licht had ze direct in het zand gezet, zodat er maar een paar keer hoge vloed voor nodig was voor de palen gingen rotten en een paar flinke windvlagen voor ze afbraken en over het strand vlogen.

Maar bij de waterzuiveringsinstallatie was de prijs voor het gebrek aan zorg iets hoger. Het kostte het hotel 97.000 dollar om de tweeënzeventig membranen in het filtersysteem te vervangen die eigenlijk eens per week gereinigd hadden moeten worden. Maar niemand had zich erom bekommerd, waardoor die dingen gingen lekken en we twee dagen lang zonder water zaten. We sloten het water in het personeelsdorp af; niemand die daar werkte kon zich douchen of wassen, wat nogal irritant was, om het zacht uit te drukken. We verzochten de gasten hun toilet niet te vaak door te trekken, en kochten alle flessen water op in de nabijgelegen hoofdstad. We gebruikten Evian om te drinken en Volvic om mee te koken. We stonden op het punt zeewater door de pijpen te pompen voor de douches en toiletten toen de filters eindelijk arriveerden. Ik zweer dat ik nog nooit van mijn leven zoveel heb geglimlacht en cocktails langs het zwembad heb uitgedeeld.

Hori heeft eindelijk zijn korte broek aangetrokken en we staan met zaklantaarns in een donkere afgrond bij de generatoren te staren.

'Wat denk je?' vraag ik, turend in de duisternis.

'Geen idee, vriend,' zegt hij terwijl hij neerhurkt. Hij pakt een handvol spul van de grond wat op wit schuim lijkt.

'Kijk die troep nou eens,' zegt hij, terwijl hij het schuim tussen zijn vingers wrijft. 'Het ligt verdomme overal.' Hori schijnt met zijn zaklantaarn langs de enorme generator. Die zit helemaal onder het witte spul.

'Het lijkt wel schuim,' zeg ik.

'Het ís schuim,' zegt hij. Ik kan zijn hersens bijna horen kraken. 'O, shit!' Het dringt tot hem door. 'Weet je wat er is gebeurd, vriend?'

'Wat dan?'

'Hij is oververhit geraakt. Het brandbeveiligingssysteem is tot ontploffing gebracht, waardoor het hele ding bedekt is met schuim.'

'Aha.'

'Dat gebeurt er als de boel te heet wordt, om brand te voorkomen.'

'Oké.' Ik knik. 'En nu? Is hij kapot?'

'Als het goed is niet.'

'Kun je het oplossen?'

'Dat moet niet al te moeilijk zijn,' zegt hij. 'We moeten hem gewoon uit elkaar halen en al die troep schoonmaken. Ondertussen kan de generator afkoelen en kunnen we hem herstarten.'

'Hoe lang duurt dat?'

'Eh.' Hij krabt zich op zijn hoofd en zuigt lucht naar binnen door zijn tanden, alsof hij op het punt staat me enorm te bedonderen. 'Een uurtje of acht, negen?'

'Je hebt zes uur de tijd,' zeg ik. 'Neem zoveel mensen als je nodig hebt.'

'We hebben grote lampen nodig,' zegt hij. 'We kunnen dit niet schoonmaken met alleen maar zaklantaarns.'

'Je kunt noodlampen voeden met een van die kleine generators die we voor feestjes gebruiken.'

'Okidoki,' zegt hij.

'En de tijd vliegt.'

Als we het gebouw uit komen lopen, zien we dat er zich een kleine menigte heeft verzameld. Zo'n twintig tot dertig paar ogen staren ons aan in het donker. Menigten in het dorp zijn altijd gevaarlijk. Met zoveel verschillende nationaliteiten die in kleine ruimten in de hitte dicht op elkaar leven, is de kans op problemen altijd groot. Zeker 's nachts. Daarom probeer ik menigten altijd tegen elke prijs te voorkomen.

'Er is hier niets te zien. Kom op, doorlopen,' zeg ik, terwijl ik in mijn handen klap om autoriteit uit te stralen. 'Hup, doorlopen.'

'Wat gebeurt hier allemaal?' vraagt Ben. Ik zie zijn witte bovenlijf glimmen in het donker. Hij staat blootsvoets in een onkarakteristiek kuise blauw-wit gestreepte pyjamabroek.

'De generator is eraan,' zeg ik.

'Hoezo, eraan?' vraagt hij, terwijl hij gaapt en in zijn ogen wrijft.

'Kapot. Het hele eiland zit zonder stroom.'

'Jezus christus.' Hij strekt zich uit. 'Ik dacht dat dit een zessterrenhotel was. Het lijkt verdomme wel een bananenrepubliek.'

'Dank je,' zeg ik, en ik kijk toe hoe hij zich omdraait en weer naar bed gaat. 'Bedankt voor je hulp.'

Als ik terugkeer naar de villa ben ik veel te gestrest om weer te gaan slapen. Het is halfvijf 's ochtends en het heeft sowieso weinig zin om nog te gaan slapen. Ik moet om halfzes toch weer op. Ik ben elke ochtend om zes uur 's morgens in de sportzaal. Het is het enige moment dat ik voor mezelf heb en dat koester ik. Er zijn geen gasten en niemand zit aan mijn hoofd te zeuren. Ik ben alleen met mijn loopband. Ik laat mezelf binnen met mijn sleutel en jog acht kilometer met mijn iPod op, terwijl ik door de glazen wand de zon boven de zee zie opkomen. Het is magisch en het moment op de dag dat ik weer besef waarom ik hier ben en hoe fantastisch het hier is. Het zijn waardevolle vijfenveertig minuten in een vol programma. Ik bedenk dat het treurige van het runnen van een vakantieoord als dit is dat je de schoonheid van het eiland na een tijdje niet meer opmerkt en alleen de vervelende kanten ziet.

Maar deze morgen kan ik onmogelijk joggen. Nog los van het feit dat de loopband niet werkt, zou ik gek zijn om in deze hitte zonder airconditioning acht kilometer te gaan hardlopen. Ik moet ook een manier verzinnen om een eiland vol veeleisende gasten zonder stroom draaiende te houden. Ik ga op het terras zitten met mijn zaklantaarn, een notitieblok en een groot glas water dat steeds minder koud wordt. Het kost me anderhalf uur voor ik eruit ben. Ik pak mijn mobiel en beveel de restaurantmanager de ontbijtkoks en souschefs te vragen een paar barbecues van het strand naar de keuken te brengen voor het geval dat. Hij vertelt me dat de kookplaten het wel doen, maar de elektrische ovens niet werken, en er dus geen verse croissants en koffiebroodjes zijn voor het ontbijt, omdat de stroom halverwege de dienst van de patisseriebakkers uitviel. We hebben dus wel gewoon brood, maar geen lekkere, zoete broodjes. Als de stroom een halfuurtje later was uitgevallen, hadden we die wel gehad.

Alle villagastheren staan paraat, zodat hun gasten direct na het ontwaken op de hoogte kunnen worden gesteld over het probleem. Alle consumentenonderzoeken die we op het eiland hebben uitgevoerd, tonen aan dat mensen veel vergevensgezinder zijn als je ze op de hoogte houdt van de problemen en hun actuele informatie geeft. Mensen gaan door het lint als je ze in het duister laat tasten. Ik denk dat het met macht te maken heeft. Geef mensen de juiste informatie en ze kunnen een weloverwogen besluit nemen, of althans, dat is de theorie.

Ik kijk op vanuit mijn ligstoel op het terras. De zon komt op. Het zachtroze licht wordt langzaam geel en de zee is een schitterend lichtturkoois. Het wordt weer een prachtige dag. Ik rek me uit, trek mijn JP Tod-schoenen uit en loop over het krakende, witte zand naar de zacht kabbelende golven. De tuinmannen zijn al bezig op het strand, dus het zal halfzeven zijn. Ik glimlach naar een van de mannen die het zand aanharkt. Bijna de hele kustlijn van tien kilometer lang wordt elke ochtend in een visgraatdessin geharkt. Het kost ons team van dertig tuinmannen bijna de hele ochtend, maar het is een belangrijke taak. Je betaalt geen duizenden dollars per nacht om 's morgens voetafdrukken in het zand te zien. Het hele idee van de Robinson Crusoë-ervaring is dat je elke ochtend een maagdelijk strand betreedt. In andere vakantieoorden, waar de villa's verder van het strand af staan, zou je met een tractor over het strand rijden met een stuk oud tapijt erachter om het zand glad te strijken. Maar omdat de villa's hier zo dicht bij de zee staan, moet het met de hand gebeuren. In feite worden de meeste dingen hier met de hand gedaan. De trappen van de watervilla's worden elke ochtend door een team van twintig man schoongemaakt. Ze schrobben de traptreden elke dag en verwijderen eventuele algen om te voorkomen dat onze hooggeachte gasten uitglijden en tonnen schadevergoeding gaan eisen. Jezus! Dat is waar ook. Vandaag komen de kokosnootplukkers. Een van de bijproducten van 20.000 kokosbomen op dit eiland is dat we verdomd veel kokosnoten hebben. Elke boom produceert jaarlijks tussen de acht en zestien kokosnoten, wat betekent dat er zo'n kwart miljoen kokosnoten geoogst moet worden. We kunnen ze uiteraard niet laten zitten, voor het geval er een klapper uit de boom valt en een buitenlandse bankier velt. Met het oog op de verzekeringen moeten we de bomen goed onderhouden, en dat betekent vier keer per jaar oogsten, regelmatig snoeien en varenbladen verwijderen. En dus halen we mannen van het vasteland die met een machete op hun rug blootsvoets op en neer gaan in de bomen. Het is een ongelooflijk schouwspel. Ze zijn ontzettend snel en efficiënt, hoewel een van de mannen laatst zijn duim heeft afgehakt, en dat wil ik niet graag nog eens meemaken. Er werd een hoop geschreeuwd en het bloedde als een rund. Laten we hopen dat er vandaag niet zoiets gebeurt. Ik loop langs het water en laat de golven over mijn voeten spoelen. Een school vissen springt angstig op uit het water. Een groot, hongerig beest zit achter ze aan. Ik staar naar het water voor me om te zien wat het kan zijn. Een jonge haai met een vin met een zwarte punt zigzagt in de richting van de kust. Misschien is het de haai, of heeft een ander hongerig roofdier zijn oog op ze laten vallen. De vissen springen opnieuw op en laten zich als regendruppels in het water vallen. Het is niet de jonge haai, want die tast vlak voor mijn voeten met zijn neus het zand af. Er zit iets anders in het water.

'Is alles in orde?' roept Kate vanuit de villa. Ik draai me om en zie haar in een T-shirt en lange broek bij de schuifdeuren staan.

'Niet echt,' roep ik terug. 'Maar we werken eraan.'

'Wil je ontbijten?'

Kate en ik hebben geen keuken in onze villa, we leven in feite in een villa die niet veel anders is dan de standaard strandvilla's die we aan gasten verhuren. Er zijn een paar dingen aangepast. We hebben een groter terras om gasten te ontvangen en een behoorlijk barbecuegedeelte voor de eindeloze gegrilde kreeftmaaltijden waar vips zo dol op zijn. Maar de rest van ons verblijf, van de binnen- en buitendouches tot de verzonken badkuipen, de plasmatelevisies aan de wand, het dolby surround system en de beperkte kastruimte, is precies zoals alle andere. We hebben een extra zitgedeelte, waar we cocktails kunnen drinken als het regent of hard waait. Maar verder is het een standaard strandvilla met zwembad à raison van 2.500 dollar per nacht. Niet dat het zwembad om over naar huis te schrijven is, ik zwem er zelden in. Kate zegt dat ze ongeveer 150 baantjes moet trekken om het gevoel te hebben dat ze iets heeft gedaan. Je kunt je kont er niet in keren, maar de gasten schijnen er dol op te zijn. We laten er 's avonds kaarsen en bloemen in drijven als we gasten hebben voor een borrel.

Maar het ontbreken van een keuken heeft een grote invloed op ons leven. Het betekent dat ik niet eens een boterham kan roosteren of een ei kan koken. Er zijn momenten dat ik er echt onder lijd dat ik op zondagochtend geen warm ontbijt kan maken. In plaats daarvan leven we van roomservice. Ik ken het menu inmiddels uit mijn hoofd. Ik heb elk gerecht al duizend keer gegeten en om de een of andere reden smaken ze allemaal hetzelfde. Niet dat het eten slecht is. Het is zo lekker als je mag verwachten van eten van een zessterrenhotel. Maar het is de soort internationale keuken waarbij Italiaans, Spaans, Thais en Japans eten allemaal op één pagina staat. Je kunt tegelijkertijd gazpacho en sashimi bestellen, wat Kate bijna elke avond doet. Ons enige alternatief is te eten in een van de drie restaurants. Er is een Japanner, een internationaal restaurant en een Thais/Chinees restaurant. Ze zijn alle drie erg goed, maar zelfs als je hier maar tien dagen bent, gaat het vervelen. Stel je dus voor hoe het is om uit maar drie eetgelegenheden te kunnen kiezen, en stel je dan eens voor hoe het is om anderhalf jaar lang hetzelfde menu voorgeschoteld te krijgen.

Kate en ik zitten naast elkaar op onze gewoonlijke plaats naar de zee te kijken. Ze eet een kom yoghurt met cruesli. Ik ontbijt nooit meer en nuttig een proteïneshake. Een van de problemen met voortdurend mensen te moeten vermaken, is de altijd uitdijende taille, en dus eet ik vaak helemaal niet als ik niet met gasten hoef te eten. Koffie is echter een noodzaak. Ik ben aan mijn tweede dubbele espresso als mijn telefoon gaat.

'*Hola*,' zegt een stem. Het is de oppas van mevrouw Thompson. Ze spreekt dan misschien geen Engels, maar ze is slim genoeg om het slecht functionerende telefoonsysteem te omzeilen en me op mijn mobiel te bellen. Ze mompelt dat ze een golfkarretje wil om de kinderen naar de ontbijtzaal te rijden en ik beloof haar dat ik het ga regelen. Ik loop naar de voorkant van het restaurant en tref daar een vent half slapend op zijn golfkarretje aan en stuur hem naar villa 162. Hij lijkt lichtelijk verstoord. Golfkarretjes en hun bestuurders zijn mijn grootste ergernis op het eiland. De bestuurders van golfkarretjes zijn in feite piccolo's, maar omdat we ze transport en een rijbewijs geven, lijken ze zichzelf te hebben gepromoveerd tot taxichauffeur. Het is ongelooflijk om te zien. Ze hangen met hun zonnebrillen als leden van een drugskartel rond voor het restaurant. Ik zie ze nooit hun karretjes schoonmaken. Ze horen ze op te laden als ze er niet mee rondrijden, omdat het zes uur kan duren voor de accu weer vol is, maar dat doen ze nooit. Ze hangen rond, spelen met hun radio en proberen er cool uit te zien. Er bestaat zelfs een soort hiërarchie binnen deze broederschap. De jongens met een achtzitswagentje zijn het minst cool, de wagentjes zijn traag en moeilijk te manoeuvreren. De bestuurders van de zeszitswagentjes genieten iets meer aanzien en de jongens met de vierzitswagentjes rijden praktisch in een cabriolet. Het zijn wegpiraten. Ze botsen voortdurend tegen bomen of fietsen op. Ik word er gek van. We geven tussen de 10.000 en 25.000 dollar per maand uit aan reparaties. Die krengen zijn heel duur. Op het eiland kost een golfkarretje 24.000 dollar, omdat ze belast worden als taxi's. Daarom heeft iedereen die erin rijdt een vergunning, en krijgen ze strafpunten als ze dronken aan het stuur zitten, mobiel bellen en te hard of roekeloos rijden. Overtredingen worden zeer serieus genomen. Als er een ongeluk gebeurt, moet ik formulieren invullen en verklaringen afnemen. Het is allemaal zo godvergeten draconisch dat we met een paar verkeersagenten erbij net een grote stad zouden zijn.

Op weg naar de villa voor mijn laatste shot koffie voor de ochtendvergadering, bel ik Hori om te checken hoe het gaat.

'We zijn er bijna, vriend,' zegt hij hijgend door de telefoon. Hij lijkt ietwat vermoeid. 'Zo te zien heeft iemand hout voor de luchtgaten gelegd, waardoor het hele ding oververhit is geraakt.'

Hij verontschuldigt zich dat hij de ochtendvergadering moet missen, maar belooft dat het systeem binnen een uur weer draaiende is. Dat is maar goed ook, want tussen negen en tien staan de meeste gasten op en willen ze douchen en eieren eten met hollandaisesaus.

Tijdens de ochtendvergadering is het kantoor heet en vochtig en de sfeer is gespannen. Niemand heeft zich normaal kunnen wassen, er is geen warm water voor de mannen om zich te scheren en maar een paar mensen zijn erin geslaagd de lange rijen te doorstaan voor een lauw ontbijt in de donkere personeelskantine. Ik word overspoeld door klaagzangen als ik binnenkom, maar Ben is nog wel het meest geïrriteerd. Zijn gezicht is bleek en wasachtig en hij springt bijna uit zijn vel. Ik wil net gaan zitten als hij me apart neemt.

'Ik kan niet geloven dat je me hebt overgehaald hier te komen,' snauwt hij in mijn oor. Hij heeft de voorkant van mijn overhemd vast alsof het een paar revers is. 'Weet je wel dat ik een verdomd aardig aanbod heb gehad als manager van een plattelandshotel in de Cotswolds?'

'Het wordt heus wel beter,' zeg ik, terwijl ik over zijn schouder naar de anderen glimlach.

'Nou, veel erger kan het niet worden,' fluistert hij. 'Ik heb het heet, ik heb honger en ik ben moe. Mijn huis is klote en ik zweet als een otter.'

'Dat komt door de jetlag,' zeg ik. 'Over een paar dagen voel je je vast een stuk beter.'

'Dat hoop ik voor je.' Hij laat me los en gaat zitten.

'Oké, jongens,' zeg ik, terwijl ik in mijn handen klap en zo geruststellend mogelijk lach. 'Het duurt niet lang meer. Hori is bezig de stroomstoring te herstellen en binnen een uur zouden we weer op volle toeren moeten draaien. Alle klachten van de gasten, alle gemiste afspraken' – ik wend me tot Geri – 'zoals in de spa, die worden allemaal gewoon vergoed.'

'Wat, alle massages en zo?' informeert Geri.

'Alles,' herhaal ik. 'Hopelijk hebben de meeste gasten niet eens door dat er iets mis is. Ze merken alleen dat hun BlackBerry niet is opgeladen en het ijs in de vriezer gesmolten is, maar dat is alles. Dus...' Ik wrijf in mijn handen. Mijn telefoon gaat. 'Wacht even,' zeg ik tegen de aanwezigen. 'Ik moet dit even aannemen. Hallo?'

'*Hola*,' hoor ik. Het is weer de oppas van de Thompsons, die wil weten waar haar golfkarretje blijft. Ik zeg haar dat die onderweg is en dat ze me moet terugbellen als hij er niet binnen tien minuten is.

'Sorry,' verontschuldig ik mij opnieuw. 'Zo, is er verder nog iets, afgezien van de stroomstoring?'

'Alleen *quelque chose*,' zegt Bernard, terwijl hij langzaam het logboek openslaat. 'Het lijkt erop dat er een incident heeft plaatsgevonden in het zwembad.'

'O godver, echt?' Ik zucht. Ik haat zwembadincidenten omdat ze altijd zo verdomd ingewikkeld zijn.

'Meneer Firth wilde zijn zoon leren zwemmen...'

'Na het eten, zeker?' vraag ik.

Bernard knikt. '*Bien sûr.*'

'Waarom willen mensen altijd met hun kinderen spelen als ze aangeschoten zijn?' vraagt Garry.

'Dat is toch het enige moment dat ze met ze spelen?' vraagt Geri.

'Daar lijkt het wel op,' zeg ik.

'Maar goed, hij heeft zijn been pijn gedaan,' vervolgt Bernard. 'We hebben de arts erbij gehaald omdat hij tien jaar geleden aan zijn knie is geopereerd en dat was behoorlijk ernstig. De arts zei dat er niets aan de hand was, dus dat was dat, en vanmorgen ging hij duiken.'

'Mooi,' zeg ik. Ik vind het heerlijk als iets gelukkig afloopt.

'Maar net belde Keith me,' zegt Bernard. 'Hij zegt dat het weer pijn doet.'

'De eikel is dus weer nuchter,' zegt Ben snuivend.

'Eh...' Bernard fronst zijn voorhoofd. Hij is niet gewend dat gasten eikels worden genoemd. '*Oui?*'

'We moeten er niet zo'n punt van maken,' stel ik voor. 'Breng hem naar het ziekenhuis op het vasteland, laat röntgenfoto's nemen, dan kan niemand ons ervan beschuldigen dat we er geen aandacht aan hebben besteed. Verder nog iets?'

Bernard neemt een paar aanrijdingen met golfkarretjes door en meldt dat de Rus in villa 210 slapend is aangetroffen in de bosjes voor zijn villa. Garry neemt nog wat bizarre eisen door van gasten die arriveren, zoals een speciaal verzoek van het stel in villa 135.

'Ze willen elkaar opnieuw het jawoord geven,' zegt Garry.

'Aaah,' zegt Geri.

'Jezus christus!' zegt Ben. 'Je zou toch denken dat één keer wel genoeg is.'

'Maar goed,' vervolgt Garry. 'Meneer Forrest heeft gevraagd om zevenentwintig Dolce Vita-rozen met lange stengels en een trouwring.'

'Oké,' zeg ik, en ik noteer het in mijn zwarte opschrijfboekje.

'Wat?' vraagt Ben. 'Kan dat hier?'

'Ja hoor,' antwoord ik. 'We kennen hier geen "nee". Sommige dingen lukken alleen niet. Verder nog iets?'

'O, ja,' zegt Garry. 'Ze moeten de rozen en de ring vrijdag hebben.'

Dinsdagmiddag

Ik zit het grootste deel van de middag aan de telefoon met Singapore om de Dolce Vita-rozen en de ring te regelen. Nu ik tegen Ben heb gepocht dat in deze wereld van luxeoorden niets onmogelijk is, moet ik dit natuurlijk wel voor elkaar zien te krijgen. Voor dergelijke situaties hebben we overal agenten zitten. Ze fungeren als een soort veredelde assistenten die we elke maand een paar duizend dollar betalen, zodat we ze in noodgevallen kunnen inschakelen. En tot op heden hebben ze ons niet teleurgesteld. We hebben tot nu toe jubileummuziek gevonden, een trouwjurk, schoenen van Jimmy Choo, een bepaalde Napoleon-cognac en zelfs een paar Russische hoeren in Bangkok. Het was een beetje alsof je in Newcastle op zoek gaat naar kolen, maar de gast was glashelder in zijn verzoek. Hij wilde blank, blond en Russisch. Onze gebruikelijke hoerenzoeker op het vliegveld ving bot. Er is hier dan ook weinig vraag naar chiquere prostituees. De plaatselijke bevolking heeft geen rode cent, laat staat dat ze een paar duizend dollar hebben voor enig horizontaal vermaak. En dus zochten we het verderop. We belden naar Nairobi, Colombo, Sydney en Singapore. Uiteindelijk werden er een paar dames in Bangkok gevonden en op de eerstvolgende vlucht hierheen gezet. En ik moet zeggen dat ik, toen ik ze traag van de boot zag stappen en langs de receptie zag kuieren, besefte dat prostitutie een wereld is waar je waar voor je geld krijgt. Onze Saudische vriend wilde twee prachtige, pruilende *babes* en dat is precies wat hij kreeg. Ze hebben de villa het hele weekend niet verlaten.

Maar het moeilijkst wat ik tot nu toe heb moeten regelen was niet voor een gast, maar voor het hotel zelf. Vorig jaar hadden we zeer spectaculair vuurwerk voor oudejaarsavond. Het was mijn eerste jaar als bedrijfsleider en ik wilde mezelf een beetje bewijzen. De vorige manager scheen totaal waardeloos te zijn geweest op organisatorisch vlak, en dus wilde ik laten zien hoe het wel moest. Hoe dan ook, ik werd gebeld door de kerels die het in Singapore aan het organiseren waren, die me vroegen hoe ik het vuurwerk naar het eiland dacht te vervoeren. Ik stelde voor dat ze het gewoon in een vliegtuig zouden stoppen. Maar halverwege het gesprek begon het me te dagen dat we het over 300 kilo buskruit hadden en geen enkele commerciële vliegmaatschappij dat in het ruim zou durven vervoeren. Als een stel kwajongens stiekem een peuk opsteekt in het toilet zou dat de hele boel opblazen. We konden geen kant op. De boot zou te lang duren. We hadden drie weken om het vuurwerk op het eiland te krijgen; anders zou mijn feestdebuut even glamoureus zijn als een verregend weekend aan de Engelse kust.

Er gloorde even hoop toen een van onze met geld smijtende vaste gasten, een grote speler op de beurs van Singapore, opbelde en vroeg om een grote watervilla met zwembad voor een lang weekend met zijn maîtresse. Ik wist dat hij in zijn privévliegtuig zou komen en smeekte hem om het buskruit voor ons mee te nemen. Ik beloofde zijn verblijf te vergoeden en zegde hem allerlei extraatjes toe. Verbazingwekkend genoeg stemde hij in. Maar helaas veranderde hij op het laatste moment van gedachten, waardoor we weer terug bij af waren. Uiteindelijk wilde ik geen gezichtsverlies lijden. Er was niets ergers dan wanneer gasten na de dramatische opbouw naar twaalf uur zes zielige vuurpijltjes de lucht in zouden zien vliegen. Daar betalen ze geen 1.000 dollar feesttoeslag voor. Dus belde ik onze regelaar op en liet hem voor 44.000 dollar een privévliegtuig huren om het spul hier te krijgen. Buskruit heeft nog nooit zo luxe gereisd. De Lear was volstrekt leeg, op 150 dozen explosieven na in het ruim. Maar het resultaat was de moeite waard. We hadden een zestien minuten durende vuurwerkshow die even indrukwekkend was als die in de haven van Sydney tijdens de millenniumnacht. Sommige personeelsleden vonden het ietwat overdreven, maar volgens mij waren ze gewoon jaloers. Mijn enige probleem is nu dat ik de rekening van 44.000 dollar voor het vliegtuig in de jaarlijkse boekhouding moet zien te verrekenen. Maar goed, die verdomde trouwring bezorgt me kopzorgen. Ze moeten het ontwerp en de vingermaat weten en niemand in Singapore weet zeker of we het vrijdag wel binnen hebben. Maar ik hou vol. Ik laat Kate de vinger van de 'bruid' meten in de boetiek en wil, zodra we weer stroom hebben, een e-mail sturen met een digitale foto van het ontwerp dat ze heeft uitgekozen uit onze uitgebreide sieradencollectie in de winkel. Ik weet al lang dat als je iets gedaan wilt krijgen in deze wereld, je dat niet bereikt door te schreeuwen en stampvoeten. Kalme overredingskracht moet je hebben, tenzij je iets van je eigen personeel wilt, natuurlijk.

'Luister eens,' zeg ik tegen Hori die ik op zijn mobiel bel. 'Waar blijft mijn elektriciteit, verdomme? Ik zweet me gek in dit kantoor. Het ijs smelt in de voorraadkamers. De voorraadboot kan goddomme elk moment arriveren met tienduizenden dollars aan eten aan boord en jíj hebt de generator nog altijd niet gemaakt.'

'Wacht eens, vriend...' begint Hori.

'Ik ben je vriend niet,' antwoord ik. 'Ik ben je baas, verdomme.'

'Rustig aan, vriend,' vervolgt hij, niet op mijn woorden lettend. 'Ik ben er bijna.'

'Bijna is niet goed genoeg! De telefooncentrale zou nu roodgloeiend staan als dat kloteding zou werken.'

'Vijf minuten,' zegt hij.

'Drie!' schreeuw ik.

'Oké, vriend.'

'Ik ben niet je...'

Hij hangt op.

‘Zak,’ mompel ik en ik strijk met mijn handen door mijn natte haar. Jezus, wat heb ik het heet.

Ik wil net mijzelf en Hori van kant gaan maken als er op mijn deur wordt geklopt.

‘Kom binnen,’ zeg ik, en er klinkt een zachte klikje als de lichten in mijn kantoor aangaan en de airco zuchtend in actie komt. Godzijdank. Mijn telefoon gaat. ‘Hallo?’

‘Met meneer Antonov in villa 220,’ zegt iemand met een zwaar Russisch accent.

‘Goedemorgen, meneer!’

‘Is dat zo?’ vraagt hij.

De moed zinkt me in de schoenen. Ik heb hier met een filosoof te maken.

‘Nou ja, afgezien van wat technische probleempjes…’

‘Als ik technische probleempjes had gewild, was ik wel in mijn eigen land gebleven,’ deelt hij mee. ‘We zijn erg goed in problemen van technische aard.’

‘Dat geloof ik graag.’ Ik lach in een poging de zwaarmoedigheid die hij door de telefoon uitstraalt enigszins te verlichten. ‘Maar het zal niet meer gebeuren, meneer. Het probleem is opgelost. We konden er niets aan doen.’

‘We kunnen overal iets aan doen,’ meent hij.

‘Ja, meneer.’

‘Maar goed.’ Hij schraapt zijn keel, ‘Ik ben niet geïnteresseerd in de problemen die jullie hebben bij het runnen van jullie eilandje. Ik wil een boot huren.’

‘Een boot huren?’ Ik haal diep adem en kijk op. Yoshiji, de sushichef en Angela, de jonge Duitse windsurf- en zeilinstructeur, staan voor me. Ik gebaar ze plaats te nemen.

‘Wat voor soort boot, meneer?’

‘De grootste die jullie hebben,’ zegt hij.

‘Waar wilt u hem voor gebruiken? Om te vissen op de open zee? Een dagtochtje? Zonnebaden?’

‘Ik wil met mijn gezin om de eilanden varen.’

‘Goed,’ zeg ik. ‘Is dat voor u, uw vrouw en uw dochters?’

'Inderdaad.'

'We hebben een Sunseeker van 17 meter voor u, of een Azimut 68S.'

'Hebben jullie niets groters?'

'Uiteraard kunnen we alles voor u regelen. Welke prijsklasse had u in gedachten?'

'10.000 dollar per dag?'

'Uitstekend, meneer. Wanneer wilt u hem hebben?'

'Wanneer ik maar wil,' zegt hij. 'Hij moet tot onze beschikking zijn als we dat willen.'

'Vanmiddag is de boot voor u gereed.'

'Uitstekend,' zegt hij. 'En geen problemen meer.'

'Geen problemen meer.'

Ik hang op en glimlach naar Yoshiji en Angela. 'Ja? Wat kan ik voor jullie doen?'

'We willen ontslag nemen,' zeggen ze tegelijkertijd.

'We willen aan het eind van de week weg,' zegt Angela. 'We zijn verliefd.'

'O, goed,' zeg ik. O hemel, denk ik. Waarom altijd Yoshiji? Wat heeft deze man dat alle vrouwen zo onweerstaanbaar vinden? Zo lang is Angela hier niet eens. Ze was aangenomen ter vervanging van Ian, die hoofd windsurfen en zeilen was. Hij was halverwege de veertig en had een buikje, en dus hebben we hem eruit gegooid. Hij zag er eerlijk gezegd niet uit. Je wilt niet de halve wereld over reizen om een onaantrekkelijke man op het water bezig te zien. Dat is niet bepaald reclame voor onze levensstijl, of de lessen. En dus namen we Angela aan, en zijn de inkomsten gestegen. Ze ziet er goed uit in een bikini. Ze is mooi bruin en heeft lang, blond haar. Ze ziet er fantastisch uit op het water. Net een echte *waterbabe*, als je haar niet van te dichtbij bekijkt. Want eerlijk gezegd is er, in het meedogenloze tl-licht van mijn kantoor, meer voor nodig dan haar puisterige gezicht en tanden met rookaanslag om mij het water in te krijgen.

'Dat komt bijzonder slecht uit,' zeg ik.

'Je kunt ons niet tegenhouden,' zegt ze, terwijl ze haar dunne, rechte haar uitdagend achterover gooit.

'Dat zeg ik ook niet. Ik zeg alleen dat het slecht uitkomt.'

'Nou, dat is jouw probleem,' zegt ze. 'We gaan samen in Japan wonen.' Ze buigt zich voorover en pakt Yoshiji's hand.

'O, oké.' Ik glimlach. 'Ben je er ooit geweest?'

'Nee.'

'Jij bent wel erg stil, Yoshiji.'

'Tja, meneer.' Hij haalt zijn schouders op. 'Wat zal ik ervan zeggen?'

'We hebben alles al geregeld,' valt ze hem in de rede. 'We gaan een restaurant beginnen op het strand.'

'Dat lijkt me geweldig,' zeg ik. 'Kon ik maar mee.'

'Wat?' Yoshiji kijkt nogal verbaasd. 'Neem jij ook ontslag?'

'Nee, ik zeg het alleen maar.' Ik zucht. 'Is er geen enkele manier om jullie van gedachten te doen veranderen? Is er een manier om jullie hier te houden? Promotie? Een ander onderkomen, misschien? Zodat jullie kunnen samenwonen?'

Yoshiji aarzelt. Het idee van een nieuw onderkomen heeft zijn belangstelling duidelijk gewekt. 'Nou...' begint hij.

'Nee,' kapt ze hem af. 'We vertrekken aan het einde van de week.'

'Oké dan,' zeg ik. 'Als jullie het zo zeker weten.'

'We weten het zeker,' zegt ze.

'Ik denk dat je ons nog geld verschuldigd bent voor je werving en opleiding, aangezien je hier nog maar drie maanden bent, Angela,' opper ik. 'Ik zal er even naar kijken.'

'Best, hoor,' zegt ze, terwijl ze pruilt als een puber. 'Ik moet hier gewoon weg.'

'Ik stel voor dat je met Nina gaat praten van HR en dat zij het verder afhandelt.'

Ik sta op en schud hen de hand. Ik overweeg stennis te schoppen over hun plotselinge vertrek, maar het feit dat ik om drie uur ben opgestaan, begint eerlijk gezegd zijn tol te eisen en ze zijn geen van beiden onvervangbaar. *Beach babes* zijn er dertien in een dozijn op het zuidelijk halfrond en ik kan in één middagje een uitstekende sushichef oppikken bij een internationaal hotel in Tokio, Kuala Lumpur of Singapore. Bovendien zeggen haar vastberadenheid en zijn terughoudendheid me dat dit wederom een van Yoshiji's bijzondere relaties is die zal eindigen in tranen en verwijten over en weer.

Ik word gebeld door Bernard. Hij gaat de late lunchgasten in de eetzaal toespreken en verzoekt me daar als de wiedeweerga naartoe te gaan.

'Ik heb alleen Ben hier om de gemoederen te sussen,' legt hij uit. 'En hij is niet de meest charmante vent die ik ken. We hebben een hoop – hoe zeg je dat? – pissige gasten, die er behoefte aan hebben dat je doet alsof het je een ruk kunt schelen.'

Ik stap direct in mijn golfkarretje en rij naar de eetzaal. Normaal gesproken laat ik elke ochtend mijn neus zien, en soms ook rond lunchtijd en af en toe 's avonds. Maar als manager moet je je ook niet al te opzichtig opstellen. Je moet niet het idee wekken dat je rondhangt om klachten aan te horen. Je wilt jezelf ook niet al te veel in de vuurlinie plaatsen, omdat je dan geen kant op kunt. Het is altijd handig als de gasten langs verschillende instanties moeten voor ze bij jou terechtkomen, anders moet je je over elk te laat ontbijt of ongevulde minibar ontfermen. Terwijl je je uiteraard met gewichtere zaken zou moeten bezighouden, zoals hoe ik een vliegtuig vol prostituees uit Bangkok ga invliegen en hoe ik dat buskruit ga verschepen.

Ik parkeer en loop naar het zwembad en zie dat het er vol is. Het lijkt erop dat het hele hotel zich om het golfbad heeft verzameld en binnen enkele seconden zie ik waarom. Meneer McCann en zijn dames zijn neergestreken in een hoek van het zwembad, tussen de jacuzzi, het glad gemaaide gazon en het strand. En ze lijken al enkele kannen met cocktails achterover te hebben geslagen en een schouwspel op te voeren. Althans, de meisjes. Meneer McCann hangt als een kleine, harige strandbal achterover in een paar kussens en kijkt even gretig naar de vertoning als iedere andere bankier, effectenmakelaar en rijke zak om het zwembad. Hij kan trots zijn op zijn meisjes. Ze dansen op de reggae die vanuit de strandbar komt en wrijven hun lichaam en billen tegen elkaar aan op een manier die ik niet meer heb gezien sinds ik ooit in een stripclub in Bangkok belandde.

Ben zit er middenin, grijnzend met zijn *Miami Vice*-zonnebril en zijn linnen overhemd en broek. Hij past er goed tussen, lachend met meneer McCann, terwijl hij ervoor zorgt dat die het prima naar zijn zin heeft, en tegelijkertijd zijn ogen achter zijn zonnebril niet van het zwembad kan afhouden. Je kunt het hem niet kwalijk nemen. De meisjes zijn beeldschoon. Ze wegen geen grammetje te veel. Hun geoliede huid glinstert in de zon, net als hun met lovertjes bedekte bikinistrings en topjes. De meeste mannen bij het zwembad doen alsof ze lezen en gebruiken hun boek of tijdschrift om hun erectie in hun Vilebrequin-zwembroek te verbergen. Hun vrouwen kunnen het echter minder waarderen. Ze snuiven afkeurend en tut-tutten verontwaardigd, terwijl ze onschuldige kinderen naar het strand begeleiden.

'Goedemiddag, meneer McCann,' zeg ik, terwijl ik om het zwembad heen loop. Hij glimlacht en zwaait naar me met zijn korte, harige arm.

'Leuk dat je er bent!' zegt hij. 'Kom even iets drinken!'

'Dat zou ik dolgraag willen, meneer,' zeg ik glimlachend. 'Maar ik moet helaas wachten tot de managersborrel van vanavond voor ik mag meedoen.'

'Oké.' Hij gebaart me door te lopen. 'Tot dan!'

'Ben.' Ik glimlach. 'Kan ik je even spreken?'

'Uiteraard,' zegt hij, en hij komt naar me toe.

'Dit is het betere werk,' fluistert hij in mijn oor. 'Veel meer in mijn straatje.'

'Dat doet me deugd,' zeg ik. Ik kan hem beter nog even te vriend houden voor ik hem vraag zijn handen uit de mouwen te steken. 'Wil jij één kant van de eetzaal voor me doen?' vraag ik.

'Tuurlijk,' zegt hij. Zijn humeur is beduidend verbeterd. 'Wil je dat ik de klachten afhandel over het debacle van vanmorgen?'

'Dat zou geweldig zijn,' zeg ik. Zie je wel, dat ik hem niet zomaar had aangenomen.

'Tot aan de andere kant,' zegt hij met een knipoog. 'Dames!' Ik hoor hem van wal steken tegen een tafel met meisjes die hier zijn voor een week van ontgiften en yoga. Ik weet dat ze dagelijkse sessies hebben met onze voedingsdeskundige in de spa. 'Ik ben Ben, de nieuwe souschef. Hebben jullie het naar je zin?'

Ik loop naar de andere kant van de openluchteetzaal en stap op een groot, blank echtpaar af dat lichtmauve is geworden in de zon.

'Goedemiddag,' zeg ik. Geen van beiden neemt de moeite om op te kijken van hun clubsandwich. 'Geniet u van uw lunch?' Het is altijd verstandig om op een positieve manier te beginnen.

'Ja,' zegt de vrouw, die, meen ik mij te herinneren, geboekt heeft via Elegant Resort, en zich dus niet te buiten zal gaan aan extraatjes. Ik ben zelfs lichtelijk verrast dat ze hier lunchen. Dit soort gasten stopt bij het ontbijt vaak hun zakken vol met fruit en broodjes in de hoop dat ze genoeg bij elkaar sprokkelen voor de lunch om zo kosten te besparen.

'Kan ik iets voor u doen?' vraag ik luchtig, terwijl ik me alweer in de richting van de volgende tafel begeef. Ze nemen niet de moeite om te antwoorden. 'Goed... Fijne dag nog verder.' Ik draai me om naar de tafel ernaast en sta ineens voor mevrouw Thompson, meneer Thompson, de oppas en de twee jongens. Shit.

'Goedemiddag.' Ik glimlach en zet mezelf schrap.

'Zo goed is die anders helemaal niet,' begint mevrouw Thompson.

'O, hemeltje,' antwoord ik. Daar gaan we weer.

'Jasper is erg verbrand.' Ze trekt het kind naar zich toe alsof het een bewijsstuk is. 'Waarom hebben jullie geen waarschuwingen in de villa over hoe heet de zon is? Ik bedoel, hoe kunnen wij weten dat factor 25 niet genoeg is...'

Ze gaat maar door. Ik moet bekennen dat ze niet de eerste is die klaagt over de felle zon. Ik weet nog dat de vorige manager voor zijn vertrek tegen me zei dat mensen hier op vakantie zijn en je dus niet van ze mag verwachten dat ze nadenken. Het aantal verbrande mensen dat de arts hier behandelt is ongelooflijk. Het loont de moeite om onze gasten op de schouder te tikken als ze in de zon liggen te bakken en hen te adviseren zonnebrandcrème op te doen. We doen het op de boot naar het eiland, omdat iedereen dan zo moe en gedesoriënteerd is. We bieden flesjes water en zonnebrand aan om te voorkomen dat de mensen – vooral de mannen, eigenlijk – hier zo rood als een kreeft arriveren. Maar voor velen is dat nog niet genoeg. Er wordt in de villa's gewaarschuwd voor gevaarlijke zeestromingen, maar ik denk erover om grote borden op te hangen die waarschuwen voor de zon. Maar wat we ook doen, voor sommige mensen is het nooit genoeg. En mevrouw Thompson lijkt zo iemand te zijn. Ze tettert maar door in mijn oor als een terriër die aan de speed is. Haar ontbijt was te laat. De eieren waren niet warm. De boter was zacht. De jam zat in een potje en lag niet op het bord zelf. Ze is nog net niet echt onbeschoft, maar dat is vast slechts een kwestie van tijd. Ze doet me denken aan de soort cliëntèle waar een vriend van me mee te maken had toen hij in het Four Seasons in Nevis werkte. De New Yorkers die het hotel rond de kerstdagen bezoeken, schenen zo veeleisend te zijn dat ze voor de kerst altijd een team psychologen lieten overkomen om het personeel te leren omgaan met de scheldkanonnades en aantijgingen van de gasten. Geen wonder dat

James het er niet lang volhield. De laatste keer dat hij is gezien, was aan de kust van Zanzibar, waar hij een aanzienlijk minder zware managementbaan had.

De rest van mijn ronde door de eetzaal verloopt zonder veel problemen. Op de meeste gasten heeft het uitvallen van de stroom weinig indruk gemaakt. De meesten lagen nog te slapen, en een paar anderen waren zover heen dat ze er niets van hebben gemerkt. Ik zie de vent die de avond ervoor tijdens zijn zwemles zijn knie heeft geblesseerd en doe opnieuw het aanbod om röntgenfoto's te laten maken op het vasteland. Ik zie aan zijn gezicht dat hij dat te veel moeite vindt. Ik loop langs Ben, die nog steeds naar de gasten glimlacht en een praatje met ze maakt, om te zorgen dat hem aan het einde van de week fooien wachten, en ga even langs Kate in de boetiek.

De airco draait op volle toeren als ik binnenkom. Het is hier zelfs zo koud dat ik bijna een trui aan moet, al heb ik er niet eens een. Kate en ik hebben toen we hier aankwamen onze winterkleding in koffers in een opslagkamer vlak bij de villa gedaan, maar na een tijdje was alles beschimmeld en vergaan en moesten we alles weggooien.

'Dag, lekker ding.' Ik glimlach en loop naar haar toe. 'Mag ik je een kus geven? Er kijkt toch niemand.'

'Nee!' zegt ze. 'Ik moet professioneel overkomen, en de bestuurders van de golfkarretjes kunnen ons zien.' Ik draai me om en zie drie bestuurders verveeld rondhangen en kletsen in de schaduw van een palmboom. Ik wil net naar buiten lopen en ze streng toespreken als ik zie dat een van de kokosnotenverzamelaars de boom in klimt en twee kokosnoten afhakt. Ze vallen met zo'n klap op de grond dat de bestuurders een meter in de lucht springen. Dat zal ze leren, denk ik, en ik richt mijn aandacht weer op Kate.

'Hoe was je dag tot nu toe?' vraag ik, terwijl ik de kaftans, de bikini's bedekt met kralen, de Stetsons en de teenslippers met lovertjes in me opneem. Wie had er kunnen denken dat deze rommel zoveel geld opbrengt? Maar dat is wel het geval. De boetiek is een van de meest lucratieve onderdelen van het hotel en brengt zo'n 70.000 dollar per maand op, waardoor het als het aankomt op de omzet per vierkante meter de kosten meer dan dekt.

'Niet slecht.' Ze haalt haar schouders op. 'Ik heb dat stel dat opnieuw in de echt verbonden wil worden hier gehad. Ze zijn de hele ochtend bezig geweest met het uitzoeken van ringen.'

'O, is het geregeld?' vraag ik.

'Het komt helemaal goed. Ik heb de vingermaat en het ontwerp naar die man in Singapore gestuurd,' zegt ze. 'Je secretaresse had me gebeld.'

'Mooi zo.' Ik wrijf in mijn handen. 'Fijn om te horen dat Lynne er bovenop zit. Kom je naar de managersborrel?'

'Ja, tenzij ik iets leukers kan verzinnen,' zegt ze.

'Nu maar hopen dat Lynne de uitnodigingen heeft verstuurd. Dat was ze vorige week vergeten.'

Kate lijkt me niet te horen. Ze staart door het spiegelglas naar het zwembad. Ik draai me om en volg haar blik.

'O, shit,' zeg ik. 'Nu zullen we het hebben.'

Het ziet ernaar uit dat McCanns gezelschapsmeisjes het drinken en dansen aan het zwembad zat zijn en naar de boetiek willen gaan. Ze lachen en giechelen en gooien hun glanzende haar naar achteren en schoppen hun slanke, gebronsde benen voor zich uit. Een paar van hen heeft speciaal voor het bezoek een hotpants of een minirokje aangetrokken; anderen hebben niet de moeite genomen en zien er geen been in om topless en in G-strings over de parkeerplaats te lopen. De bestuurders van de golfkarretjes hebben zoiets nog nooit gezien, en ik ook niet. Het is alsof een *Playboy*-fantasie tot leven is gekomen. Ik kan alleen maar staren, net als de rest.

'Goedemiddag, dames.' De stem van Kate brengt me terug op aarde.

'Goedemiddag,' zeg ik ook snel. 'Komen jullie lekker winkelen?'

'Nou en of,' antwoordt de lange donkere. 'Dat hebben we wel verdiend.'

Ik weet niet meer wat ik moet zeggen en loop in de richting van de deur.

'Zoeken jullie iets speciaals?' vraagt Kate.

'Sieraden,' zegt een van de meisjes.

'Diamanten!' voegt een ander eraan toe.

'En niet weinig ook,' zegt de eerste.

Iemand gaat vanmiddag veel geld uitgeven, denk ik terwijl ik de winkel uitloop. Ik vrees dat die arme kerel zelf echter van niets weet. Die ligt vast te slapen aan het zwembad.

Dinsdag, zonsondergang

Achter het personeelsdorp, naast de timmermanswerkplaats en het basketbalnet, ligt een haventje, compleet met hijskranen, sleepboten en platbodems. Het ziet eruit als een verwaarloosde werkende haven in de tropen. Er drijft troep in het water en vogels duiken omlaag, op zoek naar etensresten. Hier lossen onze voorraadschepen hun ladingen en haalt onze afvalboot alle afval op van de keuken, de restaurants en de spa, dat ik niet nader zal definiëren. Er wordt dagelijks een ware berg afval naar een minder fortuinlijk eiland verscheept, waar het wordt doorzocht en eventueel gerecycled; wat overblijft wordt verbrand of gestort. Het zal duidelijk zijn dat dit gebied goed wordt afgeschermd en niet toegankelijk is voor de gasten.

Ik arriveer als de zon ondergaat en de afvalboot net is vertrokken. Hij vaart de haven uit, gevolgd door een groep krijsende zeevogels. Er hangt nog steeds een weeë, zoete lucht van rottende etensresten.

Maar ik ben hier niet voor het afval. De voedsel en drankmanager Jean-François heeft me gebeld om naar wat hammen te kijken die net zijn afgeleverd door de *Mary Celeste*, het enorme koelschip dat elke middag voorraden bij het eiland aflevert. Hij brengt elke dag iets anders: vlees, alcohol, fruit enzovoort, en elke dag vertrekt hij weer leeg. Het bevoorraden van het eiland met voedsel en wijn is een schrikbarend kostbare aangelegenheid. Het kost ons rond de 20 miljoen dollar per jaar om onze gasten op de manier te voorzien die ze sinds kort van ons gewend zijn. Het vormt bijna de helft van de jaarlijkse omzet van 55 miljoen dollar en is onze voornaamste kopzorg. Anders dan stadshotels, waar voedsel als fruit en groenten, kaas, vlees en vis dagelijks direct bij de vaste leveranciers wordt gehaald, moeten wij van een afstand inkopen doen. We hebben dus niet alleen geen direct contact met de mensen van wie we kopen, maar we kunnen ook niets terugsturen. We kunnen geen steekproeven nemen in ons niet-bestaande laadplatform. Als de lading dus ondermaats is, en de vijftig kilo tomaten rot zijn of de ham te vet, moeten we die toch accepteren, anders hebben we helemaal geen ham of tomaten. Dat betekent dat we moeten vertrouwen op onze leveranciers en een goede verstandhouding met hen moeten hebben. Dat is allemaal de taak van Jean-François. Hij krijgt daar uiteraard een knap salaris voor – 7.000 dollar per maand – en ontvangt bovendien geldbedragen en bescheiden kerstbonussen van zijn vrienden uit de hele wereld. En dan bedoel ik echt uit de hele wereld. Als luxehotel gebruiken we uitsluitend de beste ingrediënten en die halen we bij de beste leveranciers. Onze Parmaham is dan ook de beste die er in heel Parma te krijgen is. We kopen onze patta negra in Spanje. Onze kaas komt uit Frankrijk, net als ons water en de bloem die we gebruiken voor de croissants en baguettes voor het ontbijt. De vis voor de sushi wordt overgevlogen uit Japan, ondanks dat er lokaal genoeg vis te krijgen is; net als onze wagyu en toro. Het fruit en de groenten komen voornamelijk uit Australië, omdat we hier niet de kwaliteit kunnen krijgen die we willen en moeten hebben. Onze eieren komen om dezelfde reden uit Duitsland. De garnalen komen uit Sri Lanka, de kreeft uit Thailand, en we importeren zelf kaviaar vanuit Dubai. Ieder hoger personeelslid dat ergens naartoe vliegt, krijgt de opdracht kaviaar mee terug te nemen. En sigaren, uiteraard. De laatste keer dat ik naar Dubai ben gevlogen voor een hotelconferentie, heb ik in mijn handbagage twintig kilo kaviaar en voor 2.500 dollar aan sigaren meegenomen. We proberen hetzelfde te doen met foie gras, maar dat is moeilijker. Je kunt je voorstellen dat onze inloopkoelkasten een culinair paradijs zijn: mie, worst, feta, truffels en Manchego. Overal waar je kijkt, ligt iets heerlijks en spannends. Hori zet zelfs stiekem potten Vegemite op de boodschappenlijst. Mijn persoonlijke favoriet is chocola van Valrhona, die we in huis halen om chocolade-ijs mee te maken. Het is machtig en verrukkelijk en met zes dollar per bolletje decadent duur. Maar volgens kenners is het dat beslist waard.

Soms lig ik me in bed zorgen te maken over de enorme ecologische voetafdruk die wij hier achterlaten. Met name omdat we als tropisch eilandje als eerste ten onder zullen gaan. Maar wat kunnen we eraan doen? We proberen te bezuinigen op eten voor het personeel. Hun fruit en groenten komen uit de omgeving, net als hun vis. Maar hun vlees komt nog altijd uit Argentinië en hun diepvrieskip wordt wekelijks ingevlogen vanuit Chili. Vroeger besteedden we 470 dollar per dag aan eten voor het personeel, maar dat is inmiddels opgelopen tot 680 dollar, we zitten deze maand alleen al 50.000 dollar boven het budget. Het echte probleem zijn echter niet de hoge kosten van de maaltijden van het personeel, maar het voedsel van de gasten en het feit dat je niet kunt tornen aan wat wordt beschouwd als eersteklas eten. Je kunt het idee dat gasten hebben over wat goed eten is niet veranderen. Rijke mensen verwachten kreeft, foie gras en kaviaar, en het maakt ze niet uit hoe je het hier krijgt. Als je niet de juiste merken en cruciale gerechten op het menu hebt staan, worden ze boos en komen ze niet terug. Zo simpel ligt het. Het doel van een hotel als dit is te zorgen dat er altijd luxeartikelen aanwezig zijn, zonder dat de gasten zich afvragen hoe die hier zijn gekomen.

'Ah, *bonsoir*,' zegt Jean-François, opkijkend van zijn klembord. Zijn lange, donkere haar hangt naar voren. Hij is een knappe vent die regelmatig voorraden achteroverslaat met zijn Italiaanse sommelier Marco.

'Heb je die troep gezien?' Hij geeft een trap tegen een enorme ham, die over de grond schuift.

'Dit is geen patta negra. Hij is verdomme niet gevoed met eikels, maar heeft gewoon voer gekregen, zoals een gewoon varken en smaakt dus ook gewoon. We kunnen hier niet aankomen met gewoon.'

'Shit,' zeg ik.

'Kloteshit!' roept Jean-François uit, en hij trapt nog een keer tegen de varkenspoot. 'Ik ben de lul. De kok zal hier niet blij mee zijn. Dit is al de derde keer deze maand dat ze ons dit flikken.'

'We zullen op zoek moeten naar een andere leverancier,' stel ik voor.

'Jij hebt makkelijk praten. Jij hoeft niet naar Spanje om iemand te zoeken.'

'Moet je echt naar Spanje toe?'

'Hoe vind ik anders iemand?' vraagt hij.

'Via via?'

'Zo hebben we deze rotzak ook gevonden. En heb je die meloenen van vorige week gezien? Rotzooi. Ze waren al verrot toen ze op dat klotevliegtuig werden geladen. Wat een rotbaan! Ik dacht dat ik zon, zee, seks en nog meer seks zou krijgen, maar het enige wat ik krijg, zijn problemen.'

'En de seks dan?'

'De enige met wie ik seks zou willen, is met jouw vrouw,' zegt hij.

'Vriendin.'

'Wat maakt het uit? Ze is bezet,' tiert hij. 'Zelfs de kamermeisjes zijn verdomme allemaal mannen.'

'Nou ja, misschien kun je…'

'Zo wanhopig ben ik niet.' Hij kijkt naar de lijst met producten. 'En wat ik niet snap is waarom die meneer McCann zo egoïstisch moet zijn. Hoe kan zo'n klein dikkerdje nu zes meisjes tegelijkertijd naaien?'

'Viagra?'

'Zou kunnen.' Hij haalt zijn schouders op.

'De schrik van elke gelukzoekster,' zeg ik lachend. 'Vroeger hoefden die arme, knappe meisjes maar af en toe met zo'n rijke vent naar bed te gaan, nu moeten ze voortdurend opdraven. Ze moeten veel harder werken voor hun gouden halskettinkjes.'

'Er is wel wat meer voor nodig dan een gouden kettinkje voor ik me ook maar in de buurt van die man begeef,' verklaart hij. 'Maar goed,' vervolgt hij, 'we zijn het dus eens over de patta negra?'

'Jep. Verder nog iets?'

'Nee,' zegt hij. 'Alleen de gebruikelijke ellende met slecht fruit.'

Ik draai me om en denk dan ineens aan de rosécrisis. 'Is er roze Dom binnengekomen?'

'*Non*,' zegt hij. 'Alcohol komt pas donderdag binnen.'

'O.' Ik ben in de war. 'Welke dag is het vandaag?'

'Dinsdag,' zegt hij. Jezus, ik ben echt moe. 'De managersborrel. Moet je je niet verkleden?'

Shit. Ik kijk op mijn horloge. Het is kwart voor zeven, en dat betekent dat ik me moet douchen, aankleden en over een kwartier paraat moet staan in het Thaise restaurant Lotus om de gasten te verwelkomen. Ongelooflijk dat ik dat ben vergeten. Maar dat is het rare als je hier woont: je weet nooit welke dag het is. We hebben geen echte weekenden, zoals de rest van de wereld. We hebben maar één dag per week vrij. Ik ben in feite altijd aan het werk, zoals blijkt uit het feit dat ik vannacht om drie uur uit bed werd gebeld. Het is altijd dezelfde ellende, maar dan op een andere dag. En nu moet ik naar een borrel. Ik moet zeggen dat ik geen groot fan ben van de managersborrel. Het is zelden echt gezellig. De gasten zien het vaak als een gelegenheid om te klagen, en hoe meer ze drinken, hoe meer ze fulmineren. Het personeel is niet veel beter. Er zijn gewoonlijk vijf of zes managers aanwezig en die gebruiken de borrel allemaal als excuus om zo veel mogelijk gratis glazen champagne achterover te slaan. En de gasten zijn al even erg. Soms gaan ze zich zo te buiten dat ik me afvraag of ze nog nooit van hun leven een gratis glas champagne hebben gekregen. Maar het bewijst maar weer dat iedereen dol is op gratis spulletjes, hoe stinkend rijk ze ook zijn. Ik ben op tijd thuis om een douche te nemen en me in een wolk van aftershave te hullen. Imago is erg belangrijk bij dit werk en ik moet dus mijn best doen om er goed uit te zien. Ik probeer één keer per week mijn handen te manicuren, onderga zo nu en dan een gezichtsbehandeling en laat zelfs de kapper van het eiland om de twee weken op zondag opdraven om mijn haar bij te knippen. Het is ongelooflijk hoe snel je haar hier groeit in de zon, en hoeveel mensen dat opmerken. De laatste algemeen manager rook naar zweet en daar hadden enkele gasten over geklaagd. Arme kerel. Hij kreeg een fax van het hoofdkantoor waarin hem te kennen werd gegeven dat hij zich vaker moest wassen om het transpiratieprobleem op te lossen. Zoetgeurend en gestoken in pak en sandalen loop ik net de deur uit als Kate belt.

'Ze zijn net weg!' Ze hijgt door de telefoon.

'Nee!'

'Ja! Het is niet te geloven. Ze hebben 300.000 dollar uitgegeven.'

'Dat is een hoop kaftans!' zeg ik lachend.

'En heel wat diamanten,' voegt ze eraan toe. 'Ik denk dat dit een topdag is geweest. Godzijdank hebben rijke Amerikanen meer geld dan verstand.' Ze lacht. 'Tot zo,' voegt ze eraan toe en ze hangt op.

Als ik bij Lotus aankom, ben ik maar tien minuten te laat. Het ligt tussen de spa, de sportzaal en het strand van Silver Sands in het zuidoosten van het eiland. Het restaurant ziet er Thais uit, met lage tafels op het strand, roodgeverfde banken, Chinese lantaarns in de bomen, enorme draken bij de ingang en een cocktailbarretje met een soort loungegedeelte met tapijten en Balinese meubels. Het moet eruitzien als een chic, oosters restaurant, maar in plaats daarvan lijkt het meer op een kraampje van de Portobello-markt dat op het strand is aangespoeld. Ik loop snel langs de Chinese draken. Er staan nog maar een paar mensen op het strand met elkaar te praten en champagne te drinken. Voordat ik me in de strijd werp met mijn beste en meest dienstbare glimlach op mijn gezicht, komt mijn secretaresse Lynne aangelopen met de agenda.

Die bestaat uit een gedetailleerd overzicht met de naam en het villanummer van iedere gast op het eiland. Er staat ook op via wie ze hebben geboekt, hoe lang ze blijven, hoe ze hier zijn gekomen – met een eigen vliegtuig of een speciale jacht – en wat hun bijzondere eisen zijn. Het zijn de ultieme spiekbriefjes die ik raadpleeg voor het geval dat. Hier staat of een gast belangrijk is, en wat ik moet doen als ze gaan klagen. Lynne neemt plaats en neemt met me door wie er lastig kan worden en met wie ik een babbeltje moet maken. Het arme kind is zeven maanden zwanger en dat in deze hitte. We hebben haar in Singapore gevonden toen we op zoek gingen naar medewerkers. Ze was dolblij met deze baan. Helaas resulteerde de afscheidsavond met haar echtgenoot in een dikke buik. Wat voor zowel haar als mij jammer is, omdat ze een charmante, efficiënte en goede secretaresse is, en zij het hier naar haar zin heeft. Ze zegt dat ze weer wil gaan werken na de bevalling en het kind thuislaat bij haar man, maar we weten allebei wel beter. Ze wijst me op een stel dat in het weekend is gearriveerd en altijd veel geld uitgeeft. Ze herinnert me eraan dat er in de haven een jacht voor meneer Antonov klaarligt à raison van 10.000 dollar per dag, dat hij kan gebruiken wanneer hij dat wil. Ze voegt eraan toe dat meneer McCann waarschijnlijk niet zal komen omdat er weer een vliegtuig vol met zijn speciale vrienden is aangekomen en hij nog twee andere villa's heeft bezet. Ze vertrekt in de richting van het personeelsdorp om uit te rusten en ik schenk voor mezelf bronwater in een champagneglas.

Ik drink liever geen alcohol op de managersborrels, anders

drink ik elke avond van de week. Ik moet bijna elke avond gasten onderhouden, en het zou onbeleefd zijn als ik dan niet zou drinken. Als ik met gasten dineer of een cocktail drink, is het altijd moeilijk om het bij één glas te houden. De gast is op vakantie, is hier om zich te ontspannen en heeft zin in een drankje en ik kan het niet maken om korter dan drie kwartier te blijven. Geloof me, ik heb het geprobeerd. Ik heb ook geprobeerd om drie kwartier te doen over één drankje en het is godsonmogelijk. Hoe klein en keurig de slokjes die ik neem ook zijn, ik heb het nooit langer weten te rekken dan een halfuur. En dat terwijl je vaak stomdronken moet zijn om het niveau van de gesprekken aan te kunnen.

'Goedenavond,' zeg ik met een glimlach, terwijl ik op een ouder echtpaar afloop dat zo bezweet en biggetjesroze is dat ze eruitzien als stukken geroosterd vlees.

'Hoi,' zegt de kleine man, terwijl hij achterover leunt en zijn hand in de zak van zijn pistachekleurige broek steekt.

'Dit zijn meneer en mevrouw Bentley,' zegt Leila, een van de gastvrouwen van het restaurant. Het is altijd nuttig om een paar gastvrouwen of -heren uit te nodigen voor de borrel omdat ze veel meer contact met de gasten hebben en de meesten bij naam kennen. 'Dit is onze algemeen manager,' vervolgt ze.

'Nou, prettig kennis te maken,' zegt meneer Bentley. 'Dit is het vrouwtje, Carol.'

'Hoe maakt u het?' zegt ze, terwijl ze mijn hand met twee grote, gloeiende handen beetpakt. 'We hebben het hier vreselijk naar onze zin.'

'Fijn,' zeg ik glimlachend. 'Fijn dat te horen. Kan ik iets voor u doen?'

'O, nee,' zegt meneer Bentley. 'Ik ben naar de meeste resorts in de wereld geweest en dit is de beste.'

'Meent u dat? Wat fijn om te horen.'

'O, ja,' vervolgt zijn vrouw. 'We zijn naar bijna alle resorts in de wereld geweest.'

Dat heb ik weer, denk ik, terwijl ik daar glimlachend mijn water sta te drinken. Ik ben kapot, ik wil liggen en de eerste de beste persoon die ik tegenkom, is verdomme Meneertje Resort. Meneertje Resort is meestal iemand van middelmanagement, die eens per jaar een dure vakantie boekt en daar continu over blijft praten. Hij reist Club Class en zorgt ervoor dat zijn vrienden precies weten hoe duur de tickets waren. Hij is overal ter wereld geweest, maar ziet nooit iets omdat hij het hotel, afgezien van de transfer van en naar het vliegveld, niet verlaat. Hij is een gewoontedier, meestal Engels of Amerikaans, houdt van alles wat gratis is en is meestal dol op golf. We hebben dit type hier niet vaak; wat voornamelijk komt doordat we geen golfbaan hebben, we mensen niet vragen een das te dragen bij het diner en we geruststellend duur zijn.

'Bent u ooit bij het Lémuria-hotel geweest?' vraagt hij me.

'Nee,' zeg ik. 'Helaas niet.'

'Ooo,' zegt Carol. 'Het is daar heerlijk.'

'Een van de mooiste golfbanen ter wereld,' zegt meneer Bentley. 'Houdt u van golf? Jullie zouden hier een baan moeten aanleggen.'

'Ja, jullie zouden hier een baan moeten aanleggen,' zegt zijn vrouw ook, en ze neemt een slok champagne. 'Ik zei laatst al tegen John dat het zo jammer is dat jullie die niet hebben, hè, schat?'

'Ja, inderdaad, duifje. Dat zou een enorm verschil maken.'

'Dat weet ik.' Jezus christus, ik heb hard een borrel nodig. 'Neemt u me niet kwalijk,' zeg ik. 'Het was enig om kennis met u te maken. Helaas moet ik nog wat mensen te woord staan.'

'Natuurlijk,' zegt meneer Bentley. 'U bent de baas.'

Ik loop naar het dienblad met drankjes en grijp een glas. Ik sla het in één keer achterover en draai me glimlachend om. 'Goedenavond.'

‘Hi,’ zegt de keurige man met een dure bril met architectonisch ontwerp. Zijn New Yorkse accent is onmiskenbaar. ‘Marshall. James Marshall. Ik wil u spreken over een upgrade.’

‘Natuurlijk.’ zeg ik. Shit, denk ik. Weet hij dan niet dat ik het allemaal al eens eerder heb gehoord en al sinds drie uur vanmorgen op ben? ‘Wat kan ik voor u doen?’

Ik haal diep adem en zet me schrap. Ik heb al eerder problemen gehad met meneer Marshall. Hij is het type man dat zo moeilijk tevreden te stellen is, dat je hem alles geeft wat hij wil, alleen maar om van hem af te zijn. Hij had aanvankelijk een watervilla met zwembad voor 4.000 dollar per nacht geboekt. Hij zou via Singapore reizen, maar veranderde toen van gedachten. Vervolgens kon hij geen vlucht krijgen en boekte ik een privévliegtuig voor hem. Toen wilde hij drie dagen eerder komen, maar de watervilla met zwembad was nog niet beschikbaar, en dus gaf ik hem het enige wat we hadden: een eenvoudige strandvilla. Hij reserveerde een overtocht met een privéboot, zodat hij niet op andere passagiers hoefde te wachten. Maar hij arriveerde een uur te vroeg en moest maar liefst veertig minuten lang op zijn boot wachten! Hij schopte stennis, en dus gaf ik hem de mooiste villa op het eiland: de grote strandvilla met zwembad. Hij zit er drie dagen voor dezelfde prijs als een gewone strandvilla en is nu kwaad omdat we hem hebben gevraagd te verkassen, omdat de villa geboekt is.

‘Dus als ik het goed begrijp,’ zegt hij, en hij doet een stap naar voren zodat ik met mijn rug tegen een lantaarn kom te staan, ‘vraagt u me voor één nacht te verkassen?’

‘Het spijt me heel erg, meneer,’ zeg ik. ‘Maar er is niets aan te doen.’

‘Ik vind het schandalig dat jullie me vragen om te verkassen,’ zegt hij. ‘Het is enorm stressvol. Ik kom voor ontspanning en nu doen jullie me dit aan.’

Ik probeer hem duidelijk te maken dat hij de duurste villa

van het eiland heeft gekregen voor een fractie van de prijs, maar hij lijkt te denken dat het zijn recht is om daar te zitten. Dit soort dingen gebeurt voortdurend. Je bent gul en vriendelijk, maar dat wordt je niet in dank afgenomen. Als je iemand één keer een upgrade geeft, verwachten ze dat elke keer dat ze hier komen. Nu hij de geneugten geproefd heeft van het beste wat we te bieden hebben, verdomt deze kerel het gewoon om terug te gaan. Het is niet te geloven dat ik hier nooit van leer. Vorig jaar hadden we hier een vrouw die was gevallen, waardoor er een splinter van een bot was gekomen. Het hotel was indertijd niet onderdanig genoeg en besteedde te weinig aandacht aan haar. Toen ze bij het hoofdkantoor ging klagen, werd haar een gratis verblijf aangeboden, om te voorkomen dat ze ons zou aanklagen. Maar het enige wat gebeurde, was dat ze toen ze terugkwam voor haar gratis verblijf iets anders vond om over te klagen en nu logeert ze hier weer zonder te betalen en heeft ze haar ouders meegenomen. Ik heb Leila en een paar anderen opgedragen te zorgen dat ze niet te veel met de andere gasten omgaan, omdat ze dan gaan klagen en zeuren en met andere mensen gaan praten en vertellen wat voor compensatie ze hebben gekregen, en dat gaat rond als een lopend vuurtje. Dan belt iedereen naar de spa om te zeggen dat de pedicure niet is bevallen. Of ze zeggen dat hun eten bedorven is of hun kamer niet is zoals ze hadden verwacht, en dan belanden we in een soort compensatiehel, en zijn we alleen maar bezig met op onze knieën te vallen en gratis massages uit te delen.

Kate komt aanlopen aan de andere kant van het strand. Ze ziet er fantastisch uit, ondanks haar ervaringen met het brute geweld van gelukszoeksters. Ik hoop maar dat al die op geldbeluste vrouwen haar niet op ideeën brengen.

'Hoi,' zegt ze, terwijl ze naar me toe loopt en me in mijn onderarm knijpt. We kussen meestal niet in het openbaar, want dan raken de gasten in de war. 'Je hebt op je overhemd gemorst.'

Ik kijk omlaag. Shit. Ze heeft gelijk. Ik lijk verdomme wel een peuter of onhandige dronkenlap met een halve fles champagne op mijn overhemd. 'O, shit.' Ik sla mijn ogen ten hemel. 'Ik ga wel met die kerels van het magazijn praten.'

Ik weet eigenlijk wel wat er is gebeurd. Vorige week zijn er meer dan duizend servetten vermist geraakt. Vraag me niet hoe. Of waarom. Wat moet je nou met een stapel roze, linnen servetten? En nu serveren ze champagne zonder servetjes. Het lijkt misschien tuttig, maar als je hier bent en er probeert uit te zien alsof je de leiding hebt, moet je een servet onder je glas houden omdat het vocht op je koude glas door de hitte condenseert en dat anders, zoals ik zojuist heb aangetoond, op de voorkant van je overhemd druppelt, wat geen punt is als je niet net een zeikerd te woord moet staan en je een Rus een boot probeert aan te smeren van 10.000 dollar per dag. Ik sta op het punt naar de bedienden toe te gaan en ze een veeg uit de pan te geven als Kate mijn arm beetpakt en met haar rug naar de Chinese draken gaat staan.

'Shit, praat tegen me,' sist ze me toe. 'Doe net of we druk met elkaar in gesprek zijn.'

'Waarom? Wat?' vraag ik.

'De Desperate Housewives zijn er.'

Ik kijk op en zie twee van onze verzameling van vier Desperate Housewives aan de andere kant van het strand, ieder met een glas champagne. De moed zakt me in de schoenen. Arme Kate. Ik sla mijn arm om haar heen en neem haar mee naar meneer en mevrouw Bentley. Geloof me maar, zelfs Meneertje Resort is aangenamer gezelschap dan een Desperate Housewife.

De Desperate Housewives zijn getrouwd met een personeelslid, meestal een manager, en niets meer dan dat. Ze wonen op het eiland en doen helemaal niets. Ze koken niet, maken af en toe hun villa schoon, maar afgezien daarvan hebben ze geen reet te doen.

Alison is Hoofd Desperate Housewife. Ze is getrouwd

met Alan, onze financieel manager, en beweert schilderes te zijn, maar is nog nooit met een kwast in haar hand gezien. Het licht schijnt hier niet fantastisch te zijn. En dus verdeelt ze haar tijd tussen de spa en de sportzaal, maar ze ziet er nooit anders uit. Ze is al op dieet sinds ze hier ruim een jaar geleden arriveerde maar lijkt geen pond te zijn afgevallen.

Onder-Desperate Housewife is Bernards vrouw Monica. Ze neemt haar positie als echtgenote van de residentmanager zeer serieus en wil altijd sieraden lenen uit de boetiek om te dragen naar speciale gelegenheden op het eiland, omdat ze zichzelf ziet als een soort ambassadeursvrouw. Het ergst is nog dat ze zich met het beleid bemoeit. Ze komt altijd met ideeën aanzetten om het eiland te verbeteren. Laatst wilde ze nog nieuwe personeelsuniformen ontwerpen.

Gelukkig zijn de andere twee – Maria en Lia – getrouwd met respectievelijk een restaurantmanager en de salesmanager, en profileren ze zich iets minder. Ze zitten veelal thuis rijst te koken in de hoop dat hun man thuiskomt van zijn werk. Ze laten het wel uit hun hoofd om, zoals Alison en Monica, beter gekapt en uitgedost dan de gasten naar de managersborrel te gaan.

'Ik ben naar alle grote hotels in de wereld geweest,' verklaart meneer Bentley. 'Evenals het vrouwtje hier, Carol.'

'O, echt?' hoor ik Kate enthousiast uitroepen. 'En, welke is het mooist?'

Woendagochtend

De borrel gisteravond duurde eindeloos. Meneer Bentley vertelde Kate uitgebreid over zijn toptienvakantieresorts en ze grijnsde en knikte maar als een speelgoedhondje op de hoedenplank van een taxi. Dat was echter helaas niet genoeg om te ontkomen aan de tangbeweging van twee Desperate Housewives toen ze het toilet uit kwam. Ze hielden haar een halfuur lang klem tussen de wasbakken, terwijl ze manicuren en de nieuwste nagellak in de spa bespraken. Kate vertelde me na afloop dat ze met liefde tien minuten met de Desperate Housewives zou inruilen voor een uur met meneer Bentley.

Ondertussen deed ik de ronde. Ik knikte naar en groette het pasgetrouwde Japanse stel, ik sprak met de gratis Britten en het media-echtpaar uit West-Londen. Ik sprak een halfuur met meneer Antonov en zijn vrouw over boten en gaf hen tips over uitjes die hen wellicht zouden aanspreken. Ik babbelde met meneer en mevrouw Thompson, die wat te laat waren en ieder een fles Veuve leken te hebben gedronken voor ze luid kibbelend achter op een golfkarretje op weg gingen naar het diner.

Kate en ik zwaaiden ze uit en overwogen net om roomservice te bestellen en een rustig avondje thuis te zitten, toen meneer McCann en zijn meisjes arriveerden. Niemand had hen verwacht. Vips van zijn slag vertonen zich zelden op managersborrels. Maar ik had het gevoel dat ze op zoek waren naar vertier en dat moesten Kate en ik ze uiteindelijk geven.

We namen ze uiteten bij Samurai, het restaurant in het noorden van het eiland. Het ligt naast het strand van Palm

Sands en wordt beschouwd als het meest prestigieuze restaurant op het eiland. Dankbaar gingen we aan de sake en de meisjes gaven een show, paaldansend voor de zwartgelakte wanden en dansend op de lichtgevende bar op hun hoge hakken. De meeste gasten waren al naar bed tegen de tijd dat de boel echt uit de hand liep. Alleen de echte vakantievierders slaan tenslotte om middernacht nog lycheemartini's achterover. Maar de schade bleef beperkt. Dat gezegd hebbende: ik voel me behoorlijk klote vanmorgen. Ik lig in bed naar de ventilator te staren en wat ik echt nodig heb om me uit bed te krijgen, is een liter water en een vitaminedrankje. Het is kwart voor zes en het enige wat ik wil, is diep onder de lakens kruipen en weer gaan slapen. Maar in plaats daarvan stap ik uit bed en doe de gordijnen open. 'O, gedver,' zeg ik.

'Wat is er?' vraagt Kate. Ze draait zich om. Haar lange, blonde haar zit helemaal in de war.

'Het regent.'

'Nee, hè,' kreunt ze. 'Ook dat nog.'

Nou, zeg dat wel. Als er één ding erger is dan die eeuwige zonneschijn, de hitte, het felle licht, de vochtigheid en de dodelijke verveling van altijd mooi weer, is het wel rotweer. Rotweer is klote. Rotweer is eigenlijk erger dan dat, het is de nagel aan onze doodskist. Er is niets erger dan wakker worden met het getik van regen en de aanblik van een loodgrijze lucht. Normale hotels in normale delen van de wereld zijn niet zo afhankelijk van het weer. Daar hoeven ze er alleen rekening mee te houden dat de gasten bij mooi weer meer artisjoksalade eten, en in de winter vaker jachtschotel of soep bestellen. Maar hier houdt alles op.

Zodra de zon verdwijnt, gaan de gasten klagen. En ze klagen tegen jou, alsof je verdomme God bent en er iets aan kunt doen! Tijdens het ontbijt wordt er gezucht en gesteund, behandelen ze je koel en nukkig en stellen ze eindeloos veel vragen. Hoe vaak gebeurt dit? Is dit normaal? Komt het door het broeikaseffect? Dan volgen de verwijten: maar dit is toch het droge seizoen? Ze vragen je altijd hoe lang het gaat duren, waarop ik standaard antwoord dat het weer hier zeer veranderlijk is omdat we op een eiland zitten. Ik geef ze altijd de hoop dat het 's middags weer overwaait. Het laatste wat je wilt is zeggen dat de ervaring leert dat de depressie een week aanhoudt en ze de zon de rest van hun dure vakantie niet meer zullen zien. Anders breekt de hel los en gaan gasten vluchten boeken om hier weg te komen en zit je de hele dag aan de telefoon met privémaatschappijen, omdat de welgestelde zonaanbidders naar een klantvriendelijker plaats willen. En dat is hier het grote probleem. Het is bedoeld voor mooi weer, en als het regent, is het hier totaal niet klantvriendelijk. Alle eetzalen zijn in de open lucht. Als het hard waait, vliegen de glazen van de tafels, wapperen de tafellakens en verdwijnt het bestek in de zee en wordt alles nat. We hebben slechts één vertrek dat we kunnen afsluiten van de elementen, en dat is de wijnkelder, en dus serveren we bij windkracht tien daar het ontbijt. Het stormde laatst verschrikkelijk toen de wind en de regen het oosten van het eiland twee dagen lang zo erg teisterden dat de golven de voorkant van het hoog op de rotsen gelegen zwembad wegsloegen, de pilaren van het grote restaurant braken, en tafels en stoelen de zee in werden gesleurd. We vergaderden over de aanschaf van regenschermen, maar kregen een prijsopgave van 80.000 dollar voor het hoofdrestaurant alleen al, en dus hebben we het op de lange baan geschoven, wat betekent dat er niets gaat gebeuren tot de volgende storm.

Soms denk ik dat de hoge pieten op het hoofdkantoor zich niet realiseren dat tropische eilanden alleen maar zo groen en vruchtbaar zijn omdat het er zoveel regent. Ze denken zeker dat het hier nooit regent. Anders kan ik de lading papieren parasollen die we vorige maand ontvingen ook niet verklaren. We kregen ruim vijfhonderd van die rotdingen uit China en zodra we er één blik op wierpen, wisten we dat ze waardeloos waren. Ik wist dat een of ander uilskuiken ze had besteld omdat ze zo'n leuke zandkleur hadden en er mooi uitzagen. Maar ten eerste bliezen ze bij het minste zuchtje wind al binnenstebuiten en ten tweede waren ze niet waterproof. Er verschenen gasten aan het ontbijt met gele verfspatten op hun overhemden en jurken. En dus belde ik de afdeling onderhoud en liet ze die rotdingen ophalen en inspuiten met lak om ze waterbestendig te maken. Het probleem was alleen dat terwijl ze alle vijfhonderd in de zon lagen te drogen, niemand eraan had gedacht dat ze open en dicht moesten kunnen. En dus bleven de parasols aan elkaar plakken toen ze ze dichtklapten en brak het lak en ontstonden er scheuren. En dus moesten we ze allemaal weggooien. We maakten een groot vuur om ze te verbranden. Nu hebben we vijfhonderd golfparaplu's besteld, die ons tot het eind van het jaar door het regenseizoen moeten helpen. Ons andere probleem is dat we geen activiteiten hebben voor bij slecht weer en iedereen zich stierlijk verveelt als de sluizen opengaan. De gasten kunnen niet snorkelen, ze kunnen er niet op uit met de catamaran, ze kunnen niet zonnebaden, en dus blijven ze in bed en bestellen roomservice. Of ze blijven in bed en verschijnen laat bij het ontbijt. Alles loopt vertraging op. Roomservice is te laat omdat iedereen er om vraagt. Het ontbijt is te laat omdat niemand zin heeft om op te staan. En je kunt nergens heen omdat de golfkarretjes niet rijden.

Als het twintig minuten heeft geregend, staan de paden onder water. Ze zijn gemaakt van een mengsel van zand en beton, waardoor het water niet wegloopt en ze makkelijk weggeslagen kunnen worden. De bladeren worden door de wind van de palmbomen gerukt en de voornaamste verbindingswegen zijn geblokkeerd. Maar de golfkarretjes zelf zorgen voor nog meer irritatie. Ze zijn niet dicht van onderen en dus worden de accu's nat door de plassen en komen ze direct tot stilstand. De wind rukt aan de regenkleppen die bedoeld zijn om de gasten te beschermen tegen de elementen, en de golfkarretjes doen er drie keer zolang over dan normaal omdat ze zich een weg moeten banen door het natte zand. En natuurlijk wil iedereen vervoerd worden omdat niemand zin heeft om door de stromende regen te lopen. Dan komen de golfkarretjes vast te zitten. Je ziet de gasten de hele dag op hun stoel zitten denken: ik ben een vip en ben op vakantie en ik kom alleen mijn stoel uit als iemand me met een gele parasol naar het restaurant begeleidt.

'God,' zegt Kate, terwijl ze zich uitrekt. 'Ik haat het hier als het regent.'

'Ik ook,' zeg ik. 'Er is niks meer aan.'

Het eerste wat ik doe, is de receptie bellen en ze vragen te surfen naar de buienradar *WindGuru* om te zien hoe lang deze ellende nog gaat duren. *WindGuru* is een superaccurate website die van uur tot uur voorspelt hoe het staat met de windkracht, de golfslag en de temperatuur en hoeveel bewolking we kunnen verwachten.

Het nieuws van de receptie is niet best. Het slechte weer houdt nog enige tijd aan. In elk geval vandaag, en misschien ook morgen. Shit, denk ik als ik op de rand van mijn bed zit. Het wordt tijd om wat rond te bellen en iedereen voor te bereiden. Ik bel de afdeling huishouding om te zorgen dat alle personeelsleden een regenjas hebben, en bel dan de baliemedewerkers om ze te vragen alle paraplu's die er te vinden zijn naar het hoofdrestaurant te brengen. Ik bel de golfkarretjesbestuurders om hun te zeggen hun kleppen naar beneden te doen en zich voor te bereiden op een drukke dag. En weer kan ik niet sporten en ga ik direct naar de grote eetzaal. Het is tijd om mijn neus te laten zien en wat te glimlachen en de mensen moed in te spreken. Als ik met mijn golfkarretje de hoek omsla op weg naar het restaurant, zie ik dat de schade enorm is. Het moet vannacht vreselijk hebben gestormd en ik zat zo vol sake dat ik er niets van heb gemerkt. Overal liggen palmbladeren en grote plassen water, er zitten golfkarretjes vast in het zand – één ligt gewoon midden op de weg – er is een boom omgevallen, de regen slaat tegen mijn voorruit en de kleine rotruitenwissers kunnen er weinig tegen beginnen. Ik tuur door de regendruppels naar de rotzooi. Het is één groot slagveld. Het lijkt wel een scène uit *Black Hawk Down*. Ik rij slippend naar het restaurant en zie Hori in een roomkleurige poncho en kaplaarzen bij de receptie staan.

'Hé, man,' zegt hij en hij kijkt me aan vanonder zijn capuchon.

'Jezus,' zeg ik, terwijl ik een paraplu tussen de andere uit haal. 'Wat een rotzooi.'

'Ja,' beaamt hij. 'Je zou het personeelsdorp moeten zien. Eén doffe ellende.'

'O, geweldig.'

'De douches doen het weer eens niet. Een van de waterleidingen is kapot.'

'Hoelang duurt het om die te repareren?'

'Met dit weer?' vraagt hij, kijkend naar de grauwe lucht. 'Een paar uur.'

'Hoe laat is het nu?'

'Tien over halfzeven,' zegt hij.

'Zorg dat het na het ontbijt klaar is,' zeg ik. 'Dit is al de derde dag dat we niet kunnen douchen. Straks gaat het personeel stinken.'

'Ik moet zeggen dat sommigen inderdaad al wat ranzig zijn,' zegt hij grijnzend.

'Maar wat doe je hier eigenlijk?' vraag ik.

'Ik werd gebeld door een van de restaurantmanagers,' zegt hij. 'Ze kunnen de regenschermen voor het restaurant niet vinden.'

'Welke regenschermen?'

'Die we hebben gekocht.'

'We hebben er geen gekocht.'

'Wat?'

'We hebben ze niet gekocht. Ze waren te duur.'

'Meen je dat? Niet te geloven.'

'Het is echt zo.'

'Wie heeft dat slimme besluit genomen?'

'De afdeling inkopen, samen met het hoofdkantoor,' zeg ik.

'Dezelfde afdeling die een klein fortuin heeft uitgegeven aan pennen uit China die breken zodra je de dop eraf haalt? De afdeling die 280 fietsen heeft aangeschaft die meer in onderhoud kosten dan als je nieuwe zou kopen? De afdeling die die papieren parasollen heeft aangeschaft?'

'Die, ja,' zeg ik knikkend.

'Geweldig,' zegt hij, terwijl hij diep zucht en zich omdraait. 'Hoe gaan we deze ellende oplossen? Het is dweilen met de kraan open.'

Ik loop met hem mee naar de grote eetzaal waar tien tot vijftien schoonmakers als gekken rondrennen met emmers, dweilen en zwabbers. Sommigen zitten op hun knieën en zijn in de weer met natte handdoeken, anderen staan voorover gebogen en vegen het water weg met zwabbers en bezems. En de rest rent heen en weer met emmers water, en gooit bakken vol bruin water over de rand in de woelige zee. Maar zodra ze de plassen water van de zwarte tegels verwijderd hebben, staat het restaurant opnieuw onder water. De houten jaloezieën klapperen in de wind. De papieren lampenkappen zwaaien woest heen en weer aan het plafond alsof ze bezeten zijn. Planten in potten, tafeldecoraties en peper-en-zoutvaatjes zijn de zee in gevlogen. Het bedienend personeel staart me aan, en lijkt zich af te vragen wat ze moeten doen. Het heeft bij de helft van de tafels geen enkele zin om ze te dekken; zodra je er iets neerzet, wordt het eraf geblazen. En dus besluiten we na kort overleg om zo veel mogelijk tafels te dekken achter in de eetzaal, aan de kustkant als het ware, en er nog een paar in de wijnkelder neer te zetten, en dan maar hopen dat de meeste gasten roomservice bestellen en in bed blijven.

Mijn mobiel gaat.

'*Hola*,' zegt de inmiddels vertrouwde stem van het kindermeisje van mevrouw Thompson. Ze wil een golfkarretje om haar naar de ontbijtzaal en een van de kinderclubs te brengen. Ik bijt op mijn tong en stem toe. Ik besef nu dat ik de oppas van de oppas ben geworden. Ik bedien haar dag en nacht op haar wenken en regel alles voor haar wat haar te veel moeite kost. Die vergissing bega ik nooit meer. Voortaan krijgt iedereen wiens personeel geen Engels praat een vriendelijke glimlach en een blik die duidelijk maakt dat ze pech hebben.

Zodra ik haar probleem heb opgelost en het gesprek heb beëindigd, word ik gebeld door Bernard.

'*Mon dieu*,' fluistert hij door de telefoon. 'Kom verdomme als de wiedeweerga naar de dienstvilla. Het is hier oorlog.'

Ik hoor het geschreeuw en gekrijs al als ik voor de villa parkeer. Als ik langs het pad naar de deur loop, komt Bernard op me af gerend.

'Godverkolere,' zegt hij, en hij gaat voor me staan. 'Er zijn een paar Duitsers stennis aan het maken. Ze hebben de assistent-gastheer geslagen en Garry tegen de muur geduwd en bij de lurven gepakt, en de kinderen hebben de moeder de villa ingeduwd en de deur op slot gedaan. Alleen omdat hun kamer nog niet klaar is.'

Dit gebeurt voortdurend. Nu, ja, niet op dit niveau, maar iedereen die hier met een lijnvlucht arriveert, heeft een rothumeur. Ik denk dat het een soort uitloop is van de ellendige reis. Ze vliegen 's nachts, drinken een paar borrels, landen op een rotvliegveld zonder airco, wachten op hun bagage die de douane daarna doorpluist op zoek naar alcohol, porno en varkensvlees. Ze wachten op de aanlegsteiger en weten dat het nog een uur duurt voor ze op hun bestemming zijn. Ze hebben hun winterkleren aan, terwijl de zon vaak fel schijnt. Ze hebben het warm, zijn doodop en zijn nog steeds niet op de plaats van bestemming. Uiteindelijk arriveren ze op het eiland, en als ze dan merken dat hun kamer nog niet gereed is, breekt de hel los. Of in dit geval komen ze aan en merken ze dat het regent en ze hun kamer niet in kunnen. Dus zijn ze tot twee uur, wanneer hun eigen villa klaar is, in de dienstvilla gezet om te douchen en zich om te kleden. Maar dat is helaas niet echt tot ze doorgedrongen.

Omdat ze hun toevlucht hebben genomen tot geweld, ben ik erbij gehaald. Ik hou me afzijdig en bel met hotels in de omgeving, Four Seasons en One and Only, om te zien of ze hen willen. Het probleem is, vertelt Bernard me, dat de helft van mijn personeelsleden ze niet meer wil bedienen, zelfs als ik ze zover krijg dat ze hun excuses aanbieden. Ik gooi al mijn charmes en overredingskracht in de strijd en uiteindelijk zegt het Four Seasons toe ze onder te brengen. Dus loop ik de tuin van de villa in met mijn onderhandelaarspet op.

'Ah, daar hebben we de manager,' zegt de man sarcastisch als ik over het zand naar hem toe loop. 'Fijn om u eindelijk te ontmoeten.'

Hij komt met gestrekte armen op me af en wil me omhelzen. Hij ruikt naar alcohol, zweet en vliegtuigmaaltijden.

'Ik begrijp dat er wat problemen zijn,' zeg ik, terwijl ik hem op zijn bezwete rug klop.

'Uw personeel...' begint hij.

'Schijnt te zijn belaagd,' maak ik zijn zin af. 'En dus heb ik een mooie kamer voor u geregeld in het Four Seasons, waar u vanmiddag nog naartoe kunt.'

Dat snoert hem de mond, al is het maar kortstondig. 'Als jullie me overplaatsen, klaag ik jullie aan,' zegt hij.

'Wegens?'

'Eh.' Hij denkt na. 'Helaas voor u ben ik advocaat. Wegens contractbreuk.'

'En hij wint altijd,' zegt zijn Germaans uitziende zoon.

'En ik ga door tot de hoogste instanties,' voegt de vader er, niet erg overtuigend, aan toe.

Ik kijk door de glazen deuren naar zijn vrouw, die uitgeteld op bed ligt. Ze lijkt niets te horen of te zien en de lange vlucht schijnt haar geen goed te hebben gedaan. De dochter staart naar de televisie waar op dat moment het nieuws voorbij komt. Ik moet zeggen dat ik plotseling word overvallen door een gevoel van medelijden. Ik ken het gevoel dat je op instorten staat. Ik heb dat bijna elke ochtend.

'Wilt u ons alstublieft niet meteen overbrengen?' zegt de vader, veranderend van tactiek. 'Ik weet niet hoe we...' Hij heeft geen puf meer.

'Kijk,' zeg ik. 'Het punt is dat mijn personeel u, vanwege uw gewelddadige gedrag, niet meer wil bedienen.'

'Het gewelddadige gedrag van mijn vrouw,' verbetert hij me.

'Van uw vrouw.' Ik glimlach. Fijne dame, denk ik. 'Dus ik had gedacht dat als u een brief schrijft naar de betrokken personeelsleden en uw verontschuldigingen aanbiedt, u mag blijven. Maar zodra u weer problemen veroorzaakt, vliegt u eruit.'

'Oké,' zegt hij, en hij steekt zijn warme, opgezwollen hand naar me uit.

'Goed,' zeg ik. 'Ik wil dat excuus vanmiddag hebben.'

'Uiteraard,' zegt hij, alvorens de villa in te gaan om zijn vrouw op haar flikker te geven.

Op weg naar de ochtendvergadering rij ik langs de spa om Geri op te halen en te kijken hoe het ervoor staat. Normaal gesproken doen de gasten twee dingen als ze wakker worden en zien dat het weer is omgeslagen: ze bestellen roomservice en gaan weer naar bed, of ze maken een afspraak bij de spa. Het is even voorspelbaar als zwak. Het is bijna alsof hun initiatief samen met de zon verdwijnt. Ik ben ik weet niet hoe vaak opgebeld door verveelde gasten die me vragen wat ze moeten doen. Je hoort het in hun stem: hun desinteresse en besluiteloosheid zijn stuitend. Ik heb mijn vaste antwoorden. Lees een boek. Kijk naar een film. Ga lekker in bad.

Maar dan ga je voorbij aan het feit dat dit soort mensen het normaal gesproken zo idioot druk heeft dat ze zich nooit vervelen. Ze werken zich kapot om hier te komen en weten als ze hier eenmaal zijn niet wat ze moeten doen.

Geri ziet er rood en bezweet uit als ik binnen kom lopen. Haar witte therapeutenjas zit strak en ongemakkelijk en ze handelt duidelijk het zoveelste telefoontje af.

'Ja, meneer, ik weet het. Het is vreselijk,' zegt ze in de hoorn. 'Zodra we een afzegging krijgen, bel ik u direct terug. Absoluut... Natuurlijk, u staat boven aan de lijst.' Ze hangt op. De telefoon gaat direct weer. 'Sorry,' gebaart ze. 'Goedemorgen, waarmee kan ik u van dienst zijn?'

Arme Geri. Ik heb bewondering voor haar. De spa is een waar slagveld. Hier breekt de pleuris het eerst uit en schoppen de gasten de meeste stennis. We krijgen meer klachten over de spa dan over wat dan ook, en toch brengt die het meeste geld in het laatje. Het probleem is dat iedereen een ander idee heeft over wat een goede massage is. Sommigen houden van hardhandig, anderen van zachtaardig. Anderen, zoals de Arabieren, maken zo'n ophef over het feit dat ze door een kerel gemasseerd worden, dat je bijna zou denken dat ze twijfelen aan hun seksuele geaardheid. Er wordt ook getwist over de temperatuur in de sauna en het stoombad. De Russen willen die op 45 graden hebben, en de rest op 30 graden. En dus is de temperatuur 35 graden en is iedereen ontevreden.

Maar goed, dit zijn dan ook mensen die moeilijk tevreden te stellen zijn. Ze schreeuwen en tieren als ze geen afspraak kunnen maken en schreeuwen en tieren als je ze laat betalen voor een gemiste afspraak. En ze komen bovendien, behalve als het slecht weer is, allemaal tegelijkertijd. Iedereen wil tussen vier en acht 's avonds een massage. Niemand wil 's morgens gemasseerd worden. Ze willen allemaal een massage voor ze uit eten gaan. En dus is de druk enorm. De Russen boeken meestal al nog voor ze op het eiland zijn aangekomen en klagen vervolgens als je boekingskosten in rekening brengt. Massages met zijn tweeën zijn erg populair bij stellen op huwelijksreis en de mannen zijn vooral dol op Zweeds. De hoogte van de fooien is, net als de temperatuur van de sauna, afhankelijk van nationaliteit. Arabieren en Russen zijn hetzelfde: ze geven je ofwel 1.000 dollar voor een massage, of helemaal niets. De Britten zijn vrij evenwichtig en geven meestal een fooi van 10 tot 15 procent. Maar de Jappen zijn een nachtmerrie. Ze geven iedereen altijd een fooi van één dollar, waardoor er vaak wordt geloot om te bepalen wie ze behandelt. Het is belachelijk, net als de druk waar Geri vanmorgen onder staat.

'Allemachtig,' zegt ze als ze ophangt. 'Ik moet hier weg.'

Geri en ik waden door de regen naar het golfkarretje en rijden langs de inmiddels volle sportzaal naar de vergaderzaal.

'Jezus,' zegt ze, achteroverleunend in het stoeltje naast me. 'Hoe lang gaat deze ellende duren?'

'De hele dag,' zeg ik. 'En morgen ook, waarschijnlijk.'

'God, wat is het hier verschrikkelijk als het regent,' zegt ze, terwijl ze haar hoofd om de zijklep van het golfkarretje steekt. 'Het is zo deprimerend. Het ziet er zo naargeestig uit en die kraaien,' ze wijst naar een grote, zwarte verregend uitziende vogel die een schuilplaats zoekt in een palmboom, 'moeten afgeschoten worden. Ze doen me denken aan *Jurassic Park*. Ze verpesten de sfeer op het eiland.'

We lopen de vergaderkamer binnen en worden verwelkomd door een zee miserabele gezichten. Het vertrek ruikt naar vochtige kleding en overal op mijn roomkleurige tapijttegels zijn natte, zanderige voetafdrukken te zien. De ramen zijn beslagen van de hete koffie en er hangt een lucht van oude koekjes.

'Iedereen in orde?' zeg ik, in een poging vrolijk te doen en de troepen te motiveren.

'Lekker weertje,' zegt Ben snuivend, en hij gaat op de stoel naast me zitten en gooit zijn kletsnatte Pacamac-poncho op de grond. 'Als je een eend bent.'

'Zo,' zeg ik, terwijl ik in mijn handen wrijf en de eikel negeer.

'Heeft er nog iemand goed nieuws?'

'Eh, de spa zit vol,' zegt Geri. 'Bommetje.'

'Geweldig,' zeg ik, terwijl ik met mijn potlood naar haar wijs. 'Daar houden we van, van een volle spa. Verder nog iets?' Ik kijk naar de rij uitdrukkingsloze gezichten. 'Juist... juist,' zeg ik, terwijl ik de tafel langs kijk. 'Bernard?'

'O,' zegt hij. 'De Duitse industrieel die dronken aan het stuur zat en huisarrest had, heeft ons schriftelijk om toestemming gevraagd om zijn villa vanavond te mogen verlaten en te dineren in de Lotus.'

'Heeft hij een brief geschreven?'

'Eh, *oui*,' zegt Bernard, en hij wappert ermee. 'Hij heeft zich keurig gedragen. Hij schijnt vandaag jarig te zijn en drieënvijftig te worden.'

'Stuur hem taart en bloemen en geef hem toestemming om te dineren,' zeg ik. 'Omdat hij het zo netjes heeft gevraagd. Juist... Dan het weer.' Iedereen zucht. 'Het houdt vandaag aan en misschien ook morgen.'

'O, nee!' Ze zuchten en steunen alsof het mijn schuld is.

'Dus moeten we iets tegen de gasten zeggen.' Ik kijk weer de tafel langs. Iedereen begint ineens denkbeeldige pluisjes van zijn kleding te halen of op de notitieblokken voor hen te tekenen.

'Zoals?' vraagt Ben.

'Iets positiefs.'

Het vertrek valt doodstil.

'Het sneeuwt in elk geval niet?' oppert Hori.

'Geweldig. Echt geweldig,' zeg ik. Ik knip met mijn vingers en wijs even met mijn wijsvinger naar hem. 'Het gaat temminste verdomme niet sneeuwen. Perfect.'

'Maar misschien zonder "verdomme"?' stelt Geri voor.

'Natuurlijk.'

Woensdagmiddag

De vergadering ging eindeloos door. Ik denk dat iedereen bleef hangen, omdat niemand zin had de stromende regen in te gaan of boze en overspannen gasten te woord te staan. Er werd veel gepraat over meneer Antonov, die nog geen voet heeft gezet op zijn jacht à raison van 10.000 dollar per dag. Ben stelde voor om iemand langs zijn villa te laten varen om hem eraan te herinneren dat hij dat ding heeft geboekt. De arme bemanningsleden slapen nu al enkele dagen onderdeks en wachten tot ze hem aan boord kunnen verwelkomen, en ik ben eerlijk gezegd geneigd om ze terug te sturen naar de jachthaven.

Garry was ook erg spraakzaam. Hij vertelde ons dat Liz Hurley helaas is vertrokken. Ze is vanmorgen vroeg in de regen en wind per vliegtuig vertrokken. Ze heeft mijn fles champagne en excuses kennelijk ontvangen en had genoten van haar verblijf, in tegenstelling tot de meeste andere beroemdheden die regelmatig in de roddelbladen staan. Ik baal alleen dat ik zo druk bezig was met meneer McCann dat ik niet de kans heb gekregen haar poezelige handje te schudden. Maar ja, je hebt geen keus. In deze baan gaat de poen altijd voor de poes.

Garry vertelde me ook dat ik vanmiddag een privévliegtuig moet opwachten, wat me eerlijk gezegd helemaal niet uitkomt. Er staan momenteel negen privévliegtuigen van gasten op het vliegveld geparkeerd, dus zo bijzonder is het niet. Als onderdeel van de speciale vipbehandeling moet ik ze op de landingsbaan verwelkomen zodra ze voet aan de grond zetten. Maar het kost zoveel tijd dat ik altijd probeer het te delegeren. De heen- en terugreis naar het vliegveld kost in totaal drie uur. Dan moet je nog wachten tot het vliegtuig aankomt. Ze zijn bijna altijd te laat en ik kan natuurlijk niet zonder hen vertrekken, zelfs als ik voor dringende zaken terug moet naar het eiland.

Ik heb al eens eerder geprobeerd om te werken op de boot ernaartoe, maar dat ding gaat zo heen en weer dat je je papieren amper bij elkaar kunt houden, laat staan dat je je hersens erbij kunt houden. Bovendien maken de motoren zoveel herrie dat ik amper iets kan horen over de gsm. Dus soms ga ik gewoon maar even slapen in de hut. Maar eerlijk gezegd zie ik er dan bij aankomst verfomfaaid uit met mijn gekreukelde gezicht en beslapen overhemd. En dat is niet bepaald het imago dat mijn bazen beogen. Desondanks kan een tukje heel nuttig zijn als je een kater hebt, hoewel er als die flink is niets erger is dan dat. Ga maar eens met een tollend hoofd drie uur lang in een piepklein vertrek liggen. Het is niet zo gek dat ik de vorige keer over de reling heb overgegeven. Maar deze vent, meneer Georgi, is een belangrijke oligarch die diepvrieskippen importeert voor half Rusland, of althans, dat vermeldt Wikipedia. Hij beweert incognito te vliegen, maar heeft ongeveer twintig vrienden en bodyguards meegenomen. Hij heeft het hele strand van Golden Sands in het westen van het eiland ingenomen. Hij heeft voor zichzelf een grote strandvilla gehuurd en tien andere villa's voor zijn vrienden en aanverwanten. Ik denk dat het zijn veertigste verjaardag is, of misschien zijn vijfenveertigste, hoe dan ook; hij is niet alleen superrijk maar ook onuitstaanbaar jong.

We hebben het uitgebreid gehad over de grootte van het vliegtuig waarmee hij zal arriveren. Een van de bizarre dingen van deze baan is dat je heel nieuwe werelden leert kennen. Ik had voor ik hier terechtkwam nooit stilgestaan bij de verschillen tussen privévliegtuigen. Een vliegtuig was een vliegtuig. Sommige waren mooier dan andere, maar het zei me eerlijk gezegd allemaal niets. Nu kan ik je het verschil vertellen tussen een Lear en een Gulfstream; ik weet hoeveel passagiers er in elk vliegtuig kunnen en hoe duur ze zijn in gebruik, hoeveel brandstof ze gebruiken, en hoeveel dienbladen met drankjes je precies nodig hebt om zo comfortabel mogelijk te reizen.

Vorige week nog hadden we een man hier die klaagde over de grootte van zijn villa. Hij bleef maar zeggen dat die even groot was als de kledingkast in zijn vliegtuig. 'Mijn *Flieger* is veel groter,' zei hij steeds maar. Ik dacht alleen maar: ja, ja, hou nou maar op. Mijn lul is ook enorm. Maar toen ik hem naar het vliegveld vergezelde, nodigde hij me verdomme uit in zijn Boeing 747, die even groot is als Air Force One, het speeltje van president Bush. We lopen door de elektrische deuren, waar me wordt verzocht mijn schoenen uit te trekken en ik word onthaald door een stewardess in een dirndljurk met een dienblad met drankjes. Overal zie je dikke tapijten en mahoniehout. Hij heeft magnetische onderzetters, zodat hij zijn drankje tijdens het stijgen en landen kan neerzetten. Vervolgens opent hij een fles Dom en geeft me een rondleiding. Er staan grote leunstoelen met een bureau en een koffietafel, allemaal hydraulisch. Hij heeft een enorm tweepersoonsbed, een plasmatelevisie, een bad, douche en gouden kranen. Ik vroeg me tijdens de rondleiding steeds af waarom hij in hemelsnaam naar ons lullige eilandje was gekomen. Ik bedoel, ik zou hier zo op vakantie kunnen. Het is niet zo gek dat hij zijn villa van 158 vierkante meter hokkerig vond. Maar goed, ik wist Garry ervan te overtuigen dat het goed zou zijn voor zijn relaties met de gasten om meneer Georgi van het vliegveld te halen. Ben wilde graag mee, als hij maar kan slapen, vermoed ik. Ik meen me te herinneren dat hij zijn diensten in Londen veelal slapend aan zijn bureau in het achterkamertje doorbracht. Niet dat ik het hem niet gun om zich een beetje te ontspannen, maar ik vind alleen dat hij hier nog niet lang genoeg is om de vragen van meneer Georgi te beantwoorden. En die zal hij zeker hebben, aangezien ze meer dan een uur samen op de boot terug naar het eiland zullen zitten. Uiteindelijk werd de vergadering beëindigd en de rest van de ochtend staarde ik uit het raam naar de regen en ondertekende papieren. Je zult versteld staan van het papierwerk dat een hotel als dit genereert. Alles moet in drievoud ondertekend worden en ik ben de laatste schakel in de keten. Ik heb een zwartleren boek met bladzijden vol contracten en uitgaven die ondertekend moeten worden. Lynne is bijzonder efficiënt en legt de belangrijkste dingen bovenop. Maar desondanks kost het me bijna elke dag ongeveer een uur om het af te werken. Ik heb ook zo'n kwart miljoen dollar aan cash tot mijn beschikking, voor het geval personeelsleden contant betaald moeten worden. En omdat ik een lichtelijk geobsedeerde control freak ben geworden, check ik alles, van de restaurantrekeningen van het personeel – die oplopen tot duizenden dollars – tot de huishoudelijke rekeningen, die oplopen tot honderdduizenden dollars. Vandaag heb ik er een hele kluif aan. Ik moet voor 27.000 dollar aan stenen ondertekenen. Wie had kunnen denken dat stenen zo godvergeten duur zijn? God weet waar ze vandaan komen, maar ik vermoed dat ze voor die prijs op midzomernacht door maagden moeten zijn verzameld. Het enige wat ik weet is dat we ze nodig hebben en het ons opnieuw een klein fortuin gaat kosten om ze te vervoeren en te plaatsen.

Sinds die verschrikkelijke storm, toen de helft van de voorkant van het zwembad werd weggeslagen, zijn we op zoek naar een oplossing voor het golfprobleem, en iemand is met het niet al te goedkope idee gekomen om stenen te plaatsen. Maar nu ze zijn aangekomen, bezorgen ze ons opnieuw kopzorgen, zowel fysiek als belastingtechnisch. We moeten 520 ton stenen verplaatsen en hebben een praam gehuurd. Die moet zich een weg banen over de zeebodem en voor het restaurant aanmeren. En terwijl hij het dure uitzicht van iedereen verpest en het koraal om het eiland vernielt, moeten we speciale duikers inhuren die de keien stuk voor stuk met de hand neerleggen, zodat de golven de volgende keer dat de zee wat woelig wordt, gebroken worden door deze nieuwe barrière. We moeten dit binnen twee of vier dagen klaarspelen en een slijmerige brief sturen naar iedere afzonderlijke gast, waarin we ons verontschuldigen voor het feit dat we hun uitzicht/vakantie/leven hebben verpest. Maar als we die stenen niet plaatsen, belandt het zwembad bij de eerstvolgende zware storm in zee. Het ziet er op papier allemaal zo eenvoudig uit, zoals alles hier. Het onderhoud bezorgt me de nodige kopzorgen en betekent het einde van onze toch al geringe kans op winst. Het zijn de kleine dingen die het hem doen, zoals de daken van de villa's die om de twee jaar allemaal opnieuw moeten worden bedekt, wat zo'n 2.500 dollar per villa kost. We hebben achttien boten die verzorgd moeten worden. Ze kosten aan reserveonderdelen alleen al 350.000 dollar per jaar. Dan moeten de boilers behandeld worden omdat ze roesten. De leidingen van de waterzuiveringsinstallatie moeten allemaal worden vernieuwd. Zelfs de 155 plasmatelevisies die we op het eiland zouden moeten hebben (hoewel sommige aan de wandel zijn gegaan) moeten regelmatig onderhouden en gerepareerd worden. Gasten raken voortdurend hun afstandsbediening kwijt en televisies begeven het door de vochtigheid. Het is dus niet zo gek dat ik vorig jaar voor ruim 2 miljoen dollar aan dit soort kleinigheden heb ondertekend.

Vandaag hebben we te maken met de hangmatkwestie. Althans, dat was de bedoeling, maar ik vermoed dat we er door het rotweer morgen, of overmorgen, de hele dag mee bezig zullen zijn. Jiwan, de hoofdtuinman, moet tweepersoonshangmatten in de grote villa's ophangen om die een meer ontspannen aanblik te geven. Maar dat is niet zo makkelijk als het lijkt. Ten eerste moeten ze worden bevestigd aan palen die in beton staan en niet in zand; ja, we hebben echt wel wat geleerd van het in de zee verdwijnen van dertig parasols. Ten tweede moet dit gedaan worden door graafmachines en boren en mogen de gasten op het strand hier geen last van ondervinden. Het is ons vorige week gelukt omdat we een zwik gasten op een gratis snorkeltripje hadden gestuurd. De hangmatten moesten vóór twee uur 's middags op hun plek staan, als de gasten zouden terugkomen. Het was een beetje als *Challenge Anneka*, maar dan zonder sexy kont om naar te staren, maar met een paar leden van de plaatselijke bevolking die zich in het zweet werkten in de bloedhitte. Uiteindelijk legden we om halfvier ons gereedschap neer en kregen we slechts zes klachten binnen.

Ik maak snel een babbeltje met Jiwan over de telefoon en hij bevestigt dat hij de hangmatten vandaag niet gaat doen. Het zand is vies en de kans dat de gasten in de regen op een gratis snorkeltrip willen en iets zullen zien, is nihil. Hij zegt dat hij al genoeg te doen heeft omdat er zeven bomen zijn omgevallen en er meer bladeren op de weg liggen dan in een middelgrote stad. Hij zegt ook dat de vogels buiten de villa's gevoed moeten worden.

'O, shit,' zucht ik. 'Zijn de villagastheren dat nou alweer vergeten?'

'Ja, meneer,' zegt hij. 'Ik heb vanmorgen al vijftien dode vogels gevonden.'

Een van de ergernissen op dit eiland is dat ze, toen ze de villa's ontwierpen en bouwden, dachten dat het wel leuk zou zijn om bij elke villa een vergulde kooi te hangen met een paar dwergpapegaaien. Alsof er tien meter verderop niet al genoeg van die beesten in de bomen zaten. Maar nee. Iedere uitgebluste topambtenaar wil na een vlucht van vierentwintig uur niets liever dan een kooi met kwetterende vogels voor zijn villa. Waar niemand echter bij had stilgestaan, was wie voor die beesten ging zorgen. Wie ging die rotkooien verschonen en ervoor zorgen dat de vogels niet levend verbrandden in de zon? En dus zijn ze de zoveelste kopzorg die van de ene afdeling naar de andere wordt doorgespeeld. De afdeling huishouding zegt dat het de verantwoordelijkheid is van de afdeling onderhoud, en die hebben de zaak weer doorgespeeld naar de hoveniers. Hoe dan ook, zolang iemand er maar voor zorgt dat er in elke kooi twee levende vogels rondhuppen, kan het me niets schelen.

Ik vraag Jiwan om voor de vogels te zorgen, hang op en

staar uit het raam. In elk geval is de regen aan het minderen. Het is nu het soort motregen dat je zou verwachten tijdens een sombere novemberdag in Engeland. Ik denk erover een late lunch te halen voor mezelf. Heel af en toe ben ik op tijd thuis voor de lunch en bestel ik roomservice. Maar op een dag als vandaag zullen ze het niet alleen zo druk hebben dat ze een bestelling van mij niet op prijs zullen stellen, maar zou het ook zo een uur kosten om het te bezorgen, en dat is een luxe die ik me helaas niet kan permitteren. En ze laten hier niet met zich sollen. Hoofd-Desperate Housewife Alison schopte eens enorme stennis omdat roomservice haar zes in plaats van vijf stukken sushi had gegeven en nu duurt het standaard een uur voor ze haar bestellingen afleveren!

Dus tenzij je wilt doodhongeren, kies je het moment om roomservice te bestellen met zorg uit en behandel je het personeel goed, anders ben je de lul en mag je al blij zijn met een kommetje tomatensoep.

Ik loop de personeelskantine in om het staartje van de lunch mee te pikken. Het is een groot vertrek met tralies voor de ramen, dat vol staat met roodgeverfde stoelen en tafels. Er zijn twee afdelingen. De ene is voor warm eten: curry's, stoofpotten en de incidentele groentetaart. Daarnaast is een grote saladebar, die volstaat met bijna elke denkbare soort salade, plus de gebruikelijke koolhydraatrijke gerechten die zich voordoen als salade, zoals pasta en aardappelen. Hoewel de kantine geheel gemengd is en het management en de schoonmakers hetzelfde voedsel eten, legt het personeel zichzelf een scheiding op volgens nationaliteit en rang. En dus zitten alle westerse managers bij elkaar, net als de Thaise masseurs. De plaatselijke bevolking, waar zo'n 50 procent van het personeel uit bestaat, klit samen en stelt het niet op prijs als er anderen bij komen. Ik loop vaak een rondje door de kantine om wat schouderklopjes uit te delen en mensen een speciale vipbehandeling te geven. Het kan een goede gelegenheid zijn om even te gaan zitten en een babbeltje te maken om erachter te komen of er probleempjes of ego's zijn die aangepakt of gesust moeten worden. Ik schep een berg rijst en een niet nader te definiëren kipgerecht op als ik Ben aan de andere kant van de zaal zie. Hij zit alleen, onder een poster die waarschuwt tegen diefstal van de gasten en het hotel, en staart in het niets.

'Hoe gaat het?' vraag ik, terwijl ik mijn groene, plastic dienblad tegenover hem neerzet. Hij valt van schrik zowat van zijn stoel. Hij was mijlenver weg.

'O, hoi,' zegt hij. 'Goed, denk ik. En jij?'

'Ach, weet je, ik vind het hier vreselijk als het stormachtig is. Het brengt het slechtste in iedereen naar boven.'

'Ik snap wat je bedoelt,' zegt hij, terwijl hij een tomaat naar binnen werkt. 'Ik heb alleen maar Amerikanen met een grote bek gehad die maar doorzeurden over dat ze hun duiklessen hebben moeten afzeggen en hun vakantie nu verpest is. Ik denk echt dat de helft van hen ons daadwerkelijk verantwoordelijk acht voor dit rotweer en denkt dat we er invloed op hebben. Ik zei tegen een van hen: "Denkt u nu echt dat ik in de dienstensector zou werken als ik bovenaardse krachten had?"'

'Maar hoe is het verder?' vraag ik, kauwend op een stukje Chileense kip dat ik niet geheel vertrouw.

'Ach,' verzucht hij. 'Het is gek. Ik had een soort luxe Club Med verwacht en het is totaal anders. Ik heb meer het gevoel alsof iemand een van de beste hotels van Londen op een onbewoond eiland heeft neergezet en wij de sukkels zijn die er iets van moeten maken. Mijn woning is niet wat ik ervan had verwacht en ik dacht dat het allemaal wat meer ontspannen zou zijn. Ik heb gisteravond tot laat liters goedkoop bier weggewerkt in gezelschap van Hans, Hori en een of andere Zuid-Afrikaanse sportschoolfanaat...'

'Keith.'

'Die, ja. Maar goed, ik ben ook meer geïnteresseerd in bier dan in het gezelschap, maar die kerels zijn verdomme alcoholici. Ze zeiden amper iets.'

'Het wordt wel beter,' zeg ik.

'Echt?' vraagt hij. 'Of wen je er gewoon aan?'

'Jezus christus,' zegt Geri die met haar forse achterwerk naast me neerploft. 'Ik kon maar net wegkomen. De spa zit bomvol.'

'Dat geloof ik graag,' zeg ik.

'O, jezus,' zegt ze, terwijl ze een blikje cola light opentrekt. 'We hadden vandaag een spa-maagd. Ongelooflijk. Ze vertikte het een papieren onderbroekje aan te trekken en zo.'

'Die moeten heel zeldzaam zijn,' mokt Ben. 'Ze zijn allemaal zo veeleisend dat je zou denken dat de meeste gasten niet eens de moeite nemen om op te staan voor pedicures en scrubs.'

'Inderdaad,' beaamt Geri. 'Maar ik denk dat ze door het slechte weer worden gestimuleerd om iets te gaan doen. Trouwens,' zegt ze tegen me, terwijl ze met een vork vol pasta naar me wijst, 'je moet iets doen aan de Desperates.'

'De wie?' vraagt Ben.

'De Desperate Housewives,' zeggen Geri en ik tegelijkertijd. 'Maar goed,' vervolgt ze, 'het is allemaal in de spa begonnen, na de vergadering. Alison kwam langs en eiste een massageafspraak voor haar en Monica. Ze wilden tegelijkertijd, zodat ze lekker konden kletsen en tegelijkertijd gemasseerd zouden worden. Ik zei dat we vol zaten en toen zei ze: "Weet je wel wie ik ben?" En ik hield vol dat we vol zaten, en toen zei ze dat ze met jou zou gaan praten over mijn houding en ik zei dat ze dat vooral moest doen.' Ze haalt diep adem. 'Echt, die wijven werken op mijn zenuwen.'

'Goed,' zeg ik. 'Ik praat wel met haar.'

'Ze moeten toch weten dat ze, als allerlei gasten me bestoken met allerlei verzoeken en vragen zij niet het recht hebben om binnen te komen wandelen alsof die spa van hen is en een behandeling eisen.'

'Ik praat wel met haar.'

'Ik bedoel, ik heb ze al eerder gezegd dat we, als we de gasten al niet eens kunnen voorzien, al helemaal geen plaats hebben voor hen.'

'Hij heeft toch gezegd dat hij met haar gaat praten,' zegt Ben.

'Weet ik, maar jeetje...' Ze schuift een vork vol pasta in haar mond en zit lekker te smakken. Even hebben we rust. 'O, shit,' zegt ze. 'Dat was ik je nog vergeten te vertellen. Iemand heeft vandaag in de spa overgegeven. Het was een nachtmerrie.'

Geri vertelt vervolgens zeer gedetailleerd hoe de opperhoer (ik citeer) in meneer McCanns gezelschap een afspraak had gemaakt voor een soort ontgiftende scrub, en toen de therapeut zeewier om haar heen wikkelde, draaide het meisje zich om op het bed en kotste de hele vloer onder. Ze was blijkbaar erg overstuur en legde uit dat ze boulimie had en tegenwoordig niets kon binnenhouden. Het meisje zegt dat ze bang is dat haar klanten merken dat ze een kilo is aangekomen, en dat kan natuurlijk niet, en ze daarom voortdurend moet overgeven.

'Maar goed,' vervolgt Geri, 'de therapeut is in tranen uitgebarsten. Niet omdat ze het zo zielig vond, maar omdat ze bang is dat zij de kots mag opruimen. Ze is zo gevoelig dat ze dat niet aankan. Drie keer raden wie er met een emmer water en een dweil op handen en knieën de boel mag gaan schoonmaken?'

'Wie?' vraag ik, terwijl ik denk dat het vermoedelijk niet Ben zal zijn.

'Gekke Henkie hier.' Ze wijst met de vork naar zichzelf. 'Daar heeft Guerlain zo'n 20.000 pond voor neergeteld voor mijn opleiding, zodat ik de kots van Russische hoeren van een marmeren vloer kan opdweilen.'

'Maar loopt alles een beetje?' vraag ik.

'Daar lijkt het wel op. Afkloppen, maar.' Ze glimlacht. 'En dat is meer dan ik kan zeggen over roomservice. Ik heb mensen de hele dag erover horen klagen.'

'Is dat zo?' vraag ik.

'O, ja,' zegt ze snuivend. 'Sommige mensen kregen hun ontbijt pas na anderhalf uur.'

'Het ziet ernaar uit dat ik ze even moet bellen.'

Youssif is bijna hysterisch tegen de tijd dat ik hem bereik. Het is vier uur 's middags en hij moet zich voorbereiden op theetijd. We serveren normaal gesproken geen high tea. Er worden rond een uur of vijf bij het zwembad gratis koekjes en sandwiches uitgedeeld, waar de gierige Britten zich vaak aan te goed doen. Maar we bieden niet meer de berg zoetigheden aan die we in de goede ouwe tijd voor 25 pond per persoon in Londen serveerden. Er is op een tropisch eiland gewoon niet dezelfde behoefte aan eiersandwiches. Behalve vandaag, natuurlijk. Alsof niemand iets beters kan verzinnen om te doen dan te eten. En te drinken. Soms trek ik, als het weer eens dagen achter elkaar regent, de stoute schoenen aan en organiseer een cocktailproeferij in de bar. Ik zet Jean-François op de zaak en zeg hem om wat oude mixers en likeuren die we aan de straatstenen niet kwijtraken op te snorren en iedereen te vertellen dat het een paar uur lang Happy Hour is in de grote bar. Als je het even niet meer weet, moet je de gasten gewoon stomdronken voeren. De meesten kruipen om een uur of acht naar huis en in bed, zodat het hele hotel al vroeg onder de wol kan. Maar het regent nog niet lang genoeg voor dergelijke drastische maatregelen. In een hotel als dat van ons is het verstandig om je troef niet te vroeg uit te spelen.

'Het is een ramp, meneer,' klaagt Youssif door de telefoon. 'En er is bijna geen eten meer in de keuken.'

'Ik weet dat we geen roze champagne meer hebben,' zeg ik.

'O, het is veel ernstiger,' zegt hij. 'We kunnen best zonder roze champagne. We bieden gewoon een Kir of gewone champagne aan, en de enigen die dat bestellen zijn meneer McCann en de vrouw van meneer Antonov. Het probleem is fruit en vlees. De basislevensmiddelen.'

'Redden jullie het tot de boot morgen komt?'

'Dat weet ik niet,' zegt hij. 'Er is geen fruit meer voor de mandjes vanavond.'

Woensdagavond is altijd een rotavond voor de voedselmandjes. Normaal zijn ze helemaal gevuld met tropische vruchten, uit Australië, uiteraard. Maar als het woensdag is, en het is een volle week geleden sinds de laatste fruitbestelling is geleverd, zitten we zo verlegen om alles wat eetbaar is, dat we meestal een paar golden delicious op een bordje leggen en maar hopen dat niemand het merkt.

'Denk je dat je eruit komt?' vraag ik.

'Ik zal mijn best doen, meneer.'

'Nou ja, het sneeuwt in elk geval niet,' zeg ik.

'Dat is waar,' antwoordt hij.

Ik krijg een gesprek op de andere lijn.

'Sorry, ik moet ophangen,' zeg ik. 'Hallo?'

'Met mij,' zegt Kate. 'We hebben een probleem. Je moet direct komen.'

Woensdag, zonsondergang

Ik race door grote plassen naar de boetiek, terwijl het regenwater over de voetsteunen stroomt. Het is niet te geloven hoeveel regen er vandaag is gevallen; het hele wegennet is ondergelopen. Ik rij om de rotonde met het gemaaide gazon naast de boetiek heen en zie dat die vol staat met halfnaakte dames en één kleine man die aan een sigaar lurkt. Het ziet ernaar uit dat meneer McCann en zijn bende dure diamantenjagers terug zijn. Kate ziet er echter niet al te blij uit. Ze komt de deur uit gerend als ze me mijn golfkarretje ziet parkeren. Haar mooie, gemanicuurde voeten plonzen door de plassen. Ze heeft haast. 'Eindelijk,' snauwt ze, terwijl ze de waterkleppen opzij schuift. 'Je bent er.'

'Ik ben direct gekomen,' zeg ik. 'Het halve eiland ligt onder water en de rest is afgesneden door omgevallen bomen.'

'Overdrijf niet zo,' zegt ze.

'Het spijt me,' antwoord ik, terwijl ik uitstap. 'Ik zie dat ze allemaal weer terug zijn.' Ik lach. 'Wat is het probleem?'

'Wat is ons terugbrengbeleid?' vraagt ze terwijl ze mijn arm beetpakt.

'Hoezo?'

'Ze hebben alle sieraden teruggebracht,' zegt ze.

'Wat?' Ik sta stil. 'Maar dat is meer dan een kwart miljoen dollar waard!'

'Vertel mij wat.'

'Shit,' zeg ik, en ik loop achter haar aan. Daar gaat onze vakantiebonus en een schouderklopje van de baas.

'Wat is het terugbrengbeleid?' vraagt ze.

'Ik wist niet dat we dat hadden,' zeg ik. 'Niemand brengt ooit een zonnehoed of kaftan terug.'

'Goedenavond, meneer McCann!' zegt Kate. 'Hier is de manager. Die gaat het oplossen.'

'Fijn dat je er bent!' zegt hij, en hij draait zich om met zijn sigaar in zijn mond. Hij komt op me af en omhelst me terwijl hij me op mijn rug slaat. 'Wat een verschrikkelijk weer.'

'Maar gelukkig gaat het niet sneeuwen,' zeggen Kate en ik tegelijkertijd.

'Dat is waar!' Hij lacht luid. 'Dat zal zeker niet gebeuren!' Een paar meisjes giechelen. 'Zo,' zegt hij terwijl hij een grote askegel op de grond laat vallen, 'we moeten het even hebben over die papiertjes die ik gevraagd ben te ondertekenen. Ik vond het nogal veel geld.'

Hij geeft me een stapel cheques die, zo zie ik als ik ze bekijk, samen tot een behoorlijk bedrag komen. Het zit dichter bij de 400.000 dollar dan de 300.000. De Russische dames hebben zich niet ingehouden: halskettingen, enkele paren oorbellen en een behoorlijk dure armband, een paar bikini's, een kaftan en een sarong.

'Kijk,' zegt hij, terwijl hij me bij mijn elleboog pakt en me door de winkel leidt naar de badpakkenafdeling, 'ik was in diepe slaap en kan me niet herinneren dat ik dit allemaal heb aangeschaft.'

'Natuurlijk, meneer,' zeg ik.

'En bovendien,' vervolgt hij, 'heb ik een dealer van wie ik diamanten koop. Als ik stenen wil, weet ik waar ik zijn moet en dit is niet de soort plek waar ik normaliter stenen koop. Het gaat me niet om het geld, hoor!' zegt hij lachend.

Ik lach ook. 'Natuurlijk niet!'

'Ik kan het me best veroorloven,' benadrukt hij. Dit en veel meer, denk ik. 'Het gaat om het principe.'

Meneer McCann bespreekt nog vijf minuten lang zijn principes met me terwijl zijn groepje prostituees geduldig op de achtergrond wacht. Eén of twee van hen heeft tenminste het fatsoen schaapachtig te kijken terwijl hij zijn beklag doet.

Uiteindelijk wil hij alle sieraden teruggeven, maar, in een poging niet te krenterig over te komen, mogen de meisjes de kleren en de bikini's houden. Er worden verrukte gilletjes geslaakt en stevig geknuffeld terwijl ze vertrekken en ons in een weeïge lucht van sigaar en dure parfum achterlaten.

'Nou ja,' zegt Kate terwijl ze achteroverhangt achter de balie. 'Soms zit het mee...'

'Ik weet het,' antwoord ik, terwijl ik toekijk hoe ze met zijn allen plaatsnemen in het achtzitskarretje. 'Dit is alleen wel een heel dure tegenvaller.'

'We konden hem moeilijk dwingen te betalen,' merkt ze op.

'Nee,' zeg ik. 'Ik vraag me alleen af of hij het had gemerkt als we het gewoon op zijn rekening hadden gezet.'

'Weet ik het, het kwam door de cheques, hè?'

'Ja.'

'Volgende keer laat ik ze niet tekenen,' zegt ze. 'We moeten ze niet de kans geven zich te bedenken.'

'Ik denk dat hij als het mooi weer was geweest niet de moeite had genomen om te komen klagen.'

'Misschien niet,' zegt ze. 'Ik haat het hier als het regent.'

'Ja,' beaam ik. 'Zullen we vanavond samen eten?'

'Thuis?' vraagt ze.

'We kunnen een poging wagen,' zeg ik. 'Of in een van de restaurants? Roomservice loopt op zijn laatste benen.'

'Ik weet het niet,' zegt ze. 'Ik weet niet of ik het kan opbrengen om aan tafel te zitten en te moeten kiezen uit een menu. O, hemel.' Ze laat zich vermoeid voorover vallen. 'Ik had niet gedacht dat ik ooit naar een keuken zou verlangen.'

Kate en ik spreken af elkaar straks te zien. Ze weet net zo goed als ik dat onze eetafspraken flexibel en aan verandering onderhevig zijn, zeker als het slecht weer is en niets zeker is.

Het wordt al donker als ik voor de spa tot stilstand kom. Ik weet dat Geri een rotdag heeft gehad en wil alleen even mijn neus laten zien om haar wat morele steun te geven, en te kijken of zij en de rest van haar personeel zich staande houden en de dag zonder al te veel kotsende mensen en problemen zijn doorgekomen.

Als ik door de grote, glazen deuren van de Balinese pagode loop, lijkt alles in orde. De muzak die varieert van Enya tot panfluitmuziek, schalt uit de boxen. De fontein – water dat over een smaakvolle, zwarte stenen bal stroomt – klatert en er zitten enkele figuren op de bank in het luchtledige te staren, gekleed in niets meer dan een zachte, badstoffen kamerjas. Het lijkt allemaal in orde, denk ik, terwijl ik langs de twee Thaise meisjes van de receptie naar het kantoor loop.

'Maar dat kan toch niet,' hoor ik een vrouwenstem klagen. 'Ik bedoel, dat noemt zichzelf een vijfsterrenspa... en jullie kunnen dit niet eens voor elkaar krijgen. Wat mankeert jullie?'

'Het spijt me, mevrouw,' zegt Geri met haar meest hoffelijke, zalvende stem.

'Dat is niet voldoende,' zegt een mannenstem. 'Mijn vriendin is niet gewend om zo te worden geschoffeerd.'

'Kan ik u ergens mee van dienst zijn?' vraag ik, terwijl ik naar het achterkamertje loop. Geri oogt bezweet en vermoeid en onze hoofdmanicure Lai Sim staart naar de grond en probeert de kamer uit te glippen. Tegenover hen staat een vrouw van in de veertig die haar best heeft gedaan er goed uit te zien en een jonge, gespierde toy boy die voor de lol schijnt te zijn meegekomen. Of de lul, waarschijnlijk. Ze vormen hoe dan ook een wonderlijk stel en zijn in een pesthumeur.

'Bent u de manager?' vraagt ze met een Londens accent.

'Ja, mevrouw.' Ik maak een lichte buiging.

'Nou, dat werd tijd ook,' vervolgt ze.

'Dit is mevrouw Maddox,' zegt Geri hulpvaardig. 'Van villa 121.'

'Mejuffrouw Maddox, graag,' corrigeert ze. 'En dit is Dave.'

'Hallo, mejuffrouw Maddox... Dave,' zeg ik, terwijl ik naar hen glimlach en bedenk dat 121 een watervilla is van 2.000 per nacht en geen basis-strandvilla, en dus een van beiden geld moet hebben. 'Wat is er aan de hand?'

'Nou...' Ze haalt adem. 'Het gaat om de nagellak. Het is niet mijn normale kleur.' Ze duwt haar gebruinde handen in mijn gezicht. Wat? denk ik. Is dit een ruzie over de kleur van nagellak?

'Meent u dat? Ik vind het er prachtig uitzien,' zeg ik, terwijl ik naar de lange, matroze klauwen kijk.

'Begint u nou ook al?' zegt Dave. 'Dat mens uit Liverpool zat ons ook al te vertellen dat de kleur goed was. Alsof zij er verstand van heeft. Mijn vriendin is niet tevreden en meer hoeft u niet te weten. Discussie gesloten.'

'Normaal gesproken,' zegt Geri, die de opmerking over dat mens uit Liverpool negeert, 'nemen gasten kleuren waar ze erg aan gehecht zijn zelf mee zodat ze tijdens hun verblijf de juiste tint bordeaux hebben, bijvoorbeeld.'

'Maar het is Chanel,' zegt mejuffrouw Maddox. 'Ik dacht dat elke spa dat in huis had.'

'Kennelijk niet,' zegt Dave. 'En dat noemt zichzelf vijfsterren?' zegt hij honend.

'Zes, zelfs,' zegt Geri.

'*Whatever*,' zegt hij. 'Dit is al de tweede keer dat je haar nagels hebt gedaan en het is nog steeds niet goed.'

'Tweede keer?' vraag ik.

Het blijkt dat afgezien van de klantenstroom die het personeel van de spa het hoofd heeft moeten bieden, het mejuffrouw Maddox en haar toy boy zijn die ze heen en weer hebben laten rennen als een stel neurotische therapeuten. Wat ze uiteraard ook zijn. Maar dit stel is bijzonder volhardend. Mejuffrouw Maddox heeft samen met die arme Lai Sim een kleur uitgezocht en goed bevonden, is toen teruggegaan naar haar villa waar Dave over de kleur ging klagen en heeft haar vervolgens vanmiddag tot twee keer toe terugbracht om haar nagels opnieuw te laten doen. We hebben wel vaker te maken met professionele spa-klagers. Net als de villa-klagers, die altijd wachten tot na hun vertrek voor ze een klacht indienen, wachten deze mensen tot ze de rekening gepresenteerd krijgen voor ze toeslaan. En vaak gaat het om onbeduidendheden waar we weinig aan kunnen doen. De massage beviel niet; het vertrek was niet warm genoeg, het is zo ergerlijk dat het makkelijker is om de kosten van de behandeling kwijt te schelden dan met ze in discussie te gaan. Hoewel ik laatst voet bij stuk heb gehouden met een of andere vrouw die elke middag, nadat ze naar het strand was geweest, haar goedkope, nylon hairextensions door onze kapper had laten fatsoeneren. Die arme kerel moest zich elke keer met een haarijzer door de bos kunstvezels heen werken, tot ze er iets minder uitzag als My Little Pony. Hij knipte zelfs verdomme gratis haar (echte) pony bij. Toen de wekelijkse rekening kwam, van een heel acceptabele 900 dollar, weigerde haar man/vriend/cliënt te betalen en ging tekeer over hoe haar kapsel was verpest. Ik heb hem gewoon genegeerd en hem gevraagd te betalen.

Maar mejuffrouw Maddox, die hier staat te zeuren over de kleur van haar nagellak, is een control freak die niet weet wanneer ze moet stoppen. Ik begin zelfs een beetje medelijden te krijgen met Dave. Geen wonder dat hij zo gespannen is, hij is de hele week bezig geweest deze vrouw tevreden te stellen. Ik vermoed dat ze op seksueel gebied al net zo veeleisend is. Geri scheldt de kosten van de manicure kwijt, maar voor we onszelf kunnen feliciteren met het feit dat we een conflict hebben vermeden, komt er een hoop lawaai vanuit de receptie. De mannelijke stem klinkt zelfs duidelijk boven het geklingel van de Indiase bellen uit.

'Nee, ik betaal niet! En ik doe mijn sigaar ook niet uit!' Ik loop naar de receptie en zie daar een halfnaakte, Saudische heer rondstappen in zijn boxershort en openhangende kamerjas. Hij zwaait met een sigaar en stinkt naar whisky.

Naast hem staat een zeer jong uitziend Oost-Europees meisje. Ik herken hem direct. Hij is een vaste gast uit een van de Golfstaten die hier regelmatig met een aantrekkelijke dame een week lang vertier komt zoeken, en dan een paar weken later terugkomt met zijn vrouw en drie kinderen. Hij geeft veel geld uit en geeft hoge fooien, en dus zijn wij er bij gebaat om beleefd tegen hem te zijn.

'Goedenavond, meneer Fahad! Hoe gaat het ermee?'

'Wat?' zegt hij, en hij kijkt me aan. Hij kijkt glazig uit zijn donkere ogen. De man is stomdronken. Grappig hoe hij altijd uitgebreid de minibar uitruimt als hij hier met zijn vrouw is, maar het is een heel ander verhaal als hij hier komt om te ontspannen.

'Dag, meneer Fahad,' probeer ik opnieuw. 'Hoe maakt u het?'

'Ik weiger mijn sigaar uit te doen en te betalen voor mijn gemiste massageafspraak. Ik ga júllie dit in rekening brengen!' Hij grijpt zijn kamerjas. 'Er lag er geen een in mijn locker, en daarom moest ik er een van iemand anders pakken. Jullie hebben een dief van me gemaakt.' Hij prikt met zijn sigaar in de lucht. 'Een dief!'

Hij loopt vervolgens langs me, mijn toenaderingspogingen geheel negerend, en begint in het Hindi tegen het Thaise meisje aan de balie te schreeuwen. Zijn logica is kennelijk dat ze Hindi spreekt omdat ze er buitenlands uitziet, omdat de meeste buitenlanders in Saudi-Arabië dat spreken. Hij komt hiermee niet erg ver en ik kan zien dat de situatie zo uit de hand kan lopen. Ik ga naar Geri toe en fluister haar toe dat ze Mohammed erbij moet halen, het hoofd veiligheid, als de zaak uit de hand loopt, en laat het Thaise meisje achter de balie een golfkarretje bestellen. Dan neem ik het jonge meisje apart.

'Juist,' zeg ik zachtjes. 'Spreekt u Engels?'

'Natuurlijk,' antwoordt ze vinnig. 'Dat moet voor mijn werk.'

'Help me hem hier weg te krijgen,' zeg ik.

'Waarom zou ik?' vraagt ze. Ze is niet op haar achterhoofd gevallen, dat moet ik haar nageven.

'Anders moet ik u verzoeken het eiland te verlaten,' zeg ik.

'Best,' ze haalt haar schouders op. 'Schat!' roept ze, en ze schrijdt over de marmeren vloer in de richting van meneer Fahad. 'Kom, we gaan naar huis. Ik ben moe.'

'Wat?' zegt hij, terwijl hij zich omdraait.

'Ik ben een beetje moe,' herhaalt ze. 'Laten we naar huis gaan.'

'Goed idee,' zegt hij. 'Het is hier toch klote.'

Ze leidt hem de spa uit als het golfkarretje komt voorrijden. Terwijl ze gezamenlijk op de achterbank ploffen, klinkt er een zucht van verlichting door de Balinese pagode. Iemand zet Enya wat harder, een van de therapeuten verwisselt de schoenen van een gast voor katoenen slippers, en iemand anders nipt aan een honing-kruidenthee, de rust en zen zijn hersteld.

'Hé, hartstikke bedankt,' zegt Geri, en ze komt achter de balie vandaan. 'We konden even geen stennis gebruiken. Ik bedoel, moet je zien hoe druk het is.'

Ik loop met haar mee naar de achterkant van de receptie en kijk over het keurig gemaaide gazon naar de therapiepaviljoenen.

Het zijn piepkleine hutjes met rieten daken en individuele behandelkamers; verrukkelijke, kleine toevluchtsoorden in deze vredige tuinen. Ik heb direct uitzicht op het yogapaviljoen en zie een klasje van een stuk of acht, negen dames, die allemaal met hun benen omhoog liggen.

'Zelfs de yogaklas is vol,' zeg ik.

'Ik bedoel maar,' bevestigt Geri. 'Er waren alleen nog maar staanplaatsen in de Super Legs-klas.'

'Echt?'

'Ongelooflijk, hè?' zegt ze. 'Ze vervelen zich rot.'

'Connie doet tenminste iets.'

'Ja,' beaamt Geri. 'Godzijdank.'

Het heeft ons veel moeite gekost de yoga op poten te krijgen. We hadden hier tot voor kort een rijk en bekend meisje c.q. yogalerares werken. Ze was erg aantrekkelijk en zag er professioneel uit, maar ze was hopeloos. Of erger nog; ze was hoogst irritant. De gasten klaagden steen en been over haar. Ze scheen tijdens de lessen meer op de gong te slaan dan les te geven. Ze zag zichzelf ook als een begenadigd zangeres, en stond de meeste avonden naast de piano in de grote bar te janken als een gewonde kat. Het ontnam de gasten de lust om te drinken. Maar goed, het toppunt kwam toen ze een aantal weken moest vullen met vooraanstaande, beroemde vrienden en cliënten voor de ontgiftings- en yogacursussen. Er kwam niemand. Niemand schreef zich in. Niemand belde. Iedereen, zo leek het, had schijt aan haar en haar stomme lessen. Ze ging op vakantie na een stressvolle tijd van weinig doen en de jongen die we inhuurden om haar te vervangen was zo fantastisch dat ik haar nooit meer heb teruggevraagd. Helaas moest Rashi terug naar de ashram waar hij vandaan kwam en nu hebben we Connie.

Ik ken haar verleden niet echt, maar ik geloof dat ze een tijdje in pr heeft gewerkt en een drastische carrièreswitch maakte voor ze uiteindelijk haar roeping vond. Dit lijkt onder andere te bestaan uit om vier uur 's ochtends mediteren en veel gechant. Niemand wil een huis met haar delen in het personeelsdorp, en dat was in het begin erg lastig, maar nu we een plek voor haar hebben gevonden, horen we niets dan goeds over haar. De gasten worden aangestoken door haar enthousiasme. Niemand schijnt er problemen mee te hebben dat ze alleen maar wil oefenen op een schapenvel omdat de chi zo veel beter is. Het aantal privécliënten en lessen lijken zelfs elke week toe te nemen. Dat heeft dat vriendinnetje van de sterren nooit voor elkaar gekregen. En godzijdank lijkt Connie ook niet geïnteresseerd te zijn in zingen. Als ik de spa verlaat, denk ik erover naar huis te glippen om Kate te zien. Het is acht uur 's avonds en ik heb eerlijk gezegd zin in een glas wijn en ben bereid naar alles te kijken op tv, zelfs CNN. Ik zwaai Geri gedag als Mohammed door de deur komt rennen.

'Je bent te laat, vriend,' zeg ik. 'Meneer Fahad is terug naar zijn villa om zijn roes uit te slapen.'

'Nee, nee, meneer,' zegt hij. Hij kijkt ernstig en zijn ogen schitteren. 'Het is het personeelsdorp.'

'Wat bedoel je?'

'Er is een opstand gaande.' De paniek in zijn stem is oprecht. Mohammed overdrijft niet vaak.

'Hoeveel man?'

'Honderd, honderdvijftig. Allemaal leden van de plaatselijke bevolking.'

'Hier,' zeg ik, en ik wijs op mijn golfkarretje. 'Stap in.' Op weg naar het personeelsdorp vertelt Mohammed me over de achtergrond van de opstand en dat is niet best. We hebben wel vaker problemen met de plaatselijke werknemers, met name omdat ze weten dat ze ons in een ijzeren tang hebben. We zijn wettelijk verplicht 50 procent van onze werknemers te putten uit de plaatselijke bevolking en dat is begrijpelijk. Er gaat hier zo veel geld in om dat de regering daar een graantje van wil meepikken en het onder de bevolking wil verdelen. Je kunt het ze dus niet kwalijk nemen. Maar het uiteindelijke resultaat is dat we een hoop zelfgenoegzame arbeidskrachten in dienst hebben die weten dat ze ons in hun macht hebben en die we moeilijk kunnen ontslaan.

Verder moet ik toegeven dat er aan onze kant enige sprake is van onderhandse praktijken. Bij elk visum dat de regering uitgeeft, hoort een bepaalde functie, en ze zijn erg gevoelig voor het feit dat de plaatselijke bevolking vaak een ander soort banen krijgt dan westerlingen. Daarom hebben we hier managers werken op een tuiniersvisum en is Ingrid, onze pr-manager, hier op een serveerstersvisum. We moeten dus erg oppassen wie we tegen het zere been schoppen en ons personeel voorzichtig behandelen.

Maar goed, het verhaal achter deze opstand is duidelijk

genoeg. Een van de tuinmannen heeft direct na terugkomst van vakantie verlof opgenomen. Jiwan had hem te kennen gegeven dat dat niet kon, maar hij nam zijn bootpas mee en meldde zich af met de rest. Jiwan belde hem thuis op om te vragen waar hij was, waarop hij antwoordde dat hij met verlof was. Jiwan zei dat hij het formulier niet had ondertekend en dat hij ontslagen zou worden als hij die avond niet op de personeelsboot zou zitten. De man negeerde al onze telefoontjes, en is pas vanavond, na een volle week, teruggekomen. Volgens het reglement in het personeelshandboek word je direct ontslagen als je langer dan zes dagen achter elkaar afwezig bent. Maar deze kerel weigert nu te vertrekken en zegt dat hij de steun heeft van zo'n honderdvijftig man. Hij houdt speeches en roept iedereen op te vertrekken. Dat is niet het soort nieuws waar ik op zit te wachten. Zeker niet nadat ik me twee dagen niet heb gedoucht en het de hele dag onafgebroken heeft geregend, en nu is het donker en tien voor halfnegen. Het kan makkelijk uit de hand lopen.

Ze hebben zich bij de basketbalnetten verzameld als ik aankom. Gelukkig heeft iemand de noodlampen aangezet, zodat ik hun gezichten kan zien. Sommigen zien er verveeld uit, maar anderen juist zeer gedreven.

'Hallo, allemaal!' roep ik als een soort popster die optreedt in het Wembley-stadion. Ik moet hun aandacht krijgen, vaststellen wie hier de baas is en zorgen dat ze vertrekken. We mogen het personeel niet aanraken, en dus moet ik het hebben van mijn gezag en positie. Het is zaak om de onruststokers bij de groep weg te krijgen, ze apart te nemen en op ze in te praten, zodat ze zich kunnen overgeven zonder hun gezicht te verliezen. Het is psychologie van de koude grond.

Mohammed wijst me de deserteur aan en ik vraag hem mee te gaan naar de eetzaal. Hij brengt een vriend mee voor morele ondersteuning. Als we eenmaal binnen zijn, vraag ik Mohammed om de deur te bewaken en hoop dat het gebrek aan actie de anderen er van verveling toe zal brengen uiteen te gaan. Dit is precies het soort situatie dat ik laatst vreesde. De sfeer kan hier snel omslaan en het leidinggevend personeel is duidelijk in de minderheid.

Dan, net als ik de leiders van de oproerkraaiers naar binnen heb gewerkt, barst het buiten los. Ik weet niet wie er begint, maar er wordt hevig gevochten tussen de leden van de plaatselijke bevolking. De leiders die met mij in de eetzaal staan, schreeuwen tegen me en eisen dat ik ze laat gaan. Maar ik geef niet toe. Ik bewaak de deur alsof mijn leven en baan ervan afhangen, wat ook zo is. Als deze jongens naar buiten gaan en het gevecht nog verder oplaait, weet ik niet waar het zal eindigen. Ik zweet als een otter. Mijn hart gaat als een bezetene tekeer en de twee mannen schreeuwen tegen me en gooien met meubelstukken. Ik denk dat de enige reden dat ze mij niet fysiek bedreigen, is dat ik de manager ben.

Buiten wordt nog altijd gevochten. Ik zie door het raam dat slechts een harde kern van een man of zes er echt voor gaat. De anderen zijn verdwenen. Mohammed schreeuwt, de bewakers blazen op hun fluitje en zwaaien met hun knuppel. Ik hoor Ben roepen. Hij werpt zich in de strijd. Dan is het afgelopen, bijna net zo plotseling als het is begonnen. Mohammeds mensen houden de grootste onruststokers bij hun arm vast. Ze mogen officieel geen mensen vastpakken, maar deze mannen worden vanavond nog van het eiland gegooid. Hun contract werd beëindigd zodra ze een klap uitdeelden, en dus kan het me niet zoveel schelen. De adrenaline giert door me heen. Ik wil deze zes kerels en de twee leiders nog voor zonsopgang uit het dorp en van het eiland af hebben. Anders zit ik straks met een echte opstand. Het is moeilijk te zeggen hoeveel wrok er leeft in de slaapzalen die deze mensen met zijn zessen delen.

Mohammed stelt voor om ze op de personeelsboot te zetten en ze direct af te voeren, maar ze weigeren te gaan. Twee van hen zeggen dat ze hun tas willen pakken. Een van hen eist zelfs dat wij hem een tas geven. Ben kijkt me aan en schudt zijn hoofd. 'We moeten deze kerels zo snel mogelijk weg krijgen,' zegt hij. En dus ga ik voor een meer zalvende benadering om ze het dorp uit te krijgen. Mohammed en een paar van zijn bewakers zullen hun tassen pakken en de rest van ons zal ze naar de aanlegsteiger begeleiden. Verbazingwekkend genoeg gaan ze daarmee akkoord. Ik denk dat de slimmeren onder hen zich realiseren dat ze weinig keus hebben en dat ik, als ze niet uitkijken, de politie erbij haal, en dan is het geheel onzeker wat er gaat gebeuren.

Dus lopen we in het pikkedonker over het eiland, als een verkenningstroep in een derderangs oorlogsfilm. Ben loopt voorop, ik in het midden, naast de gevangenen, en de bewakers vormen een cirkel om ons heen. Als we bij de receptie aankomen, vlak bij de fontein en de fruitcocktails en gekoelde handdoeken, word ik gebeld door Mohammed. Hij zegt dat het te lang gaat duren om de personeelsboot klaar te maken. We kunnen geen kant op, zegt hij. Er zijn geen andere opties. Ik denk even na.

'Godverdomme,' zeg ik, hardop.

'Pardon, meneer?' vraagt Mohammed.

'Sorry,' antwoord ik. 'Maak de Azimut-speedboot gereed.'

'Wat? Die gereserveerd is voor supervips?' vraagt hij.

'Die, ja.'

'Weet u het zeker, meneer?' vraagt hij voor de zekerheid.

'Al moeten we een Learjet huren,' zeg ik. 'Ik wil die klootzakken vanavond nog van dit eiland af hebben!'

Donderdagochtend

Ik was tot twee uur vanmorgen op om te zorgen dat de rebellen van het eiland af gingen. Ze wilden pas vertrekken tot Mohammed met hun hele hebben en houden kwam aanzetten. Toen ging een van hen zeuren dat er kledingstukken ontbraken en ze terug wilden naar het dorp om ze op te halen. Dat weigerde ik, uiteraard. Ik zat er niet op te wachten dat een martelaar van de verzetsbeweging zou terugkeren en voor nog meer opschudding zou zorgen.

Uiteindelijk hielden we ze vast in de godzijdank verlaten receptie, terwijl ik het papierwerk in orde maakte. Dat was iets ingewikkelder dan ik had gedacht, omdat de foto's van de herrieschoppers in hun persoonlijke dossiers geen van alle klopten. Ze bleken allemaal sinds aankomst op het eiland onder een valse naam en een vals adres te hebben gewerkt. En wanneer ze precies zijn gekomen, weet niemand. Toen het hotel zo'n tien jaar geleden werd gebouwd en het eiland werd uitgebreid, bleven sommige arbeiders aan nadat het werk was afgerond. Zo werden gewone arbeiders ineens landschaparchitecten, tuinmannen, ingenieurs en serveerders in een van de beste hotels ter wereld. Dat steeg sommigen naar het hoofd. De meesten van hen zijn ijverig en consciëntieus, maar anderen zijn ongedisciplineerd, arrogant en onhandelbaar. We hebben toen een gedragscode in het leven geroepen voor het personeel waarin dingen staan als: 'Geen betel of kauwgum kauwen tijdens het werk', 'Niet spugen op het eiland', 'Niet in je neus of oren peuteren in het openbaar', 'Niet schreeuwen, in je handen klappen of met je vingers knippen in het bijzijn van gasten'. Voor sommigen bleek de overgang te groot. Je kunt je voorstellen hoe moeilijk het is om je aan te passen aan de eisen van deze strontverwende gasten, als je als kind nooit in een bed hebt geslapen en niet weet hoe het is om in een huis te wonen met stromend water en een toilet. Wat zou het jou kunnen schelen hoe snel de gasten hun ontbijt krijgen, als je vindt dat ze van geluk mogen spreken dat ze überhaupt te eten hebben? De cultuurshock was enorm.

Ik was dan ook niet verbaasd toen ik ontdekte dat ik niet-bestaande personeelsleden in dienst heb gehad, en cheques heb uitgeschreven aan mensen met een totaal andere naam. Ik ben dolblij dat ik ze zonder al te veel moeite van het eiland heb gekregen.

Het moge duidelijk zijn dat Kate deed alsof ze sliep toen ik thuiskwam, en met haar rug naar me toe lag. Dat doet ze altijd als ik het hotel voorrang geef boven onze relatie. Ik wist dat ik in de nesten zat toen ik vannacht naar huis reed. Tegen de tijd dat ik eindelijk mijn berichtjes kon afluisteren, was de toon ervan inmiddels zeer ijzig. Ze begonnen nog heel vrolijk. Ze had roomservice besteld en een fles dure, rode wijn opengetrokken. De Pad Thai stond voor me klaar, net als zij. Twee uur later was de Pad Thai koud, en zij kil. Om twee uur 's nachts lag ze op één oor, met haar rug naar me toe en weigerde ze nog met me te praten.

De wekker gaat om kwart voor zes af en ze draait zich niet eens om. Dit is niet goed, denk ik, als ik me in mijn sporttenue hijs. Ik ga vanmorgen rennen, wat er ook gebeurt.

'Morgen,' zeg ik. Geen antwoord. 'Morgen,' probeer ik opnieuw. Nog steeds geen antwoord. 'Luister, het spijt me heel erg, maar ik kon er niets aan doen.'

'Ja, dat zal wel,' zegt ze. 'En je was zeker je mobiel kwijt.' Ze praat tenminste tegen me, denk ik bij mezelf.

'Er was een opstand gaande.'

'En het eiland staat onder water,' zegt ze kwaad.

'Helaas niet,' zeg ik. 'Maar het was een nachtmerrie. We hadden...'

'Het interesseert me geen bal,' zegt ze, terwijl ze zich omdraait en het dekbed over haar hoofd trekt.

Ik loop de deur uit. Verdomme. Ik kijk naar de lucht. Het regent nog steeds. Ik betwijfel of onze relatie tot in het nieuwe jaar zal standhouden.

Als ik naar de sportzaal rij, zijn de tuinmannen al bezig de puinhoop op te ruimen die de wind en regen vannacht hebben veroorzaakt.

De meesten van hen maken een lichte buiging als ik langsrij, en leggen hun linkerhand of grote strohoed op hun hart. Er zijn er een paar die geen van beide doen. Na de deportatie van de zes oproeikraaiers, zal de sfeer in de personeelsverblijven vanmorgen niet geweldig zijn geweest. Ik bedenk dat we misschien meer krab moeten bestellen. We kopen om de twee weken een container met krab bij wijze van traktatie voor het personeel. Het kost rond de vijftien dollar per kilo en we bestellen zo'n zestig kilo om de boel een beetje op te vrolijken. Maar zoals het er nu voor staat, weet ik niet of een berg schaaldieren volstaat. Misschien moet ik een reden verzinnen om een feestje te geven.

Feesten liggen hier nogal gevoelig. We kunnen ten eerste Kerstmis of andere christelijke feestdagen niet te uitgebreid vieren, omdat de plaatselijke bevolking hier en op de omringende eilanden voornamelijk moslim is. Vandaar de behoefte aan een moskee en een imam. Maar we hebben hier ook sikhs en hindoes en joden en elke andere godsdienst die je maar kunt bedenken, en moeten met iedereen rekening houden. We hebben een zeer multiculturele gemeenschap en niemand wordt voorgetrokken of achtergesteld. Maar je moet een soort Boutros Boutros-Ghali zijn om iedereen altijd tevreden te stellen. Ik denk dat het tijd is voor een charmeoffensief.

Ik verschaf mezelf toegang tot de sportzaal en zet de loopband aan. Zelfs op een miezerige dag als vandaag blijft dit een van de mooiste uitzichten ter wereld. De zon doet zijn best om door de wolken heen te komen en de lichtgele schittering van het ochtendgloren danst op de schuimkoppen van de golven die breken op het huisrif. Ik snap niet waarom je ooit in een stad zou willen werken. De vervuiling alleen al is genoeg om me direct na aankomst te doen besluiten weer te vertrekken. Het is verbazingwekkend hoeveel steden echt stinken. Als je hier vijf of zes maanden hebt gezeten en alleen maar de schoonste en zuiverste lucht hebt ingeademd, moet je echt kokhalzen als je daarna weer voor het eerst in de grote stad komt. Het maakt je ook slaperig. Geen wonder dat iedereen er altijd zo gestrest en geïrriteerd is.

Ik ploeter voort en zweet de oude sake en de spanningen van de afgelopen dagen eruit. Ik zie een hoopgevend stuk blauwe lucht. Misschien wordt het weer toch eerder beter dan voorspeld.

Tegen de tijd dat ik terug ben in de villa om te douchen en me in mijn eeuwige linnen overhemd en broek te hullen, is Kate al naar haar werk. Het is verbazingwekkend hoe weinig je elkaar kunt zien, ondanks dat je samenwoont en op hetzelfde eiland van 60 hectare groot werkt.

Als ik om zeven uur bij de eetzaal kom, is die nagenoeg verlaten. Een paar schoonmakers zetten de grijze, marmeren vloer nog een keer in de was en wat bedienend personeel zet het ontbijtbuffet klaar. Als ik langs de tafel loop die bedekt is met schalen met vlees, kaas en salami, constateer ik dat het aanbod nogal karig is. Het is duidelijk dat de keuken op zijn laatste benen loopt. Er is geen meloen, geen ananas, de aardbeien zien er tamelijk verlept uit en de minibananen zijn zwart en er is nergens een tropische heerlijkheid te zien. En dat staat tamelijk armoedig, aangezien we op een tropisch eiland zitten, het buffet zou overladen moeten zijn met fruit, als een soort bacchanaal. Dit ziet er duidelijk uit als vier sterren. Dat moet toch beter kunnen?

Ik bel Jean-François. 'Jean-François,' zeg ik, 'ik sta bij het buffet...'

'Ah, nee, hou op,' zegt hij. 'Ik kan er ook niets aan doen. De chef-kok vermoordt me. Ik ga me van kant maken.'

'Kunnen we dan helemaal niets doen?'

'Niet tot die stomme boot arriveert. Ik heb fruit nodig. Ik moet verdomme roze champagne hebben en het liefst gisteren. En weet je wat?'

'Nou?'

'Die nieuwe Rus...'

'Meneer Georgi.'

'Die, ja. Hij wil vanavond goddomme een zandbank hebben en ik hoop bij god dat de boot niet te laat komt, anders ben ik de lul, *en brochette*, samen met jou, de chef-kok en Bernard.'

'Heeft hij een zandbank geboekt?' vraag ik.

'*Oui.*'

'Voor hoeveel man?'

'Twintig, vijfentwintig. Dat weet ik niet zeker.'

'Uitstekend,' zeg ik. 'Een ogenblikje...' Dat levert ons 20.000 à 30.000 dollar op. Ik moet zorgen dat ik vanmorgen kaarsen, een kamerjas en een fles bubbels naar zijn villa stuur en hem een bezoekje breng tijdens het ontbijt of eerder, in zijn villa. Vips van zijn kaliber en rijkdom gaan meestal niet voor de gezamenlijke maaltijden als ze het even kunnen vermijden. Maar voor het geval dat vraag ik Leila, een van onze meer efficiënte restaurantmanagers, om me op mijn mobiel te bellen als meneer Georgi en zijn bende onverwacht arriveren. 'Goed,' zeg ik, en ik zet Jean-François nog één keer onder druk. 'Ik wil je nu direct in de keukentuin zien.'

Voor hij de kans krijgt om tegen te sputteren, hang ik op. Als ik een oppeppende dubbele espresso achterover heb geslagen, stap ik weer in mijn golfkarretje en rij naar de keukentuin. De keukentuin wordt voor een bedrag van zo'n 50.000 dollar per jaar onderhouden en zou een rustig plekje moeten zijn waar de gasten de geur van exotische kruiden kunnen opsnuiven en verse producten kunnen proeven. Het is zo'n verantwoord milieubewust iets wat we samen met tai chi en yoga adverteren, en waarmee we appelleren aan de groene kant van iedere stedeling. Tussen de brochures in de villa's zit, naast de gids van de spa en het roomservicemenu, een foldertje over de tuin, waarin rondleidingen en een drankje bij de ondergaande zon in deze prachtige omgeving worden aangeboden.

Maar als ik mijn golfkarretje in de motregen voor het tuinhuisje parkeer, ben ik opgelucht dat niemand op dat 'romantische' aanbod is ingegaan. De tuin ziet er verschrikkelijk uit. Ik stap uit en probeer me te herinneren wanneer ik hier voor het laatst ben geweest; dat was zo'n acht maanden geleden, toen ik mijn goedkeuring moest verlenen voor het budget van 50.000 dollar. Nou, denk ik als ik rondkijk, god weet wat ze met dat geld hebben gedaan, maar aan de tuin hebben ze het in elk geval niet besteed.

De tomatenplanten zijn lang en dun en dragen geen fruit. Aan de bonenplanten zitten geen peulen en de rucola ziet eruit als het resultaat van een poging van een driejarige om waterkers te kweken. We kunnen hier amper een stel anorexiapatiënten mee voeden, laat staan een hotel vol verwende eikels die hun mond niet opendoen voor minder dan Beluga. Het enige wat de moeite waard is, zijn de kassen vol met bloemen, binnenplanten en orchideeën. Hiermee worden de openbare plekken en villa's van de gasten versierd. We verwerken zo'n 4.500 snijbloemen per week, allemaal geïmporteerd vanuit Maleisië. Dus als een villagastheer de lakens van een tweepersoonsbed in een bloemen- of drakenpatroon vouwt en versiert met roze jasmijn, zijn elke knop en elk bloemblaadje ingevlogen. Datzelfde geldt voor de orchideeën die je her en der in de badkamers en op de bar aantreft. We huurden ze vroeger voor vier dollar per pot van een bedrijf in Thailand, dat we, zodra ze verlept of bruin werden, konden opbellen om ze te laten vervangen. Maar tijdens een recente poging om de kosten te drukken, ontvingen we een lading van die krengen à raison van 8.000 dollar. Ze arriveerden stuk voor stuk zonder pot, en nu liggen ze op de bakstenen in de kassen en vragen wij ons af wat we ermee aan moeten. Terwijl ik langs de glazen wanden loop en naar de nutteloze bloemen staar die doelloos op de tafels liggen, bedenk ik dat die deal voor vier dollar pot helemaal niet zo gek was.

De andere kassen zijn iets succesvoller. Er zijn drie grote tunnels van vijftig meter en drie meter breed voor het kweken van stekjes, die voornamelijk gebruikt worden voor de tuinen. En als je bedenkt dat we dagelijks tussen de drie- en vierhonderd planten omwisselen en verplanten, snap je dat de twee mannen die de boel hier runnen het heel druk hebben. Jean-François komt de tuin in gereden en springt van zijn golfkarretje. Zijn schoenen met zwarte zolen detoneren enigszins in het vochtige zand. Hij lijkt wel een voedsel- en drinkmanager uit het centrum van Londen.

'Heb je iets eetbaars gevonden?' vraagt hij.

'Helaas niet,' zeg ik.

'Ah, *oui*.' Hij haalt zijn schouders op op zo'n typisch Franse manier, waarmee hij wil zeggen: wat zei ik je? 'Hier hoef je al helemaal niets van te verwachten.'

'Echt niet?'

'Ik weet dat de chef-kok vorige week munt uit de tuin heeft gehaald en dat dit in de keuken tot grote vreugde leidde.'

'Munt? Is dat alles?'

'Nu,' hij kijkt om zich heen, 'misschien dat je in de komende weken een kommetje rucola bij elkaar kunt sprokkelen. Willen Kate en jij dat?'

'Nee, dank je,' zeg ik, en ik voel me plotseling erg dom. Deze tuin is duidelijk dé grap van het eiland en ik kom daar weer eens als laatste achter. Ik verkeerde in de veronderstelling dat ik voor mijn 50.000 dollar per jaar meer zou krijgen dan een paar stekjes en blaadjes, maar dat is kennelijk niet het geval. Iemand moet een flinke schop onder zijn kont krijgen, dat is duidelijk.

Als ik terugloop naar mijn golfkarretje, en bedenk wiens achterwerk als eerste in aanmerking komt, gaat mijn telefoon. Het is Leila. Kennelijk houdt meneer Georgi van buffetten. Hij is dus toch het all-you-can-eat type, en hij is net met een paar vrienden de eetzaal binnen gelopen. Ik kijk op mijn horloge en zie dat het pas kwart over negen is. Hij is bijzonder stipt voor een miljardair. Ik geef gas en tien minuten later schud ik meneer Georgi's hand en wens hem een zeer goede morgen. Hij is lang, heeft een grote bos haar en een slank figuur, en is vrolijk en uitbundig en heel anders dan de kleine, dikke, norse oligarchen tegen wie ik altijd beleefd moet zijn. Ik ga bij hem aan tafel zitten en drink een kop koffie, terwijl hij zijn eieren met hollandaisesaus verorbert. Dit doe ik zelden of nooit, omdat gasten normaal gesproken weinig zin hebben in een lang gesprek tijdens het ontbijt. De meesten hebben last van een jetlag en zijn amper wakker, en het idee om over koetjes en kalfjes te moeten praten, staat ze zo tegen dat ze je zo veel mogelijk proberen te vermijden. Maar meneer Georgi is bijzonder goedgemutst. Hij heeft dan ook weinig om over te klagen. Hij heeft een aantal sexy vrouwen in een van zijn vele villa's zitten en een schare uilskuikens om hem heen die om al zijn grappen lacht. Dat zou zelfs Ben vrolijk maken. Hij zegt voortdurend hoe geweldig hij het hier vindt, ondanks dat hij net is gearriveerd. Garry heeft hem kennelijk op de boot hiernaartoe onderworpen aan een charmeoffensief. Hij is regelrecht opgewonden over het zandbankreisje van vanavond. Hij heeft drieëntwintig gasten en wil ze iets moois geven. De broer van meneer Georgi is vandaag jarig. Dimitri is vijftig geworden en heeft veel zin in een feest en meneer Georgi wil graag de juiste wijn hebben. Dus bied ik hem de kans om vanmiddag wat wijnen te proeven op het strand. Als iemand minstens 23.000 dollar gaat uitgeven op één avond – de zandbank-experience met alles erop en eraan kost 1.000 dollar per persoon – dan moet ik hem toch op zijn minst de kans geven om nog wat meer geld uit te geven aan echte goede wijn. Speciaal voor dit soort grootverbruikers houden we altijd wat uitstekende flesjes achter de hand. Hij lijkt verrukt over het idee en schudt mijn hand. Zijn Breitling Bentley platinum schittert in een van de eerste zonnestralen die we in twee dagen hebben gezien. Het ziet er allemaal zonniger uit.

Net als ik opsta om hem opnieuw de hand te schudden, hoor ik een klap en een harde kreun aan de andere kant van de eetzaal. De gezichten van twee van Georgi's uilskuikens vertrekken en hun handen grijpen naar hun zak. Deze kerels zijn gewapend. Maar voor ik kan bedenken hoe ik ze moet vertellen dat we geen vuurwapens op het eiland willen, klinkt opnieuw een zacht gekreun op onder een tafel aan de andere kant van de eetzaal. Wat is er in godsnaam aan de hand?

Ik verontschuldig me snel en ren ernaartoe. Ik zie Leila uitgeteld op de grond liggen, in wat lijkt op een plas water. 'Gaat het?' vraag ik. 'Ben je gevallen?'

'Nee,' zegt ze, met haar tanden op elkaar. 'Ik ben aan het bevallen.'

Ik ben zo geschokt dat ik me niet verroer. Leila? Een kind? Ik wist niet eens dat ze zwanger was. Dat wist niemand. Ze is niet eens dik! Nou ja, ze ís dik, maar dat is ze altijd geweest. Hoe lang is ze al zwanger?

'Hoe lang ben je al zwanger?' vraag ik verbijsterd.

'Negen maanden,' fluistert ze, voor ze weer in luid gekreun uitbarst. Ze grijpt mijn hand en rukt die er bijna af.

'Shit!' zeg ik.

'Shiiiiiiiiiiit!' schreeuwt ze.

'Ga je hier bevallen?' vraag ik. 'Naast de fruitschalen?'

'Daar lijkt het wel op, hè?' zegt ze puffend. Haar gezicht is nu pimpelpaars.

'Wil iemand verdomme alsjeblieft de dokter bellen!' schreeuw ik op een manier die niet passend is voor een manager.

'Ja, meneer,' zegt een bediende, en hij rent naar de receptie.

'Kun je opstaan?' vraag ik.

'Neeeee!' gilt ze. 'Het komt nu!'

Shit. Godver. Fuck. Godver. Dit hebben we ook niet gehad op de koksschool. Ik kijk om me heen naar de gasten. Sommigen lopen weg; anderen zitten als op hun stoel genageld en staren; en anderen schuiven ondermaatse aardbeien in hun mond alsof ze getuige zijn van een live-televisieprogramma.

'Kan iemand even een scherm neerzetten en deze vrouw wat privacy geven?' roep ik. Ik kijk weer naar Leila en knijp zachtjes in haar hand. 'Oké, Leila,' zeg ik zo kalm mogelijk. 'Ik kan me herinneren dat het belangrijk is dat je blijft ademen.'

'Wat denk je dat ik aan het doen ben, eikel?' snauwt ze hijgend en puffend. Er verschijnen zweetparels op haar voorhoofd.

'Goed zo,' zeg ik, en ik klop haar op de hand. 'Ga zo door.'

Als ik glimlach naar Leila's vertrokken gezicht, kan ik de gedachte niet onderdrukken dat dit eigenlijk de taak van de vader is. Wie dat ook moge zijn. Dit is de eerste bevalling die we op het eiland hebben gehad en ik denk nu al aan de problemen die we gaan krijgen met de autoriteiten. Ze zijn er al niet erg happig op dat een ongetrouwde man en een vrouw naast elkaar zitten, laat staan dat ze onwettige kinderen baren. We zullen een verhaal moeten gaan ophangen over dat haar echtgenoot is overleden, of iets in die trant. Tenzij de echte vader zich plotseling kenbaar maakt.

Binnen tien minuten is dokter Singh er en hoef ik niet langer handjes vast te houden. Hij weet Leila over te halen om op te staan en haar tussen de weeën door in een golfkarretje te zetten en naar de praktijk in het personeelsdorp te rijden, wat uiteraard een aanzienlijk betere plek is om een kind te baren.

Ik maak even snel een rondje langs de gasten om mijn excuses aan te bieden voor deze ongewone situatie en zeg dat ik hoop dat het niemand de eetlust heeft ontnomen. De meeste gasten hebben er geen moeite mee. Sommigen vragen wie de vader is en ik oefen het verhaal over de overleden echtgenoot op hen uit. De derde keer komt het er overtuigend uit. Maar wat de meesten echt interesseert, is het weer. Wanneer houdt het op met regenen? Is dit normaal voor de tijd van het jaar? Hoe lang gaat het duren? Ik beantwoord elke vraag met: 'Nou ja, het gaat tenminste niet sneeuwen.'

Als ik de eetzaal verlaat, word ik gebeld door Jean-François. De *Mary Celeste* is er. De opluchting in zijn stem is te horen. 'We hebben fruit!' roept hij door de telefoon. 'Ananas, mango's, alles!'

'Dat is geweldig,' zeg ik. 'Is er ook roze champagne?'

Het is even stil. Ik hoor hem door de facturen bladeren.

'*Non*.'

'Wat?'

'*Non*,' herhaalt hij. 'We hebben geen roze champagne.'

'Nou, dan ben je mooi de lul, hè?' zeg ik en ik hang op. Ik ga op weg naar de receptie om de ochtendboot te verwelkomen, die zes gasten uit Groot-Brittannië van het vasteland heeft opgehaald. Als ik door de lobby naar de aanlegsteiger loop, kom ik Angela tegen, in haar strakke wetsuit. Zo te zien gaat ze windsurfen met een van meneer Antonovs dochters.

'Morgen,' zeg ik.

'Goedemorgen,' antwoordt ze. Ze lijkt niet erg vrolijk. 'Heb je het gehoord over Leila?' vraagt ze.

'Ja, ik was erbij,' zeg ik.

'Wie is de vader?' vraagt ze.

'Dat weet ik niet.' Denkt ze wat ik denk? Ik vraag het me af.

'Hoe ziet de baby eruit?' vraagt ze.

'Ik weet niet of het al is geboren,' zeg ik.

'O,' antwoordt ze, voor ze wegstormt over de aanlegsteiger en het kleine meisje achter zich aan meetrekt. Het lijkt erop dat er problemen zijn tussen Yoshiji en Angela. Ik kijk naar de zee en zet mijn welkomstgezicht op. De gastenboot komt eraan en aangezien het weer geen al te warm onthaal biedt, hoop ik dat mijn gezellige glimlach dat zal compenseren. Maar als de boot de aanlegsteiger nadert, zie ik dat er meer dan een paar cocktails en vochtige handdoeken voor nodig zullen zijn om de boel te sussen. Een lange man in een overhemd met korte mouwen en een grijze broek en met een rood aangelopen gezicht ijsbeert over het dek en schreeuwt tegen de kapitein, en een tamelijk forse vrouw met een strak, mahoniekleurig permanent wringt haar handen.

'Goedemorgen,' zeg ik, nogal ongerust.

'Bent u de manager?' De man met het rode gezicht draait zich naar me toe op het dek.

'Eh, ja,' zeg ik.

'Nou, u gedraagt u volstrekt onverantwoord.'

'Aha.'

'Volkomen onverantwoord. We hadden wel dood kunnen zijn.'

'Dood?'

'Kijk dan! Kijk dan!' Hij wijst naar de zee. 'Er staat een enorme wind. Het stormt. Het was veel te gevaarlijk om uit te varen. De golven zijn veel te hoog. U had ons moeten laten vliegen. Dit is goddomme totaal onverantwoord. Ik wil opgehaald worden met een vliegtuig als ik vertrek. Mijn vrouw... Mijn vrouw... Ze had wel kunnen verdrinken. We werden voortdurend heen en weer geslingerd, nietwaar? Nietwaar?' Hij kijkt een middelbaar stel dat van boord gaat vragend aan. Hij draagt een blauwe blazer en een panamahoed, zij een transparante, knielange katoenen rok.

'Het was niet bepaald een rustige overtocht,' geeft de man toe terwijl hij de hand van zijn vrouw pakt.

'Juist,' zeg ik. 'Het spijt me vreselijk als u geen plezierige reis hebt gehad. Ik bied u mijn excuses aan. Dit is een uitstekende boot en de kapitein heeft deze overtocht al vele malen afgelegd. Ik weet zeker dat hij niet zou zijn uitgevaren als het ook maar enigszins riskant was geweest.'

'Nou, ik vind het schandalig,' vervolgt de man met het rood aangelopen gezicht. 'Mijn vrouw staat op instorten. Kijk dan!'

Ik moet toegeven dat ze er nogal bleekjes uitziet. 'Het spijt me heel erg, meneer. Als u meekomt naar de receptie krijgt u iets te drinken. En als u behoefte hebt aan een arts, hebben we die hier ook op het eiland.'

Uiteindelijk kalmeren ze genoeg om van boord te gaan en hun gratis cocktail achterover te slaan. Ondertussen praat ik met de kapitein. Het blijkt dat ze onderweg in een paar hoge golven terecht zijn gekomen en hij de motor moest afzetten. Ik ga met hem aan boord, deels om te zien hoe woelig de zee is en deels om aan de gasten te ontkomen. Zodra we wegvaren, houdt het op met regenen. Ik sta op de boeg van de boot, voel de warme wind in mijn haren en doe een Kate Winslet-imitatie. Het is heerlijk om zo door het water te snijden, een frisse neus te halen en even van het eiland af te zijn, al is het maar een paar minuten. Er zijn dagen dat ik me echt gevangen voel, en vandaag is zo'n dag. Ik gooi mijn hoofd achterover en snuif de lucht op. Mijn mobiel gaat. Ik ben geneigd niet op te nemen. Maar toch doe ik het.

'Hoi, met Garry.'

'Hoi.'

'Waar ben je?'

'Ik zit op de gastenboot... Op zee.'

'O.'

'Hoezo?'

'We zitten onder de pagode op het strand van Palm Sands op je te wachten. Je moet een huwelijk sluiten.'

Donderdagmiddag

Net als ik meneer en mevrouw Nogami in de echt verbind, trekken de wolken weg en komt de zon tevoorschijn.

'Godzijdank,' mompel ik terwijl ik naar de hemel kijk.

'Hai,' beaamt meneer Nogami.

'Hai, hai,' herhaalt zijn kersverse echtgenote.

Het scheelt enorm als de zon schijnt. Ik kijk langs het strand van Palm Sands en zie het Japanse stel dat ik dinsdag in de echt heb verbonden met hun snorkels naar zee lopen. Een dikke vrouw in een zilveren G-string sleept haar houten ligstoel vanonder de palmbomen naar de branding. Een paar witte Duitsers, dik ingesmeerd met zonnebrand in alle kleuren van de regenboog lopen bij ons vandaan. De natte, donkere kraaien zijn stil geworden. De lucht klaart op. Alles keert weer langzaam terug naar normaal. Ik voel de spanning uit me wegvloeien. Mijn schouders zitten niet meer ter hoogte van mijn oren. Het eiland wordt weer handelbaar. Ik heb misschien zelfs tijd om naar de boetiek te glippen en het bij te leggen met Kate. Ik denk dat ik haar ga voorstellen om samen wat te eten of zoiets. Ik schud meneer en mevrouw Nogami de hand en poseer onder de pagode voor de camera. Meneer Nogami vlijt zich onder mijn oksel terwijl mevrouw Nogami's bruidskroon in mijn wangen prikt, maar we glimlachen allemaal en doen alsof we dikke vrienden zijn.

Ik breng ze naar het met bloemen versierde golfkarretje dat ze rond het eiland zal rijden en zal stoppen om foto's te maken als mijn mobiel gaat. Ik zie aan de nummerherkenning dat het het duikcentrum is.

'Hallo, met Hans.'

'Hoi. Wat kan ik voor je doen?'

'Kun je alsjeblieft naar het duikcentrum komen?' vraagt hij. Zijn stem klinkt nogal vlak.

'Is het echt belangrijk?' vraag ik, terwijl ik het pasgetrouwde stel uitzwaai en naar mijn nagels kijk. 'Ik heb het nogal druk.'

'We hebben een probleem,' zegt hij.

'Wat voor probleem?' zeg ik met een zucht. Er is niets irritanter dan een trage Duitser.

'Er is iemand dood.'

Godver. Nu heeft hij mijn volle aandacht. Wie? Wat? Hoe? Wanneer? En zijn wij aansprakelijk? Eerlijk gezegd is dit niet helemaal hoe het ging. Mijn eerste vraag was: zijn we aansprakelijk? Ik spring in mijn golfkarretje, en terwijl ik op volle snelheid over de volle lengte van het eiland naar het duikcentrum naast Silver Sands rij, vertelt Hans me door de telefoon wat er is gebeurd. Godzijdank is de overleden toerist er niet een van ons. Hij hoort bij een groep van een viersterrenhotel hier ongeveer een uur varen vandaan, en ze hebben toestemming gevraagd om hier aan land te mogen komen, zodat dokter Singh de overlijdensakte kan tekenen.

'Ze waren aan het duiken,' legt Hans uit, 'en die vent is in het water overleden.'

'Goh... Wat afschuwelijk,' zeg ik.

'Ik geloof dat ze nog in shock zijn,' voegt hij eraan toe. 'Van wat ik heb begrepen over de radio.'

'Hou ze daar,' zeg ik. 'Ik ga contact opnemen met dokter Singh en het hoofdkantoor om te zien wat we moeten doen.'

Het duurt even voor ik dokter Singh te pakken krijg. Hij beantwoordt zijn mobiel noch de telefoon op de praktijk. Uiteindelijk neemt hij op, net als ik voor het duikcentrum tot stilstand kom. Voor een man die vooral doktersbriefjes schrijft voor personeelsleden met een kater, heeft hij het vandaag maar druk. Hij vertelt me dat hij bij de receptie staat te wachten op een watervliegtuig. Leila moet een keizersnede ondergaan en dat kan hij niet op het eiland doen.

‘Dat is ernstig,’ zeg ik. Ik maak me zorgen om Leila en haar kind en bedenk dat ik deze dag niet graag nog een keer zou overdoen. Dokter Singh verzekert me dat het niets ernstigs is. De baby komt voorlopig nog niet. Hij vertelt me dat Leila pas drie centimeter ontsluiting heeft. Alsof ik weet wat dat betekent.

‘Mooi zo,’ hoor ik mezelf zeggen. ‘Dat is geweldig nieuws.’

‘Maar het wordt wel een stuitgeboorte,’ zegt dokter Singh.

‘En dat is niet zulk geweldig nieuws?’

‘Nee,’ verklaart hij.

‘Moet je met haar mee?’ vraag ik.

‘Nee. Dat was ik wel van plan,’ zegt hij, ‘maar het ziekenhuis op het vasteland stuurt een arts mee met het vliegtuig, en als ik hier nodig ben…’

‘Dat ben je zeker,’ zeg ik, en ik zie het watervliegtuig van het ziekenhuis boven ons rondcirkelen. Ik heb eigenlijk nog nooit een lijk gezien. Ik kan wel iemand met wat ervaring gebruiken. Ik bedoel, ik weet helemaal niet wat je moet doen. ‘Zo snel mogelijk, graag,’ voeg ik eraan toe.

‘Natuurlijk,’ zegt hij. ‘Zodra ik weet dat mejuffrouw Leila het goed maakt, kom ik naar jullie toe.’

Ik zit in het golfkarretje en zie de duikboot voor de kust ronddobberen. Ondanks de felturkooizen zee en de witte, geschrobde dekken, biedt de boot een treurige aanblik. De meeste passagiers lijken in paniek rond te rennen, kijken naar zee of staren gefrustreerd naar ons en het strand, terwijl een paar mensen om iets heen staan wat lijkt op een lijk dat onder een deken op het dek ligt. Ik heb medelijden met hen, maar ik wil mijn baan niet op het spel zetten door ze aan land te laten voor ik toestemming heb van hogerhand. Ik bel. Dit moet een van de ergste, zo niet het ergste, voorval zijn dat we tot nu toe op het eiland hebben meegemaakt. We hebben talloze vallende dronkenlappen en incidenten in het zwembad gehad. Een van de ergste was toen een klein meisje bijna verdronk in het zwembad van haar villa. Een villagastheer liep toevallig langs toen de broer van het meisje het huis uit kwam rennen en om hulp riep. De gastheer rende naar binnen en trof het meisje drijvend in het water aan. Ze lag daar kennelijk al een minuut of twee. Hij gaf haar mond-op-mondbeademing en ze hoestte het halve zwembad op. Het was voor alle betrokkenen afschuwelijk. Uiteindelijk kregen we haar op het vasteland, waar ze twee dagen in het ziekenhuis lag. Daarna kwam ze weer een paar dagen terug, omdat ze niet mocht vliegen voor het geval haar longen geïnfecteerd waren. We brachten de huur van de villa en de reisjes van en naar het vasteland niet bij haar ouders in rekening. Ik geloof niet dat het hoofdkantoor daar erg blij mee was, maar soms moet je fatsoen boven winst stellen. We hebben hetzelfde gedaan voor een man die op de duikboot uitgleed en twee ribben brak. Niet dat we aansprakelijk waren, of zo. Maar soms is het goede pr om aardig te zijn. We vergoedden de laatste paar dagen van zijn verblijf en gaven hem een rugbrace om terug te vliegen naar huis. Hij stuurde de brace terug met een zeer vriendelijke brief, die hij ook naar de grote baas stuurde. We overleefden het incident glorieus, ondanks dat het hotel een kleine financiële klap te verduren kreeg.

We krijgen echter minder vaak met incidenten te maken dan stadshotels, omdat geen mens dronken, opgefokt en roekeloos om drie uur 's nachts rondrijdt op een eiland. We zijn redelijk geïsoleerd. We weten wie de prostituees zijn, omdat ze door de gasten worden ingeschreven en niet stiekem in alle vroegte vertrekken. We hebben geen zwervers die hier overnachten of corrupte portiers die onderhands kamers verhuren, drugdealers binnenhalen of wangedrag van de gasten door de vingers zien. We hebben niet eens een portier. We hebben wel gastheren, maar die helpen je zo veel mogelijk geld uit te geven op het eiland. Wat zou een portier je in 's hemelsnaam aanraden? Diner op Fantasy Island? Een kop koffie op het vasteland? Een bootreisje? Daar zal geen enkele hoogopgeleide professional zijn goede naam voor opofferen.

Uiteindelijk belt het hoofdkantoor me terug. Ik mag de boot niet laten aanmeren. Het zijn niet onze gasten, zeggen ze, ze zijn niet ons probleem. De verzekeringsmaatschappij van het hotel wil er niets mee te maken hebben. Ze zeggen dat het een enorme papieren rompslomp gaat worden en het hotel veel te kwetsbaar maakt. Ik werp tegen dat het hotel al bijzonder kwetsbaar is en dat als we de duikboot wegsturen de kans groot is dat we los van slechte publiciteit ook te maken zullen krijgen met een soort karmische revanche. De hoon is vermoedelijk in heel Europa te horen. Karmische revanche? Ik probeer uit te leggen dat we als eiland ook overgeleverd zijn aan de welwillendheid van anderen als wij ooit in de problemen raken. Ze vragen me of ik heb gedronken.

Ik sta op het punt om naar Hans te gaan in het duikcentrum en de duikboot via de radio te laten weten dat ze helaas geen toestemming hebben om aan land te komen, als ik dokter Singh naar me toe zie rennen. Zijn witte overhemd hangt open en hangt uit zijn zwarte broek, en zijn zwarte haar zit in de war. Hij zweet uit elke porie. De man heeft het nog nooit zo druk gehad sinds hij een klein jaar geleden op het eiland arriveerde.

'Rustig, rustig,' zeg ik, als ik de angst in zijn ogen zie. 'Ze hebben geen toestemming om aan land te komen.'

'Pardon?' zegt hij, terwijl hij puffend en steunend naast me staat en zijn handen door zijn haar haalt.

'Ik heb te horen gekregen dat ze niet aan land mogen komen.'

'Met alle respect, meneer...' Hij haalt diep adem. 'Dat is tegen de wet.'

'Is dat zo?'

'Ja, meneer. Ik ben arts en ben verplicht iemand officieel dood te verklaren. Als u ze wegstuurt, kan ik mijn plicht niet nakomen. En als ik mijn plicht niet kan nakomen, kan ik mijn werk niet doen.'

Ik heb de gewichtigdoenerij van dokter Singh altijd uiterst

irritant gevonden. Het feit dat hij erop staat dat iedereen die naar hem toe komt voor een doktersbriefje er ook één krijgt, ondanks dat het overduidelijk is dat ze zich drukken, maakt me woedend. Maar vandaag kan ik hem wel zoenen. Ik kan die arme mensen onmogelijk met een lijk aan boord weer in de hete middagzon de zee op sturen. Ik zou mezelf vanavond voor het naar bed gaan niet in de ogen kunnen kijken. Zo werkt het gewoon niet. De zee is gevaarlijk. De eilanden zijn gevaarlijk. Er wordt gefluisterd dat er nog altijd piraten rondvaren in deze wateren. Het enige wat ik weet, is dat er eilanden zijn waar je niet naartoe moet gaan en wateren waar je niet over moet varen. En ik hoop van harte dat als mij of een van mijn gasten ooit iets overkomt, een concurrerend hotel ons ook te hulp schiet. Maar ik vermoed dat je daar weinig mee kunt als je achter een berg papieren in een airconditioned kantoor in Knightsbridge zit. Ik bel het hoofdkantoor en leg de situatie uit. Ik moet toegeven dat ik het wat aandik en beweer dat het in dit land tegen de wet is om een andere boot hulp te weigeren, en ze geven me uiteindelijk het groene licht, terwijl ze me van alle kanten indekken.

Hans ziet er opgelucht uit. Hij is een gebronsde, gespierde, getatoeëerde Duitse hippie die graag het gezelschap van schildpadden en roggen opzoekt. Hij is niet bepaald het soort man dat iets begrijpt van risicoanalyse en winst en verlies en ik zie dat hij hier erg nerveus van wordt. Dit is tenslotte het soort nachtmerriesituatie waar hij zich in kan verplaatsen. Het zou me niets verbazen als hij ook bevriend is met de schipper van de andere boot.

Hij bericht het goede nieuws over de radio. De duiker steekt zijn armen verheugd in de lucht en er klinkt een bescheiden gejuich over het water. De motor start, het anker wordt gehesen en de boot vaart in de richting van de aanlegsteiger.

Mijn hart klopt als een bezetene. Mijn handen zijn bezweet. De laatste keer dat ik zo nerveus was, was toen ik getuige was van een steekpartij in het hotel waar ik werkte in Singapore. Ik werkte tot laat achter de receptiebalie toen de manager van het Japanse restaurant naar buiten kwam gerend en zei dat een gast in het restaurant was neergestoken door een professionele huurmoordenaar, die godzijdank geen vitale organen had geraakt. De gast wilde kennelijk niet dat er een ambulance werd gebeld en liep in plaats daarvan bloedend en met zijn handen naar zijn borstkas grijpend de keuken in en vroeg om een arts die hem kon dichtnaaien. De ex-chef banket was die avond de dienstdoende manager. Hij rende rond als een idioot. Hij kon het niet aan en ik moest de hand van de man vasthouden toen de arts kwam en zijn wond hechtte. Het was allemaal erg bizar. Ondertussen gingen de koks van het restaurant gewoon door met koken en sushi maken. Uiteindelijk vroeg de man alleen om een nieuw overhemd, zodat hij verder kon gaan met zijn maaltijd. We regelden een schoon overhemd via de afdeling huishouding en hij ging terug om zijn hoofdgerecht verder te nuttigen. De mensen aan de tafels eromheen snapten er weinig van.

Dit is een iets andere situatie, maar wel even surrealistisch. De boot meert aan bij de aanlegsteiger en zeven terneergeslagen zielen stappen uit en laten de kapitein, de dive master, een paar jongens van hier die eruitzien alsof ze kunnen zwemmen als dolfijnen, de echtgenote/levensgezel/partner van de overledene en, uiteraard, het lijk op het dek. Hans komt in actie en leidt de andere duikers het duikcentrum binnen en deelt warme drankjes, water en warme handdoeken uit. Norse Angela maakt zichzelf nuttig op de boot. Ze slaat haar arm om de huilende echtgenote/levensgezel/partner. Haar eigen problemen verbleken hier duidelijk bij. Ze leidt haar over de aanlegsteiger naar de anderen. De arme vrouw hoeft niet te zien hoe wij met zijn allen aan het lijk van haar man staan te sjorren om het van boord te krijgen.

'Tjonge, jonge,' zegt de lange, gebronsde dive master, die me stevig de hand schudt als hij van boord komt. 'Hartstikke bedankt,' zegt hij, terwijl hij zijn gebleekte, blonde haar, dat stijf staat van het zout, naar achteren strijkt. 'Ik ben Shane.'

'Hallo, Shane.' Ik knik.

'Te gek dat je ons uit de brand helpt,' vervolgt hij. 'Ik had geen idee wat ik moest doen. Dit is mijn eerste sterfgeval in vijftien jaar.'

'Wat is er volgens jou gebeurd?' vraag ik, terwijl ik over de reling van de boot naar het met een deken bedekte lijk kijk.

'Dat weet ik niet precies,' zegt hij en hij haalt zijn schouders op. 'Maar ik denk dat hij een hartaanval heeft gehad en het had overleefd als hij niet in het water was geweest. Ik vermoed dat hij in zijn eigen braaksel is gestikt.'

'Mmm,' zegt dokter Singh, en hij strijkt over zijn kin.

'Wilt u hem hier onderzoeken?' zegt Shane, terwijl hij naar de aanlegsteiger wijst. 'Of op de boot?'

'Ik denk dat ik hem het best ter plaatse kan onderzoeken,' zegt dokter Singh.

'Okidoki,' zegt Shane. 'Mustafa,' schreeuwt hij tegen een van de jongens die het lijk bewaken. 'De dokter komt aan boord.' Hij wijst naar dokter Singh. 'Goed, vriend.' Hij glimlacht. 'Ga uw gang.'

Terwijl dokter Singh aan boord klautert met zijn tas, pennen en papieren, geeuwt Shane en strekt zich uit.

'Jee,' zegt hij tegen me, terwijl hij om zich heen kijkt. 'Wat is het hier mooi.'

'Bedankt,' zeg ik.

'Ben jij de manager?'

'Inderdaad.'

'Heb je niet toevallig werk voor me?' vraagt hij. 'Waar ik werk, is het een rotbende. Het eten is smerig en er is geen zak te doen,' voegt hij eraan toe en hij kijkt over de aanlegsteiger naar het welgevormde lichaam van Angela. Van een afstand ziet ze er ook goed uit. 'En weet je wat?' vraagt hij, terwijl hij zich fluisterend naar me toe buigt.

'Wat?' vraag ik.

'De gasten zijn nogal saai.'

'O.'

'Ja.' Hij knikt en tikt op de zijkant van zijn neus. 'Pasgetrouwd of op sterven na dood.' Hij lacht. 'Of echt dood.' Hij knikt in de richting van zijn boot. 'Het enige wat ze doen is naar de zee staren en elkaars handje vasthouden. De eetzaal is net een mortuarium. Maar dit is andere koek,' zegt hij, zijn neus ophalend alsof hij de actie in zich op wil zuigen. 'Het lijkt erop dat hier genoeg te beleven is om een kerel uit Sydney te onderhouden.'

'Het zal je nog verbazen,' zeg ik, terwijl ik zie hoe dokter Singh voorzichtig de deken optilt en eronder kijkt.

'Ik heb mijn dive-masterbrevet en kan het openwaterexamen afnemen en nachtduiken begeleiden. Je zegt het maar,' vervolgt Shane zijn verkooppraatje. 'Gaat het, vriend?' vraagt hij dokter Singh. 'Denkt u dat het een hartaanval is geweest?'

'Daar lijkt het wel op,' beaamt de dokter. 'Weet je of hij hartproblemen had?'

'Volgens zijn papieren niet,' antwoordt Shane. 'Ik heb mijn zaakjes graag op orde,' zegt hij tegen me, om zijn sollicitatie kracht bij te zetten.

'Dat zal best,' zeg ik. Hij grijnst naar me, klakt met zijn tong en prikt met zijn wijsvinger in de lucht. Ik kom er niet achter of Shane echt een lul is, of zo geschrokken van wat er is gebeurd dat hij alleen maar nonsens kan praten, omdat hij, als hij heel even zijn mond zou houden, zou beseffen dat er iemand op zijn boot is overleden en hem een hoop ellende te wachten staat als de verzekeringsmaatschappij van de overledene hem traceert. En dan is het te hopen dat zijn zaakjes inderdaad zo goed heeft geregeld, anders is hij flink de klos.

Dokter Singh is nog tien minuten bezig met zijn onderzoek. Hoewel het niet zijn taak is om de doodsoorzaak vast te stellen, zou hij zijn plicht verzaken als hij niet alles zou opschrijven wat nuttig kan zijn voor de lijkschouwer. Hij ziet er bleekjes en uitgeput uit als hij van boord komt en er lopen zweetdruppels langs zijn slapen.

'Ik vermoed dat hij uiteindelijk is verdronken,' zegt hij, luid zuchtend.

'Verdronken?' vraagt Shane, en hij krabt zich op zijn achterhoofd. 'Jee. Maar u zei toch dat het een hartaanval was?'

'Hoogstwaarschijnlijk wel,' bevestigt de arts.

'Maar u zei dat hij is verdronken?' Shane kijkt plotseling erg bezorgd. Verdrinking betekent duidelijk meer voor hem als duiker dan een hartaanval, een kwaal van topambtenaren.

'Als gevolg van de hartaanval,' verduidelijkt de arts.

'O, oké,' zegt Shane, en hij schraapt zijn keel. 'Zullen we hem dan maar van boord halen?'

Ik blijf even hangen om mijn medeleven te betuigen aan de huilende vrouw, die een Belgische uit Brussel blijkt te zijn die hier op vakantie was met haar echtgenoot, met wie ze twintig jaar getrouwd was. Ze hebben twee tienerkinderen die gelukkig niet mee zijn op vakantie. De andere leden van de groep lijken allemaal enigszins opgeknapt na wat water, koppen thee en frisse handdoeken. Ik bied hen allemaal een late lunch aan in het restaurant, wat iedereen accepteert. Zelfs de wenende weduwe stapt met de rest in het golfkarretje. Dat treft, omdat ze zo geen getuige is van het fiasco dat plaatsvindt als Shane, Hans en wat lokale jongens het lijk van de boot proberen te halen zonder het in zee te laten vallen. Er wordt veel gezucht en gesteund en getrokken en gesjord als ze ieder een ledemaat vastpakken en het lijk over de loopplank proberen te krijgen. Helaas lijkt monsieur LeBlanc of hoe hij ook mag heten iets te dol te zijn geweest op *moules frites* en is hij loodzwaar. Ze krijgen hem niet door de opening in de reling omdat ze niet met zijn tweeën tegelijk over de loopplank kunnen. En dus gooien ze hem eroverheen. Ze tellen van één tot drie en bij drie zwaaien ze het lijk in de lucht en hopen genoeg momentum te krijgen om hem over de zee op de aanlegsteiger te krijgen.

De keer daarna gooien ze hem bij drie over de reling. Het lijk komt met een klap op het dek terecht en Shane juicht zwakjes.

'Godzijdank is hij al dood,' verklaart hij. 'Want dit is een afschuwelijke manier om te moeten gaan.'

Ik pareer nog steeds telefoontjes van het hoofdkantoor over procedures en hoe we ons gaan indekken als Jean-François me bereikt via mijn mobiel.

'Alles is gereed op het strand van Golden Sands,' zegt hij.

'Gereed?'

'*Oui*,' zegt hij. 'Voor de wijnproeverij van vanavond. Ik verwacht meneer Georgi over een minuut of vijf.'

'Ik kom eraan.'

Ik neem afscheid en condoleer Shane en zijn crew. Ze schudden me de hand en bedanken me opnieuw voor het feit dat ik ze aan land heb laten komen en zeggen dat ze niet weten wat ze anders hadden moeten doen. Shane vist nog één keer naar een baantje als dive master, terwijl hij een sjekkie rolt. Ik zeg hem dat ik hem zal bellen. Ik moet zeggen dat hij er geschikt uitziet, al is zijn houding zeer dubieus. Op weg naar het golfkarretje geef ik Ben een belletje, en vraag hem een oogje te houden op de gasten van het rivaliserende hotel en te zorgen dat ze na de lunch weer aan boord van hun eigen boot stappen. Het laatst waar we op zitten te wachten is een stel verstekelingen dat zichzelf te goed doet aan gratis maaltijden. Ik neem ook contact op met dokter Singh, die alles in de hand lijkt te hebben. Hij heeft geregeld dat het lijk terug wordt gebracht naar de praktijk en daarna naar het vasteland zal gaan voor de autopsie. Hij lijkt overal aan te hebben gedacht.

'O, trouwens,' zegt hij als ik wil ophangen. 'Leila heeft een kind.'

'Geweldig,' zeg ik met een glimlach.

'Het is een jongetje,' zegt hij. '9 pond en 4 ons met een grote bos rood haar.'

'Fantastisch nieuws!' zeg ik lachend. Dat sluit Yoshiji uit.

Ik vraag me af wie de vader in godsnaam kan zijn.

Ik rij weg bij de receptie in de richting van Golden Sands. Jezus, denk ik als ik langs de spa rij, ik zou een moord doen voor een drankje.

Zo'n tien minuten later arriveer ik bij het strand en zie ik dat Jean-François ons eer heeft aangedaan. Er staat een opklaptafel onder de palmbomen bij de grote strandvilla van meneer Georgi. De tafel kreunt onder het gewicht van enkele flessen met de beste wijn ter wereld, terwijl het witte linnen tafelkleed zachtjes in de bries wappert. Meneer Georgi hijst zich uit een ligstoel en trekt net een badjas aan als ik aan kom lopen.

'Goedemiddag,' zeg ik, en ik probeer opgewekt en ontspannen over te komen.

'Lekker weertje voor wijn,' zegt hij met een grijns, terwijl hij de badjas vastknoopt.

'Ik kan geen betere manier bedenken om de dag door te brengen.'

'Ik ook niet,' beaam ik.

'Drukke dag gehad?' vraagt hij, terwijl hij me op mijn rug slaat.

'Niet echt,' lieg ik. 'En u?'

'Al die telefoontjes, al die deals,' zegt hij. 'Je bent tegenwoordig nooit meer alleen.'

'Dat is zo.'

'Maar goed,' zegt hij, terwijl hij in zijn handen wrijft, en naar de verzameling van een stuk of acht wijnen kijkt die voor hem zijn uitgestald. 'Wat hebben we hier?'

'Dit is Jean-François, onze voedsel- en drankmanager.'

Jean-François knikt. 'En dit is Marco.' Ik wijs naar een kleine, knappe man die al op jeugdige leeftijd een onderkin heeft. 'Hij is onze eerste sommelier.' Marco glimlacht. Hij is charmant en weet ontzettend veel. 'Hou hem in de gaten,' voeg ik er aantoe, 'hij is geneigd te veel van zijn eigen waar te proeven.'

Meneer Georgi lacht. Hij denkt dat ik een grapje maak. De anderen aan tafel weten dat dat niet zo is.

'Zo,' zegt hij. 'Wat stelt u voor?'

'Ik stel rode wijn voor bij het eten en champagne voor op de boot,' begint Marco.

'Champagne.' Meneer Georgi knikt.

'Een lekkere Cristal?' stelt Marco voor, terwijl hij een fles openmaakt. 'Licht en fruitig, perfect voor als de zon ondergaat... Deze is uit 1997...'

'Mmm,' zegt meneer Georgi, terwijl hij een halve fluit in zijn duidelijk kurkdroge keel giet. 'Nu, dat is heel erg lekker... Hoeveel is die?'

'De magnum is 1.800 dollar per fles.'

'Mmm,' zegt hij, terwijl hij de rest van zijn glas wegspoelt. 'Dit is echt heel erg lekker. Hoeveel denkt u dat we nodig hebben voor het tochtje?'

'Acht; misschien zeven, afhankelijk van hoe gul u zich voelt,' zegt Marco. 'Het is maar een aperitief.'

'Ah, Dimitri, daar ben je!' roept Georgi uit. 'Waar was je nou?'

'Ik lag te slapen,' zegt Dimitri. Hij wrijft over zijn gekreukelde gezicht en strijkt een paar haren glad. Hij stond kennelijk niet vooraan toen de knappe gezichten werden uitgedeeld.

'Wat ben je aan het doen?'

'We proeven wijn voor vanavond.'

'O,' zegt hij verbaasd. 'Wijn proeven? Waarom?'

'Om te kijken wat de beste is,' zegt Georgi.

'Maar je weet toch hoe je de beste uitkiest?' zegt Dimitri, en hij kijkt van zijn broer naar mij alsof we werkelijk oliedom zijn.

'Je pakt de wijnlijst, bedekt de linkerkant met je hand – zodat je je niet bezig hoeft te houden met de namen – en neemt de duurste. Het is heel eenvoudig. Waarom verdoe je hier je tijd mee?'

Ik neem een slokje van mijn Cristal en glimlach. De zon schijnt en de toestand is weer genormaliseerd.

Donderdag, zonsondergang

We zitten bijna de hele middag in de schaduw van een paar palmbomen de beste wijnen te proeven die Marco kon vinden. En hij heeft een paar pareltjes gevonden, zoals een Château Cheval Blanc, Premier Grand Cru 1947, die voor ruim 15.000 dollar per fles over de toonbank gaat en de ondeugende Château Lafite Rothschild, Premier Cru 1995, à raison van 6.500 dollar; evenals een oude favoriet, een Petrus uit 1989, die 4.500 dollar per stuk doet. Maar Marco heeft zich gedragen. Afgezien van een hele magnum Louis Roederer Cristal 1997 van 1.600 dollar hebben we niet de hele kelder leeggeplunderd en een groot deel van de winst van het hotel opgedronken. Door de fles champagne wekken we de indruk erg gul te zijn. Maar als je weet dat die 62 dollar per fles is voor we de prijs verhogen naar 1.600 dollar, snap je dat we het ons kunnen veroorloven om hem weg te geven. De opslag van voedsel en wijn op het eiland is wat hoger dan je in een stadshotel kunt verwachten, voornamelijk omdat het zo moeilijk is om het spul hier te krijgen en we ons blauw betalen aan belasting. Maar omdat de gasten gedwongen zijn op het eiland te dineren, hebben we geprobeerd de basisartikelen redelijk geprijsd te houden. Dus kun je op het strand voor 25 dollar een club sandwich eten, wat volgens mij, als je bedenkt waar je bent en waar de ingrediënten vandaan komen, helemaal niet zo slecht is. Maar als het op luxeartikelen aankomt, moet je bereid zijn je vriend tot op de laatste druppel uit te persen.

De normale opslag van etenswaren van tweeënhalf keer wordt overboord gegooid voor artikelen als kaviaar, waar we 600 dollar per portie voor vragen. Wijn gaat meestal drie of vier keer over de kop, maar zoals je met de Cristal kunt zien, kunnen we vragen wat we willen. Als je op een onbewoond eiland bubbels van een duur merk achterover wilt slaan, moet je diep in de buidel tasten. De ironie is natuurlijk dat we voor frisdrank en water in flessen de grootste opslag hanteren. Die gaan vijf keer over de kop. Dus als je op vakantie bent en wilt besparen, kun je beter bier drinken of het gratis water bewaren dat 's avonds naast je bed staat. Of water uit de kraan drinken. Als het water niet drinkbaar is, moet dat ergens aangegeven staan. Stel je de hoofdpijn van onze advocaten voor als dat niet zo was.

Ik moet zeggen dat ik de prijzen van het eten hier helemaal niet zo slecht vind als je het in de context plaatst. In vergelijking met andere hotels hoeven we ons nog nergens voor te schamen. Maar we moeten toch op de een of andere manier geld verdienen. Eén plek waar een stadshotel leuk verdient, is de eetzaal. Daar serveren ze avond aan avond aan vijf- tot zeshonderd man soep, biefstuk, groenten, aardappelpuree en ijs. Ze zetten wat rode en witte wijn op tafel, een grote pot koffie en een kan melk en wat van die rotpetitsfourtjes en noemen het een banket of feestmaal. Het is een legale manier om geld te verdienen. Je arbeidskrachten wisselen voortdurend. Je hoeft je geen zorgen te maken over pensioenregelingen en prestatiebeloningen. Je hoeft eigenlijk niet eens te weten waar je werknemers vandaan komen, laat staan dat je hun naam moet weten. De balzaal is dé manier om geld te verdienen in de hotelindustrie en zit bijna altijd vol. Hier hebben we niets van dien aard. Geen congressen die ons draaiende houden. En dus verhogen we de prijs van de kamers, rekenen we zes dollar voor een cola light en hopen we maar dat we op een goede dag meer dan alleen quitte draaien. Ondertussen danken we God op onze blote knieën voor meneer Georgi, zijn Cristal-verslaving en het verjaardagsfeestje van zijn broer.

Nu blijkt echter dat meneer Georgi om vier uur niet langer wilde luisteren naar Marco's verhalen over druiven, body en wijnjaren en zijn broers advies opvolgde. Hij legde zijn hand op de linkerzijde van de wijnlijst om de namen te verbergen en bestelde de duurste artikelen. We hadden onszelf dus een hoop moeite, en bovendien een paar honderd dollar, kunnen besparen. Maar ik heb tenminste een paar glazen champagne kunnen drinken om mijn stressvolle dag goed te maken en Marco wist zich te herstellen van de avond ervoor en zijn lichaam weer enigszins te normaliseren. Om kwart over vijf gaat meneer Georgi douchen en zich scheren voor hij zijn gasten ontvangt in restaurant Lotus en de eerste drie flessen Cristal openmaakt. Ondertussen bel ik Jean-François hoe het precies staat met zijn plannen voor het verjaardagsfeestje op de zandbank.

Aangezien het 1.000 dollar per persoon kost en het een uitstekend excuus is om wijn en champagne te slijten, is het zandbankdiner duidelijk een manier voor het hotel om de zakken te vullen. Het staat boven aan de lijst, samen met het catamaran-diner, wat eveneens 2.000 dollar per stel kost, en twee keer zoveel als je op de catamaran wilt overnachten. Je betaalt dus niet alleen een paar duizend dollar voor je villa, waar je niet slaapt, maar legt ook nog eens vierduizend pegulanten neer voor een nacht onder de sterrenhemel. Maar mijn favoriete manier om gasten een poot uit te draaien is het vistochtje, wat ook weer 2.000 dollar per stel per dag kost. De gasten kunnen – voor 500 dollar extra, uiteraard – een chef-kok aan boord meenemen die 's avonds de vis bereidt die ze die dag hebben gevangen. Nu ja, een kok leidt een druk bestaan en er hangt een prijskaartje aan zijn diensten!

Let wel; het is niet alleen maar knollen voor citroenen. De zandbank-*experience* is bijzonder moeilijk te realiseren. En we doen het goed. Heel goed, zelfs. Het meeste werk zit hem in de voorbereiding en het opruimen. Het feestje zelf is een eitje. We varen naar iets wat in feite weinig meer is dan een verlaten strook zand midden in de oceaan, en installeren ons daar.

We nemen zelf generatoren en lampen mee en leggen kleden op het zand. Er liggen stapels zijden kussens, matrassen en bamboebogen met spotlights. Er is een band, er zijn barbecues, tafels, stoelen, borden en glazen van geslepen kristal. Het ziet eruit als een elegant en chic dineetje. En alles wordt diezelfde avond nog weggehaald. Dus als je 's morgens gaat duiken en om halfacht langs de zandbank vaart, zou je niet weten dat er ooit iemand is geweest. Het is een prachtig staaltje organisatie.

En als ik je vertel dat we vanavond drie zandbankfeestjes hebben, plus vijf barbecues op privéstranden van de villa's, waarbij we gebruikmaken van cateraars van buitenaf, plus lichten, kleden, kussens, gegrilde kreeft en wagyu – alles erop en eraan – begrijp je misschien een klein beetje wat er allemaal bij komt kijken. Niet dat de gasten dat doen. Een van de meest veelgehoorde klachten is dat er niet genoeg villabarbecues worden gehouden. Vanwege het aantal koks, barbecues en kussens dat we hebben, moeten we ons beperken tot vijf of zes per avond. Dus als je hier in het hoogseizoen bent en het hotel vol zit, kan het moeilijk zijn om er een te regelen. Tijdens je verblijf van tien dagen zijn er maar zo'n zestig barbecues beschikbaar en er zijn 140 villa's, en dus trekken sommige mensen aan het kortste eind. Gelukkig zijn sommige mensen te krenterig voor een privédiner. Maar ik word voortdurend aangesproken door boze gasten die willen weten waarom niet aan al hun eisen tegemoet wordt gekomen. Maar ook dat is beroepsrisico.

Het behoort ook tot mijn taken om de gasten op een zandbank of bij een barbecue op te zoeken. Het moet bijdragen aan de glamour van de gelegenheid, hoewel ze het volgens mij alleen maar irritant vinden. Maar deze taak wordt meestal uitbesteed aan een andere leidinggevende, die checkt of alles in orde is en de gasten zich vermaken. Vanavond ga ik, als ik het feestje van meneer Georgi bezoek, ook langs twee andere zandbanken. Godzijdank hebben we een speedboot.

'Zo, Jean-François, heb je de bestelling?' vraag ik door de

telefoon, terwijl ik verschillende witte, linnen overhemden op mijn bed uitstal. Kate staat onder de douche. We praten weer met elkaar, maar echt communiceren is er niet bij. Ik heb haar gezegd dat ze vanavond niet mee hoeft, maar ze zuchtte en zei dat het raar zou staan als mijn vriendin er niet bij was, vooral omdat meneer Georgi een belangrijke cliënt is en met geld smijt. En dus heeft ze een oud, chiffonnen gevalletje met lovertjes uit de kast getrokken en doet ze routinematig wat er van haar wordt verwacht.

'Volgens mij heb ik alles,' zegt hij. 'Vijftien flessen Domaine de Chevalier 2001 van 450 dollar het stuk?'

'Ja,' zeg ik. Het water loopt me in de mond als ik bedenk wat een heerlijk wijntje die witte Bordeaux is.

'En dan nog vijftien Château Lafite Rothschilds 1995 van elk 1.200 dollar. Er is alleen één ding,' zegt hij. 'Ik ben hier in de kelder en weet niet zeker of we er wel vijftien van hebben. We moeten dus misschien een paar Mouton 1995 nemen, à 1.000 dollar per fles. Denk je dat hij dat erg vindt?'

'Wat? Is de Lafite '95 op?'

'Volgens mij wel,' zegt hij. 'Marco zoekt ook. Maar we hebben er niet meer kunnen vinden. Al moeten er nog twee zijn volgens het grootboek.'

'Ontbreken er twee?' vraag ik.

'Daar lijkt het op,' zegt hij.

'Juist,' zeg ik. 'Dat zien we later wel. Pak ondertussen maar een paar flessen Mouton, dat moet goed zijn.'

'O, ja, nog één ding,' zegt Jean-François.

'Wat dan?'

'We zitten vanavond op een andere zandbank.'

'O?'

'Ik ben vanmiddag even gaan kijken naar onze gebruikelijke zandbank en ik vond hem erg klein. We hebben nog nooit een diner gegeven voor zoveel mensen.'

'Is dat zo?'

'Niet in de tien jaar dat we bestaan.'

'O, nee?'

'Ik denk dus dat de gebruikelijke zandbank te klein is. Als we eenmaal de band, de tafels, het kookgedeelte en de kussens hebben geïnstalleerd, is er niet genoeg ruimte over.'

'Oké,' zeg ik. Shit, denk ik. Ik hou niet van verrassingen, zeker niet als er veel geld en hoge pieten bij komen kijken.

'Maar de andere zandbank is geweldig,' belooft hij. 'Helemaal perfect.'

'Goed,' zeg ik. 'Ik zie je over tien minuten bij de Lotus.'

Kate zeurt dat haar haren nat zijn als we naar de Lotus rijden om champagne te drinken. Ze blijft zeggen dat ze er afschuwelijk uitziet. Maar ik vind dat onverzorgde wel wat hebben. Als je voortdurend wordt omringd met overdreven opgedirkte dames wier neuzen en tieten fier omhoog wijzen, is het wel verfrissend als er af en toe iets echts tussen zit. Maar hoe vaak ik ook zeg dat ze er prachtig uitziet; elke keer verwijt ze me dat ik haar neerbuigend behandel. Het lijkt er niet op dat ik haar vanavond voor me ga winnen.

'En nog iets,' zegt ze als we het golfkarretje parkeren. 'Ik wil niet de hele avond met de Natasha's praten.'

Arme Kate. Ze moet op dit soort uitjes altijd met de dames praten. Het soort man dat zich een zandbank kan veroorloven, is meestal niet het soort dat vrouwelijk gezelschap op zich op prijs stelt. Vrouwen zijn er om bewonderd te worden en dienen als versiering of om seks mee te hebben. Maar er wordt in elk geval niet van ze verlangd dat ze deelnemen aan het gesprek. Ik denk dat een eeuw vrouwenemancipatie hier bij de douane wordt afgeleverd, samen met de porno, het varkensvlees en de wodka.

'Ik beloof je dat ik je niet alleen laat,' zeg ik.

'Als ik net zoals vorige keer zes uur lang over diëten en kapsels moet praten,' zegt ze, 'schiet ik me voor mijn kop.'

Kate en ik zetten ons vrolijke gezicht op als we langs de enorme draken lopen en de bar in lopen. Vlak voor de kust drijven twee vissersboten, versierd met bloemen en lampjes die aan draden aan de masten hangen. Het ziet er zeer sprookjesachtig uit. Het weer bedient ons eindelijk op onze wenken en de zon zakt aan een wolkeloze horizon, en zal ons een perfecte, fotogenieke zonsondergang bieden. Meneer Georgi nadert in een wit, open overhemd en een witte broek. Hij grijnst en steekt zijn hand uit.

'Fantastisch, fantastisch, fantastisch,' verklaart hij, terwijl hij een slokje Cristal neemt. 'En deze champagne is perfect.'

'Dat doet me deugd, meneer Georgi,' zeg ik. 'O, ik wil u graag voorstellen aan mijn vriendin Kate.'

'Katya,' zegt hij, en hij kust haar hand. 'Het is me een waar genoegen. Galya!' roept hij. Een onbeschrijflijk mooie hinde draait zich om. 'Kom eens,' beveelt hij. Ze komt naar ons toe. Haar diep uitgesneden, smaragdgroene jurk zit strak om haar beeldschone lichaam. Ik kan Kates irritatie vanaf hier voelen.

'Dit is Katya,' zegt Georgi.

'Hallo,' zegt Galya. 'Aangenaam kennis te maken.' Ze biedt een slap handje aan met perfect gemanicuurde nagels.

'Waarom stel je Katya niet voor aan de meisjes? Jullie hebben vast een hoop te bespreken.'

'Natuurlijk,' zegt ze giechelend. 'Kom maar mee.'

Kate kijkt me vol afgrijzen aan, voor ze achter Galya aan loopt naar een groep beeldschone vrouwen, die allemaal Russisch praten en ieder ongeveer zeven jaar jonger zijn dan zij.

'Ik kom er zo aan,' zeg ik.

'Natuurlijk, schat,' antwoordt ze. 'Als je leven je tenminste lief is!'

Ik lach luid. Gelukkig heeft meneer Georgi het te druk met het kijken naar de kont van zijn vriendin om te horen wat Kate zegt.

'Ik wil even iets zeggen,' vervolgt hij terwijl hij mijn hand beetpakt. Ik moet niet zo naar dat Breitling-horloge staren. 'Dit heeft allemaal veel beter uitgepakt dan ik had verwacht. Ik denk dat ik een keer moet terugkomen om een feestje voor mezelf te organiseren.'

'Wat een goed idee,' zeg ik met een glimlach. Mijn hart gaat sneller kloppen. We mogen het vanavond niet verkloten.

Kate, Jean-François, een paar bedienden en ik begeleiden de Russen met hun kwarteleitjes, kaviaar, blini's en champagnefluiten naar hun dhow, en gaan dan met de speedboot naar de zandbank. Het idee is dat ze ons op de kade achterlaten en we alweer op de zandbank zijn als zij arriveren.

De zon is al onder als we op open water zijn en de hemel is dieprood.

Er staan al wat sterren aan de hemel en de maan komt op. Het is een milde avond en ondanks de regen van de afgelopen dagen is het warm, maar niet te vochtig. Ik kijk naar Kate, wier haar op ultieme manier wordt droog geföhnd door de wind; er speelt een kleine glimlach om haar lippen. Ik weet niet of het de dure champagne is die haar heeft opgebeurd of het feit dat ze minstens een halfuur niet over kapsels en nagellak hoeft te praten. We scheren met volle kracht over de golven in de branding. Het water verandert van turkooizen in donkerblauw en zo nu en dan springen er scholen vissen voor ons uit. Een paar dolfijnen zwemmen een stuk met ons mee, maar worden het al snel zat. De boot gaat langzamer varen en we turen allemaal in de duisternis om te kijken of we het nieuwe eiland kunnen zien.

'Het moet hier ergens zijn,' zegt Jean-François, terwijl hij recht voor zich uit tuurt. 'Het was niet veel verder dan die andere zandbank. Zo hebben we het ook gevonden.'

'Daar!' roept Kate, en ze wijst links van Jean-François. 'Zie je de lichten?'

We zien een lang koord met lichtjes in de wind heen en weer zwaaien boven de zee. Als we het eiland naderen, zie ik dat ze er iets prachtigs van hebben gemaakt. Er hangen grotere lichten aan de bamboebogen, waar ook lampjes omheen zijn gewonden. Er liggen Marokkaanse kleden op het strand, er staan fakkels in het zand en overal liggen kussens.

De zandbank ziet eruit als het boudoir van een Arabische hoer. Op drie barbecues ligt vlees te braden en bij elk van de drie staat een kok met een koksmuts op. Er staan tafels met salades, tafeltjes met glazen en vier ronde tafeltjes met stoelen en linnen tafelkleden bij de zee. De vierkoppige band speelt en de witte wijn staat in koelers achter de bar. Maar wat pas echt magisch is aan dit tafereel, is dat het aan alle kanten is omringd door de zee. Het is ongelooflijk om te bedenken dat het hier vanmorgen niet was en het morgen geheel verdwenen zal zijn in de zee.

Maar er is geen tijd om stil te staan bij hoe indrukwekkend het eruitziet, omdat we een paar kisten Mouton en Lafite moeten uitpakken en het eten moeten klaarzetten voor vijfentwintig Russen zich aandienen en vermaakt willen worden. Iedereen rent rond. Bedienden waden in hun zwarte broek de zee in en dragen doos na doos naar het eiland, terwijl Jean-François en ik om de tafels heen lopen om te kijken of ze goed gedekt zijn en de vazen en waterkannen op hun plek staan.

Ik hou met een half oog de zee in de gaten. Hij is kalm vanavond en de weinige wind die er was, is gaan liggen. Ik ben zelfs een tikkeltje opgewonden. Dit soort avonden is altijd fantastisch. Ik heb het laatst nog georganiseerd voor een Europese troonopvolger. Het was een zeer dronken en vrolijk feest, waarbij we aan het eind van de avond op weg naar huis met zijn allen aan boord van een enorm jacht klommen. Het was een van de grootste eenmasters ter wereld en de eigenaar was een duidelijk steenrijke muziekimpresario. Hij nodigde ons allemaal uit aan boord en met één druk op een knop liet hij de achterkant van de boot onder water lopen en veranderen in een zwembad. Terwijl ik aangeschoten met de lift langs de 30 meter hoge mast omhoogging, veranderde het water onder me langzaam van kleur, dankzij de onderwaterverlichting. Ik kon het niet geloven. De rest deed zich te goed aan cannabis en cocaïne en keek vol bewondering om zich heen. Ik herinner me dat ik rond halfvijf 's morgens naar huis waggelde en de volgende ochtend net deed alsof er niets aan de hand was.

Ik hoor verrukte gilletjes als de Russische boot arriveert. Ze hebben zich duidelijk flink te goed gedaan aan hun champagne van 10.000 dollar, want ze schijnen het allemaal hilarisch te vinden dat ik eerder ben gearriveerd dan zij. Er wordt veel gelachen en op ruggen geslagen bij het van boord gaan. Een paar bloedmooie meiden werpen zich als schoolmeisjes op de kussens. Ze vinden het allemaal prachtig. Meneer Georgi heeft een gloedvolle glimlach op zijn gezicht, veroorzaakt door de zon, de zee en de champagne.

'Prachtig, prachtig,' zegt hij, terwijl hij de fakkels en het eten en de frisse linnen tafelkleden in zich opneemt. 'Mijn broer is erg gelukkig.' Een van de bedienden arriveert met een koud glas Domaine de Chevalier en hij klapt in zijn handen van vreugde. 'En ik ben verrukt,' zegt hij, terwijl hij me iets te hard op mijn rug slaat. 'Je moet maar voor mij komen werken.'

'Ik heb een heel team om me heen, meneer Georgi. Het gaat erom dat je elkaar op de juiste momenten steunt,' zeg ik.

'Ja, ja,' zegt hij, en hij voegt zich weer bij zijn eigen gezelschap.

Ik zie dit als een signaal om er tussenuit te knijpen. Ik moet vanavond nog twee andere zandbanken bezoeken, om te checken of iedereen het naar de zin heeft. Ik ga aan boord van de speedboot en vraag de kapitein op volle kracht vooruit te gaan. Het idee om een paar glazen heerlijke Mouton of Lafite Rothschild te moeten mislopen, is genoeg om iedere epicurist lichtelijk nerveus te maken. Dus hou ik me stevig vast en scheren we over de golven naar het eerste echtpaar. Dat zijn meneer en mevrouw Forrest, het Engelse echtpaar dat morgen elkaar opnieuw hun jawoord gaat geven en voor wie we zevenentwintig Dolce Vita-rozen en een met de hand gemaakte ring uit Singapore laten invliegen. Of althans, dat hoop ik. Met de zaken van leven en dood die ik vandaag heb meegemaakt, ben ik geheel vergeten dubbel te checken dat die hier morgen ook daadwerkelijk zijn.

We leggen de boot op het strand en ik spring eruit met mijn linnen broek opgestroopt tot op de knieën.

'Goedenavond!' roep ik uit als ik over het strand naar hen toe loop. Ze zitten aan hun kleine, ronde tafeltje, omringd met kaarsen en fakkels. Twee bedienden in jacquet staan achter hen.

'Wie is daar?' vraagt meneer Forrest, turend in de duisternis. De bezorgdheid is van zijn verbrande gezicht af te lezen.

'Het mannetje van de radio,' zeg ik. Ik maak altijd dezelfde grap als ik op een zandbank aankom, omdat het iets idioots heeft om zomaar uit het niets tevoorschijn te komen om te checken of hun kreeft wel in orde is.

'O, lieve hemel, u bent het!' kirt mevrouw, terwijl ze met haar voeten zand in het rond trapt. 'Wat enig!'

'Vermaakt u zich?' vraag ik.

'O, hemel, ja,' zegt ze. 'Het is zo romantisch! Het eten is heerlijk en de wijn fantastisch.' Ik zie dat ze een lekkere 2002 Newton Chardonnay uit Napa Valley drinken van 220 dollar per flesje.

'En de bediening is fantastisch. Het is ongelooflijk dat jullie hier alles per boot hebben gekregen!'

'Het is geweldig,' zegt meneer Forrest, met de glimlach en het zelfvertrouwen van een man die weet dat hij die avond een beurt gaat krijgen. 'Het is perfect.'

'Als u maar gelukkig bent,' zeg ik glimlachend en ik schud hen beiden de hand. 'Kan ik verder nog iets voor u betekenen?'

'Helemaal niets,' antwoorden ze tegelijkertijd.

Op de volgende zandbank is het een iets ander verhaal. Hier zitten meneer en mevrouw Thompson, en de spanning is te snijden als ik door het water het land op loop. Ze kunnen het mannetje van de radio niet waarderen en lijken zich kapot te vervelen. Met alleen zijn echtgenote en een uitgaande kaars op tafel om naar te kijken, kun je meneer Thompson zien denken dat hij nog nooit zo weinig waar heeft gekregen voor zijn 2.500 dollar. Ik probeer ze een beetje op te vrolijken, en vraag ze naar de zonsondergang en de kreeft, maar er komt weinig uit.

'Kan ik nog iets voor u doen?' vraag ik als ik me omdraai om weg te gaan.

'Hoe laat komt de boot ons weer ophalen?' vraagt mevrouw Thompson.

'Wanneer u maar wilt.'

'Bedankt,' zegt ze.

'Een heel fijne avond nog,' zeg ik.

'Schat, ik denk dat we die boot nu wel kunnen laten komen, denk je niet?' zegt ze als ik weer in de speedboot stap. Dat huwelijk staat op springen, denk ik, als ze niet eens genieten van dit paradijs.

Op de zandbank van meneer Georgi zijn het gezang en geschreeuw en het gedreun van de band die de oude, Russische favoriet 'Kalinka' speelt al te horen voor ik de lichtjes kan zien. Als ik dichterbij kom, hoor ik telkens goedkeurend gejuich als Jean-François een van zijn Balinese papieren lantaarns aansteekt. Het zijn prachtige dingen, gemaakt van vloeipapier, die verwarmd worden door kleine kaarsjes. Door de hitte vliegen ze de nacht in om even later brandend naar beneden te dwarrelen. De Russen hebben duidelijk nog nooit zoiets moois gezien. Ze kijken allemaal met open mond naar boven en slaken verrukte kreetjes als een stel schoolkinderen. Ik heb het gevoel dat deze papieren lichtjes van één dollar per stuk meer worden gewaardeerd dan de flessen peperdure champagne.

Meneer Georgi is door het dolle heen als ik aan land kom. 'Het eten, de wijn, de lichtjes!' zegt hij, met zijn hoofd schuddend. Hij heeft er geen woorden voor.

'Ik ben blij dat u het zo naar uw zin hebt,' zeg ik glimlachend, terwijl ik over zijn schouder naar de flessen rode wijn op de bar kijk. Ik heb het diner door het eilandentochtje gemist en doe een moord voor een glas rode wijn.

'Tot zo,' zeg ik, en ik knik. Hij luistert al niet meer naar me. Hij kijkt over mijn hoofd naar boven, waar opnieuw een lantaarntje de lucht in gaat.

De bediende geeft me een enorm glas Château Lafite Rothschild en ik laat de zalige vloeistof door mijn uitgedroogde keel glijden terwijl ik zie hoe er weer een lantaarn de lucht in vliegt. Het leven kan niet veel mooier worden.

'O *mon dieu*, daar ben je,' zegt Jean-François terwijl hij me op mijn schouder tikt.

'Hoi,' zeg ik met een glimlach.

'We zijn de lul,' zegt hij, en hij wijst over zijn schouder naar de zee. 'Het is vloed. Het eiland stroomt langzaam onder. Over een uur staat alles hier onder water.'

Vrijdagochtend

Het was gisteravond op het randje, zoals dat heet. Kort nadat we door de vliegende lantaarns heen waren, werd pijnlijk duidelijk dat we iedereen moesten evacueren. We beseften dat de reden dat deze supergrote zandbank nooit eerder door het hotel was gebruikt, was dat deze rond halftwaalf 's avonds onder water verdwijnt. De hoge golven rukten op. We namen contact op met het hotel en vroegen om een extra boot. We hadden drieëntwintig gasten die niet helemaal helder meer waren na voor bijna 25 duizend dollar aan drank te hebben genuttigd en er waren bedienden, koks, een band en een hele hoop kleden, kussens, serviesgoed en glazen die terug moesten worden gebracht naar het hotel.

Gelukkig zag meneer Georgi er de lol wel van in en hij lachte en toastte de hele weg terug naar restaurant de Lotus, die we speciaal voor hem lieten openen. Zijn broer vond het een fantastische afsluiting van een fantastische avond, alsof we het magische eilandje even hadden mogen lenen, maar onze tijd er nu opzat. Soms kan ik die Russen wel zoenen. Ze hebben een heel andere kijk op dingen. Terwijl iedere andere gast ons zou hebben verweten het getijdenboek niet te hebben geraadpleegd alvorens 47.000 dollar te besteden aan een feestje, vonden zij het allemaal prachtig.

Toen we vertrokken met een boot vol gasten, flessen wijn en een berg kussens en kleden, keek ik om naar de zandbank, die nog steeds vol stond met tafels, stoelen en staande lampen. Er stonden vijf bedienden met hun broek opgestroopt tot op hun knieën.

'Gaan we hen nog ophalen?' vroeg ik aan Jean-François, die tegen me aan zat gedrukt in de boot.

'Wie?' vroeg hij.

'Die bedienden.'

'O, nee,' zei hij. 'Die letten op de spullen. Ze blijven vannacht om te zorgen dat er niets verdwijnt.'

'Wat?' vroeg ik. 'Wie gaat er nou om twee uur 's nachts een half ondergelopen zandbank beroven?'

'Je weet maar nooit.' Hij haalde zijn schouders op. 'We kunnen de spullen sowieso niet laten wegdrijven.'

'Maar ze staan tot aan hun knieën in het water en het is pikkedonker!'

'Het water gaat alweer snel zakken en de maan schijnt,' zei hij. 'We halen ze om zes uur weer op.'

En dus lieten we ze daar achter, om een paar tafels en stoelen te bewaken. Het zou een lange nacht worden voor hen.

En voor ons ook, trouwens. De Russen gingen terug naar de Lotus en maakten er een dolle boel van. Ik wekte de dj zodra we aan land gingen. Andy is een enige, magere jongen uit Londen die gespecialiseerd is in het mixen van iTunes, wat dat ook moge betekenen. Het is niet bepaald het plaatjes spinnen dat ik van vroeger ken, maar hij krijgt rijke, oude mannen de dansvloer op en al zijn apparatuur wordt betaald door sponsors, dus het is een win-winsituatie.

Maar goed, Jean-François en ik lieten hen daarna met rust. Het laatste waar de gasten behoefte aan hadden was de manager die rondhing terwijl zij zich wilden misdragen. Ik proefde de verdorvenheid in de lucht toen ik gedag zei. Maar dat bleek uiteindelijk afkomstig van Jean-François en Marco, die het op de een of andere manier voor elkaar hadden gekregen om meneer Georgi een magnum met Cristal afhandig te maken en die aan de bar stonden te drinken.

'Wat je moet doen,' zei Jean-François, terwijl hij de gele bubbels in de fluit tegen het licht hield, 'is ze minstens drie of vier keer vragen om te checken of de flessen echt leeg zijn. En dan, als je hun vertrouwen hebt gewonnen, kun je één of twee flessen jatten.'

'Inderdaad,' beaamde Marco, die zijn tweede glas achterover sloeg in evenveel minuten. 'Je moet eerst vriendschap met ze sluiten en ze dan beroven. Dat is veel effectiever.'

Ik moet zeggen dat ik een volle minuut vond dat ik ze de fles moest laten terugbrengen. Maar eerlijk gezegd was de drank zo zalig en wat moet je, als mensen te lui zijn om te checken of hun flessen echt leeg zijn?

Maar nu ik de ochtendvergadering binnen loop en mijn mond zo droog is als schuurpapier en ik een scherpe pijn achter mijn rechteroog voel, besef ik dat deze kater wel mijn straf zal zijn.

Ik ga aan tafel zitten en mompel 'goedemorgen'. Gelukkig komt Lynne, die goed heeft ingeschat wat ik nodig heb, vlak na me binnenhobbelen met een flesje water en een grote kop koffie.

'Zo,' zeg ik, terwijl ik in mijn handen wrijf. 'Is er nog iets vreselijks dat ik moet weten?'

'Eh,' zegt Ingrid, en ze schraapt haar keel. Ze ziet er erg goed uit vanmorgen, bedenk ik. Geen wonder dat Ben al de hele week om haar heen hangt.

'Ja?' Ik glimlach. O, jee. Ik geloof dat ik nog steeds dronken ben.

'Nou, het nieuws over de opstand in het personeelsdorp staat in alle kranten.'

'Welke kranten?'

'De plaatselijke kranten.'

'Is dat alles?'

'Het is voorpaginanieuws,' zegt ze, en ze laat me het artikel zien, met een kop die zich volgens haar laat vertalen als CHAOS IN HOTEL: ARBEIDERSOPSTAND. Er staat zelfs een foto van mij bij en een enorme foto van het hotel.

'Godver,' zegt Ben.

'Dat kun je wel zeggen, ja,' zeg ik, starend naar de krant. Het zweet breekt me uit. Jezus, denk ik, en ik neem een grote slok water. Hier zaten we nou echt op te wachten.

'Er staat een quote in van de minister van Toerisme over de rechten van arbeiders, en er zijn twee rebellen geïnterviewd. Ze zeggen dat ze ons gaan aanklagen wegens onrechtmatig ontslag,' zegt Ingrid. 'Ik heb al vragen gehad van leden van de pers uit Thailand en Singapore. Wat moet ik tegen ze zeggen?'

Ik zit met mijn hoofd in mijn handen en krabbel langzaam iets op mijn notitieblok. Het vertrek is stilgevallen. Ik kijk op en zie dat iedereen me aanstaart.

'O, oké,' zeg ik, en ik schuif heen en weer op mijn stoel. 'Kan ik daar even over nadenken?'

'Ja,' zegt Ingrid, blakend van de efficiëntie. Dit is het meest opwindende wat haar is overkomen sinds een journalist van *The Mail on Sunday* hier drie maanden geleden een reisverslag kwam schrijven.

'Maar ik heb beloofd om ze voor tienen vanmorgen terug te bellen.'

'Prima.' Ik knik. 'Verder nog iets?'

Bernard schraapt gewichtig zijn keel en opent het logboek, likkend aan zijn vingertoppen.

'Nu,' zegt hij, 'afgezien van een paar klachten over geluidsoverlast van de Lotus, zijn er vannacht geen incidenten geweest.'

'Mooi,' zeg ik.

'Nog één ding,' voegt hij eraan toe.

Ik voel mijn schouders verstrakken. 'Ja?'

'Een Frans echtpaar wil naar een andere villa verhuizen omdat die van hen te winderig is en hun dochter haar examens niet kan leren.'

'Die kenden we nog niet,' zegt Geri.

'Haar papieren schijnen steeds weg te waaien.'

Er zijn altijd mensen die naar een andere villa willen, en het is bijna altijd vanwege dezelfde reden: wind. Aan de ene kant van het eiland waait het veel erger dan aan de andere.

Het eiland ligt midden in de zee; er is niets om de sterke wind te breken. Die kan het eiland dagenlang teisteren en het is soms ondraaglijk. Gasten willen altijd uit de wind zitten, maar soms, als het bloedheet is, willen ze er juist in zitten. Ze willen hoe dan ook altijd ergens anders heen. En nooit tevreden zijn, is uiteraard het voorrecht van iedere veeleisende gast.

'Zullen we ze aan de andere kant van het eiland zetten?' vraagt hij.

'Waarom niet?' zeg ik. 'Er zullen heus wel wat mensen vertrekken.'

'Ja, dat is zo,' bevestigt Garry. 'Villa 131. Die naast de Duitser die huisarrest heeft.'

'Heeft hij nog steeds huisarrest?' vraag ik.

'O, ja,' zegt Garry. 'Maar maak je maar geen zorgen over hem,' zegt hij, en hij maakt een wegwuivend gebaar met zijn hand. 'Hij vindt het hier heerlijk. Hij is dolgelukkig, zo blij als een kind. Zijn villagastheer vertelde me gisteravond in het dorp dat hij fluitend rondloopt. Het is vast een prima excuus om niets te hoeven.'

'Ik weet wat je bedoelt,' zegt Ben. 'Ik zou ook niets liever willen dan gedwongen te worden rond te hangen in een grote villa, roomservice te bestellen en af en toe in de zon te bakken. Hemels.'

'Misschien moeten we dat aan al onze gasten voorstellen?' zegt Bernard.

'Het zou ons in elk geval een hoop werk besparen,' zegt Ben geeuwend, die, voor zover ik weet, nog geen vinger heeft uitgestoken.

'Goed,' zeg ik, en ik negeer het verzoek van mijn souschef om het rustiger aan te doen. 'Laten we de Fransen naast de geannexeerde Duitsers zetten...'

'En Sudetenland bezetten,' zegt Bernard lachend.

'Wat?' vraagt Geri.

'O, niets,' zegt hij zuchtend en hij kijkt in zijn logboek.

'Verder nog iets?' vraag ik, in een poging de vergadering weer op de rails te krijgen.

'Eh, ja,' zegt Bernard. 'Wat gaan we doen met de boot van meneer Antonov? Die ligt al drie dagen in de haven en hij is niet aan boord geweest, heeft er niet naar gevraagd of zelfs maar de indruk gewekt dat hij wilde gaan varen. Ondertussen moeten we de crew te eten geven en ze zien te vermaken in het dorp, en dat is eerlijk gezegd niet onze taak.'

'Mee eens,' zegt Garry. 'Ze hangen er rond en zijn een doorn in het oog.'

'Waarom sturen we ze niet weg?' vraagt Ben. 'Het kost die vent 10.000 dollar per dag om hen de hele dag uit hun neus te laten vreten.'

Iedereen kijkt naar me. Ik voel me verschrikkelijk. Ik kan amper kiezen tussen de koffie en het water die voor me staan, laat staan beslissen of ik de boot van meneer Antonov moet wegsturen.

'Eh, ik denk dat we hem moeten wegsturen,' zeg ik. 'We kunnen hem altijd laten terugkomen als hij belangstelling toont, nietwaar? Ik kan me niet voorstellen dat iedereen plotseling gaat vechten om luxejachten.'

Ik wil de vergadering net afronden, in de hoop een paar croissants naar binnen te kunnen werken, als Bernard ons herinnert aan de bruiloft van het echtpaar Forrest van vanavond. Hij checkt met Jean-François dat de catering geregeld is en dat Marco weet welke wijn er geschonken wordt.

'En zijn de ring en de bloemen onderweg?' vraagt hij me.

'O, ja,' zeg ik, terwijl ik door mijn papieren blader en doe alsof ik het opzoek. 'Heeft iemand Kate gesproken? Zij moet weten hoe het ervoor staat.'

Ze kijken me allemaal aan alsof ik gek ben geworden. Ik woon samen met Kate, ik hoor te weten wat er speelt.

'We hebben het zelden over werk,' zeg ik lachend.

'Aha,' zegt Geri knikkend.

Om de waarheid te zeggen, praten we helemaal niet meer

met elkaar. Ze is nog altijd woedend dat ze de hele avond over kapsels en handtassen moest praten met een groep vrouwen, die, ondanks dat ze veel jonger zijn dan zij, lijken te zwemmen in het geld. Je begrijpt dat ze vannacht weer met haar rug naar me toe draaide en vanmorgen haar gal spuwde.

'Dit is de pest voor mijn zelfvertrouwen,' zei ze, terwijl ze in haar ondergoed door de kamer stampte. 'Ik ga zo twijfelen aan mijn carrière. Ik had zoveel andere dingen kunnen doen met mijn leven en door jou beheer ik een winkel op een eiland en verkoop ik kaftans aan hoeren en bankiersvrouwen, terwijl ik iets anders had kunnen doen. Daar mag je weleens bij stilstaan als je me weer eens naast een gangsterliefje zet dat van top tot teen gehuld is in Dolce & Gabbana.'

Verbazingwekkend genoeg voelt de normaal zo hautaine Bernard mijn gêne aan en stelt voor de onderhandelingen met mijn vriendin op zich te nemen. Maar dan komt Garry met de onaangename verrassing dat onze Japanse reisagent heeft gevraagd of we in februari nog vijfentwintig bruiloften aan kunnen.

'Vijfentwintig?' Bernard kijkt afkeurend. 'In wat feitelijk niet meer is dan vier weken? Dat is een hele maand lang bijna één bruiloft per dag, ik denk niet dat we er zoveel kunnen verwerken.'

Ik geef het niet graag toe, maar ik vrees dat Bernard gelijk heeft. 'Verwerken' is het juiste woord. De woorden van dive master Shane, over de doodsheid van zijn hotel, weerklinken in mijn oren: niets anders dan stijve gasten die op fluistertoon communiceren en verliefde stelletjes die elkaars handje vasthouden en naar de zee staren. Het is heel belangrijk om op een plek als deze een goede balans te hebben wat de gasten betreft. Anders ben je de pineut. De glans gaat er vanaf. Je verliest je aanzien in de wereld en de hoge piefen en de superrijken zoeken hun heil elders. Net zoals je geen gillende kinderen wilt die bommetjes maken tussen de blauwgespoelde hoofden in het zwembad, wil je ook niet te veel groepen in ruimvallende broeken die willen dineren met live jazz muziek en om Bailey's met ijs vragen. Zo kunnen we ook maar een beperkt aantal met geld smijtende Russen en hun flamboyante vrienden aan voor het hier op een hoerentent begint te lijken. En Arabieren willen de boel altijd overnemen.

Er hoeven maar zeven kersverse Japanse echtpaartjes allemaal tegelijk te besluiten om hun gratis diner voor twee bij kaarslicht te nuttigen en de sfeer in de eetzaal is totaal vergald. Ik heb het zien gebeuren. Ik heb gezien hoe de geliefden stuk voor stuk zwijgend genoten van hun voorafje met garnalen en andere mensen, groepen vrienden, de eetzaal binnen liepen, elkaar aankeken en direct rechtsomkeert maakten.

Ik moet ook zeggen dat ze niet bepaald de meest lucratieve gasten zijn. De tijd is voorbij dat de yen torenhoog stond en de Jappen steenrijk waren en Impressionisten kochten voor in hun kantoor. Nu zijn ze net als wij en hun fooien van één dollar in de spa is het zoveelste bewijs van hun vrekkigheid. Keer op keer verlaten de kersverse echtparen het hotel met niet meer dan twintig dollar aan extraatjes op de rekening. We dachten vroeger dat ze van de lucht leefden of zo, tot we er op een dag achter kwamen dat ze koffers vol noedels meenamen naar het hotel, wat verklaarde waarom ze altijd een waterkoker wilden. We vonden de plastic verpakkingen op het strand, wat behoorlijk smerig is. We proberen het eiland zo schoon mogelijk te houden, en dus is het laatste wat we willen goedkoop afval op onze stranden. Wat ik verder nogal irritant vind, is dat we aan al hun speciale behoeften moeten voldoen. Meer dan elke andere nationaliteit die we op dit eiland hebben, verwachten Japanners dat hun land met hen meereist. Misschien is hun culturele identiteit net iets sterker dan die van ons, maar ze verwachten dat alles voor hen wordt vertaald. Ze willen bento-dozen en bier bij het ontbijt, maar ook andere dingen, zoals papieren covers op het toilet en elke dag een nieuwe tandenborstel.

Elke nationaliteit heeft zo zijn eigenaardigheden. De Britten zijn zowel grof als krenterig en kunnen snel voor onenigheid zorgen in een hotel. Ze springen op alles wat gratis is tijdens de managersborrel, en kunnen de hele dag tegen elkaar aan zeiken en elkaar ervan overtuigen dat het hotel klote is en de service verschrikkelijk. De Fransen zijn arrogant, de Duitsers een tikkeltje vreemd en de Amerikanen hebben heel veel geld en weinig smaak. Ze zijn meestal wel te porren voor iets nieuws. Als je ze bij de hand neemt en ze voorstelt om 4.000 dollar uit te geven aan de zandbank-*experience*, of 200 dollar p.p. neer te tellen voor een vaartochtje 's morgens vroeg, stemmen ze altijd in. New Yorkers, daarentegen, zijn een ras apart. Ze zijn veeleisend, agressief, vooringenomen en nooit tevreden. De Russen willen alleen maar lol hebben, en dat is wel verfrissend. Ik denk dat ze zo lang gebukt zijn gegaan onder het juk van het communisme dat ze, als ze twee roebel te makken hebben, ze die ook zullen uitgeven. Want wie weet wat er morgen gaat gebeuren? En de Arabieren; nu, die komen hier, gaan naar hun kamer en verwachten dat alles wordt geregeld, en wel direct.

'Dus we zeggen nee tegen al die bruiloften?' vraagt Garry, opkijkend van zijn agenda.

'Dat lijkt me wel,' zeg ik. 'We kunnen er op zijn hoogst drie of vier per week aan. We willen niet nog een alternatieve gemeenschap creëren.'

'Nu je het zegt, heb je gezien wat er gaande is in de villa van meneer McCann?' vraagt Geri. 'Het gerucht gaat dat het één grote orgie is. Die onschuldige villagastheren kijken hun ogen uit. Binnenkort gaan ze nog kaartjes verkopen.'

'Ik zeg het je,' zegt Ben, zijn wangen opbollend, 'als je rond het zwembad hangt, zie je de meest fantastische erotische dansen die ik buiten de Spearmint Rhino heb gezien.'

'Echt?' vraagt Hori. 'Ik moest het filtersysteem van het

zwembad maar weer eens nakijken.'

'Het begint meestal rond een uur of vier,' zegt Ben, en hij tikt tegen de zijkant van zijn neus. 'Na een lekkere, vloeibare lunch.'

'Oké, dat was het wel, geloof ik,' zeg ik, en ik leg mijn handpalmen tegen elkaar. 'Gelukkig is het weer verbeterd.'

'Dat is zo,' zegt Bernard.

'Eh, zou je voor tienen kunnen bedenken wat we over de opstand gaan zeggen?' zegt Ingrid, en ze stopt haar papieren in haar klembord. 'Dat zou erg fijn zijn.' Ze kijkt me aan en glimlacht even kort naar me. Ze is opeens een stuk minder aantrekkelijk.

Als ik naar de personeelskantine loop, overweeg ik nog een keer te ontbijten en terug te glippen naar mijn villa om eventjes te gaan liggen. Ik weet dat ik een rondje moet maken door de eetzaal om te zien hoe het met de gasten gaat, moet bedenken wat ik tegen de plaatselijke kranten ga zeggen, stapels papieren moet doorwerken, en nog een paar een-op-eengesprekken moet voeren. Ik moet ook echt even met Ben praten over hoe hij het hier vindt en hem misschien uitnodigen voor de lunch op zondag. Dat zou aardig zijn. Maar ik voel me licht in het hoofd en heb behoefte aan een tukje. Mijn mobiel gaat. Dat zal Garry wel weer zijn. Wat wil hij nu weer? Ik heb hem net nog gesproken. Wat heeft hij nu weer op zijn getrainde, supergezonde hart?

'Sjeik in zicht!'

'Wat? Wanneer?'

'Nu!'

'Godver!'

'Zeg dat wel,' zegt Garry. 'Verwachte aankomsttijd: vanmiddag.'

Nu ben ik wel wakker. Ik bel Bernard.

'Sjeik in zicht!'

'Wanneer?'

'Vanmiddag. Wat hebben we nog over?'

'Hoeveel zijn het er?'

'Shit, dat weet ik niet. Bel Garry. Maar ik vermoed minstens drie.'

'We hebben één grote villa met zwembad vlak bij de Samurai, op het strand van Palm Sands. Villa 225.'

'Mooi. Zie je daar.'

Ik hang op en bel de afdeling huishouding.

'Sjeik in zicht!'

'Waar?'

'Villa 225.'

'Wanneer?'

'Vanmiddag.'

Er wordt opgehangen en ik bel Hori, Youssif; hoofd villagastheren, Jean-François, Ingrid, Ben; en ik stel zelfs Geri op de hoogte voor het geval dat. Binnen tien minuten na het telefoontje van Garry weet het hele eiland dat er een sjeik plus entourage, op weg is. En de meesten verzamelen zich bij villa 225.

Ik loop langs Palm Sands naar de grote strandvilla en zie tot mijn verbazing dat het er wemelt van de mensen. Het lijkt wel een plaats delict. De eerste tuinman is bezig nieuwe struiken te planten en Bernard rent rond en deelt bevelen uit. Garry schreeuwt tegen iedereen en zegt dat hij nog vier villa's nodig heeft. De afdeling huishouding heeft besloten om de villa grondig te reinigen, wat betekent dat ze de gordijnen stomen en alles checken, zelfs of de lichten in de kasten aangaan als je de deuren opendoet. Hori staat te ruziën met zijn mensen over hoe ze het zwembad moeten schoonmaken en te kijken of er geen lekkages zijn. Jezus, denk ik terwijl ik de chaos in me opneem; je zou bijna denken dat dit onze enige gasten zijn. Ben komt aangekuierd en ziet er wat verdwaasd uit.

'Wie is die vent en waarom maakt iedereen zich zo druk?' vraagt hij, terwijl hij zijn ogen achter zijn zonnebril fijnknijpt.

'Hij is een van de vijfentwintig rijkste mannen ter wereld. Hij komt af en toe over met zijn eigen Boeing 747 voor een lang weekend om zich met zijn vrienden te ontspannen. En de vorige keer dat hij hier was, gaf hij me een fooi van 3.000 dollar.'

'Dus het loont om aardig tegen hem te zijn?'

'Zeker weten,' zeg ik. 'Ik zou me in alle bochten wringen om het hem naar de zin te maken.'

'Hopelijk hoeft het niet zover te komen,' zegt Ben, terwijl hij zachtjes op mijn rug klopt. 'Kan ik iets doen?'

'Ja. Zorgen dat alle golfkarretjes gewassen en geschrobd zijn en voor de receptie staan als hij aankomt.'

'Hoe laat is dat?'

'Rond drieën, als ik goed ben geïnformeerd.'

'Wat doen we ondertussen met de andere gasten?'

'O,' zeg ik. Ik draai me om en kijk Ben aan. 'Zeg maar tegen hen dat ze beter kunnen lopen.'

Als ik naar de villa loop, worden het geschreeuw en gerinkel van mobiele telefoons ondraaglijk, zeker voor iemand die zo kwetsbaar is als ik momenteel. Iedereen roept tegen elkaar en probeert tegelijkertijd te bellen, maar alle telefoons rinkelen of zijn al bezet, en dus haalt het weinig uit.

Dit gebeurt elke keer dat er zich een sjeik aandient. Het is alsof je een vos loslaat in een kippenhok en de kippen alle kanten ziet rondfladderen. Mijn theorie is dat er altijd zoveel leidinggevenden en hun volgelingen rondrennen en bevelen uitdelen dat niemand iets kan doen tenzij zijn ondergeschikte er is.

Als ik door de villa loop, zie ik zoveel mensen druk aan het werk dat ik niet weet waar ik moet beginnen. Als ik naast het bad sta, word ik in mijn kraag gegrepen door Jean-François. Wat de voedsel- en drankmanager hier moet, is me een raadsel. Misschien moet hij de minibar verzorgen.

'Aha,' zegt hij, terwijl zijn lange, donkere haren naar voren vallen. 'Ik heb een tafel voor zestien personen gereserveerd bij de Lotus, de Samurai en in de eetzaal, voor het geval dat.'

'Oké.'

'En ik heb de chef-kok van elk daarvan gevraagd een speciaal menu te maken.'

'Goed.'

'De laatste keer dat hij hier was, zat de Samurai vol en dat was verschrikkelijk, weet je nog? Dus nu hebben we in alle restaurants een speciaal menu.'

'Goed gedaan,' zeg ik, en ik klop hem op zijn schouder.

'Dank je,' zegt hij, en hij ademt uit in mijn gezicht. 'O, trouwens,' voegt hij eraan toe. 'We zijn maar één lampenkap kwijtgeraakt gisteravond. We hebben de bedienden om halfzeven opgehaald en alles was in orde.'

'Oké, jongens!' roept Garry met luide stem en hij klapt boven zijn hoofd in zijn handen. 'Er is geen reden tot paniek. Hij komt pas om vier uur. We hebben alle tijd.'

In de zitkamer is de geur van bleekmiddel overweldigend. De airco strijdt met de gordijnenstomer wie het meeste lawaai kan maken en verliest. Drie schoonmakers poetsen de spiegels op. Een villagastheer checkt het geluid en het beeld van de televisie. Er zijn mannen in het buitenbad. Iemand spuit muggenspul in de lucht en de bedden worden opgemaakt. Er worden meer kussens, verse bloemen en fruit gebracht. De minibar wordt gevuld met champagne. Er staat een complementaire fles VSO cognac op tafel. Iedereen loopt tegen elkaar op en denkt dat zijn taak het belangrijkst is.

Ik verdraag het niet langer en glip ertussenuit. Ik ben de baas, en dus denkt iedereen dat ik iets heel belangrijks moet doen en niet dat ik er gewoon tussenuit knijp. Ik loop over het strand en kijk naar de zee. Ik hoop dat de frisse lucht mijn kater goeddoet. Maar de lucht is warm en vochtig en lang niet verkwikkend genoeg. Het is alsof je in een stoomkamer staat met een halfopen deur. Maar als ik naar de zee kijk, zie ik ineens dat er allerlei rotzooi in het water drijft.

Het is niet de gebruikelijke noedelsverpakking, maar allerlei troep: plastic tasjes, verpakkingen, rot fruit, van alles en nog wat, en het ziet er walgelijk uit.

'Jiwan! Hori!' schreeuw ik naar de villa. Verbazingwekkend genoeg horen ze me allebei ook nog. 'Kom onmiddellijk hierheen!'

Binnen tien minuten staan er zeven mannen tot hun middel in het water de troep uit zee te vissen. Niemand kan het geloven. Moet je al die troep nu zien. Het lijkt wel alsof een zak met fabrieksafval is opengescheurd en de inhoud op het strand van Palm Sands dreigt terecht te komen, net nu de sjeik aankomt.

'Het gaat erom dat je oog hebt voor detail,' hoor ik mezelf verkondigen tegen Ben. 'Je weet wel; dingen vanuit een ander perspectief zien.'

Net als ik zelfs mezelf dreig te gaan vervelen, klinkt er een meisjesachtig gegil vanuit de villa.

'Godver!!!' Het is Garry. 'De sjeik is geland! Hij komt eraan. Hij is er binnen een uur.'

Vrijdagmiddag

Ben, Bernard en ik staan als drie knechtjes keurig naast elkaar te wachten tot de sjeik arriveert. Onze man op het vasteland berichtte zo'n drie kwartier geleden dat de sjeik aan boord was gegaan van de Sunseeker-jacht die we gestuurd hadden en op weg was. Hij kan maximaal zesendertig knopen per uur, dus tenzij de kapitein de toeristische route neemt, kan hij hier elk moment zijn. We proberen ontspannen over te komen en slagen daar in het geheel niet in. Bernards mobiel gaat voortdurend, Ben zit zich steeds te krabben en zeurt dat er muggen in het personeelsdorp zijn, en er komt door de bloedhete middagzon zoveel alcoholisch zweet uit mijn poriën dat ik het op mijn huid kan ruiken.

'*Merde*, daar zul je hem hebben,' mompelt Bernard, en hij wijst naar de horizon. 'Ik moet even checken of alles in orde is.'

'Wat gebeurt er nu?' vraagt Ben, terwijl hij zich naar me toe wendt en zijn wenkbrauwen boven zijn *Miami Vice*-zonnebril fronst.

'We begroeten hem en bieden hem een drankje en een handdoek aan en dan nemen we de sjeik en zijn entourage mee naar de rij golfkarretjes voor de receptie,' leg ik uit.

'Zijn er wel genoeg?' vraagt Ben. 'Er staan er tien.'

'Zijn ze allemaal gewassen?'

'En geschrobd en met de hand gedroogd,' vult hij aan.

'Tien moet genoeg zijn,' zeg ik. 'Ze zijn met zijn zestienen, en sommigen zullen dus met zijn tweeën in een golfkarretje moeten, maar dat geeft niet. Ik ga met de sjeik in één golfkarretje voorop, voor het geval hij vragen heeft, en dan kun jij met zijn ondergeschikte in een wagentje.'

'Wie is dat?'
'Dat zie je vanzelf.'
'Prima.' Hij knikt. 'Jezus christus! Kijk nou!'
Ben staart met half open mond naar zee. Op het bovenste dek van de boot staan de sjeik en een groep van tien van zijn mannen, allen van top tot teen gekleed in witte, ruimvallende gewaden. Meters wit katoen fladderen in de zon. Het is een bijzonder gezicht. Een paar mannen die vooraan staan houden hun tulband stevig vast, terwijl de sjeik, die een gouden dishdash draagt, het heerlijk lijkt te vinden om bijna omver te worden geblazen door de wind; hij zwaait ons vrolijk toe vanaf de boot. We zwaaien alle drie terug.
'Hij lijkt me een gezellig type,' zegt Ben.
'Hij houdt wel van een feestje,' zegt Bernard.
'Echt waar?' vraagt Ben.
'O, ja,' antwoordt Bernard vanuit zijn mondhoek terwijl hij recht voor zich uitstaart. 'Hij is zo'n sjeik die je vraagt de koelkast te vullen met alcohol, in plaats van het eruit te halen. Het zou me niet verbazen als er nog wat dames komen.'
'Die volgen op discrete afstand,' zeg ik met een glimlach.
'*Ah oui, très, très discrète*,' beaamt Bernard.
'Goedemiddag!' roep ik als het jacht langzaam op de aanlegsteiger afstevent. 'Wat enig dat u er weer bent.'
'Het is heerlijk om terug te zijn,' zegt de sjeik met een brede grijns. 'Ik heb een paar vrienden meegenomen.' Hij gebaart naar de groep mensen die achter hem staat.
'Ik heet u allen zeer welkom,' zeg ik, terwijl ik mijn hand op mijn hart leg en een buiging maak. '*Salaam alaikum*.'
'*Alaikum salaam*,' antwoorden ze allemaal. Ze maken een lichte buiging en leggen hun hand op hun hart.
Ze gaan met veel gewapper van kleding en veel bagage van boord; de helft van de golfkarretjesbestuurders van het eiland staat klaar om hun tassen te vervoeren. De sjeik heeft de leiding en loopt over de pier in de richting van de receptie. Hij negeert de dienbladen met gratis drankjes, grijpt een

gekoelde handdoek en loopt direct door naar de rij golfkarretjes, die allemaal gepoetst zijn en glimmen en naast elkaar zijn opgesteld alsof ze in een toonzaal staan. De eerste golfkarretjesbestuurder springt op alsof iemand een elektrische prikstok in zijn achterwerk heeft gestoken en grijnst hoffelijk. Hij heeft zijn arm uitgestoken om aan te wijzen waar de sjeik mag plaatsnemen. Maar in plaats van te gaan zitten, zoals gepland, loopt de sjeik naar rechts, naar de met gras begroeide rotonde van waar je de zee kunt zien.

'Kom,' zegt hij, terwijl hij zich naar me toe wendt en me wenkt hem te volgen. 'We gaan lopen.'

'Het hele eiland over?' vraag ik, terwijl ik verlangend naar de rijen glimmende golfkarretjes kijk.

'Ja,' zegt hij. 'Ik wil het eiland graag zien en kijken wat jullie ermee hebben gedaan en dan kunt u mijn vragen beantwoorden.'

En dus gaan we op pad in de brandende middagzon. Ik moet bijna rennen om de sjeik bij te houden. Hij hobbelt verder, terwijl hij in zichzelf mompelt en vragen op me afvuurt, en ik over mijn eigen benen struikel en me voorover moet buigen om elk woord te verstaan. Ondertussen worden we gevolgd door zestien van zijn vrienden, die op hun beurt weer op de voet worden gevolgd door Ben, Bernard en een lange rij golfkarretjebestuurders en helpers die hun bagage dragen. Als de sjeik verder loopt, doet iedereen dat. De sjeik lijkt blind voor het gestaar van de in bikini gehulde schoonheden van meneer McCann of de opengevallen monden van de Thompson-kinderen. Hij wil zo veel mogelijk vragen stellen en ik probeer hem bij te houden. Na drie kwartier snelwandelen bereiken we de villa. Tegen de tijd dat we de hoek om zijn en het pad op lopen, zit mijn bezwete overhemd tegen mijn rug geplakt en lopen de zweetdruppels over mijn gezicht. Ik dep mijn voorhoofd steeds met mijn zakdoek maar niets lijkt de stroom zweet te stuiten. Het enige wat er gebeurt is dat ik er steeds afgepeigder en wilder uitzie. De sjeik is echter zo fris als een hoentje en er is geen zweetdruppel op hem te zien. Eén ding is zeker, de wandeling over het eiland heeft ons extra tijd opgeleverd, en dat was duidelijk nodig, want als de sjeik de villa binnen loopt, zie ik hoe drie schoonmakers en een tuinman snel achter het huis verdwijnen.

'Dit is perfect,' zegt de sjeik, terwijl hij rondkijkt. 'Het is dezelfde villa die ik de vorige keer had.'

'Uiteraard, meneer. We willen dat u zich hier thuis voelt.' Ik glimlach en knik. Godzijdank, denk ik.

'Thuis is juist wat ik ontvlucht!' zegt hij lachend. Zestien mannen lachen met hem mee.

'Natuurlijk,' zeg ik, en ik lach met hen mee. 'Bel me als u iets nodig hebt,' zeg ik en ik geef hem mijn visitekaartje. De sjeik kijkt de andere kant op terwijl iemand anders het kaartje aanneemt. Een man van zijn statuur doet niet aan papier.

'Bedankt,' zegt hij met een glimlach.

Dit is duidelijk een signaal dat ik moet vertrekken. Ik kijk naar Ben en Bernard en vervolgens naar de deur. Ze begrijpen me en we lopen gezamenlijk de villa uit. Deze man wil graag beginnen met zijn feestje. We knipperen met onze ogen in de felle zon.

'*Mon dieu*,' zegt Bernard, en hij veegt zijn nek af met een zakdoek. 'Ik zat echt niet te wachten op die wandeling.'

'Ik ook niet,' zegt Ben hijgend. 'Wie had kunnen denken dat zo'n man naar zijn villa zou willen lopen? Zeker nadat ik zoveel moeite heb gedaan om die golfkarretjes schoon te maken.'

'Ik weet het.' Ik schud mijn hoofd. 'Ik ben kapot.'

'Wat een zak,' zegt Ben.

'Sjeik Zak, graag,' zeg ik, en ik zwaai met mijn vinger.

'Ik hoop dat er geen verrassingen meer komen,' zegt Bernard. 'Ik haat verrassingen.'

'O, shit,' zegt Ben terwijl we over het pad lopen.

'Wat is er?' zeg ik.

'Alle golfkarretjes staan bij de receptie, we moeten dat hele eind weer teruglopen.'

'Jij hebt niets te klagen,' zeg ik. 'Jij hebt tenminste geen helse kater.'

'Laat me niet lachen. Ik heb de hele avond biertjes achterover geslagen in de personeelsbar, tot ze me eruit schopten. Ik heb het gevoel alsof er een hond in mijn mond heeft gescheten.'

'O, hemel,' zegt Bernard, en schudt zijn hoofd. 'Jullie Engelsen zijn ook allemaal hetzelfde.'

We lopen over het pad in de richting van de weg. We zijn bezweet en uitgeput en moeten eruitzien alsof we op zoek zijn naar een oase. Wie had kunnen denken dat een wandeling van drie kwartier ons zo zou uitputten?

Net als ik op het punt sta na mijn zelfbeheersing ook mijn waardigheid te verliezen, komt er een golfkarretje met wasgoed aanrijden met hoge stapels vuile lakens en vochtige handdoeken van de vijf of zes villa's die de man zojuist heeft schoongemaakt. Bernard gebaart hem te stoppen. Ben werpt zichzelf direct op de stapel lakens en Bernard neemt zwierig plaats op de achterbank. Ik twijfel even of ik me bij ze moet voegen als ik me mijn positie herinner. Ik vraag de bestuurder op te schuiven en ga naast hem zitten in de cabine. De zon verdwijnt achter een wolk en ik haal diep adem. Het ziet er al een stuk veelbelovender uit, het enige wat er nog ontbreekt, is een liter water en een schoon overhemd.

Gedoucht en opgefrist keer ik terug naar de personeelskantine voor een late lunch. Er heerst een opgetogen sfeer. Het is ongelooflijk wat de komst van een sjeik en alle fooien die dat behelst, doet voor de moraal. De Russen worden zeer gewaardeerd en ik vermoed dat meneer Georgi zeker genereus zal zijn bij zijn vertrek, maar het geld van een sjeik is oliegeld en dat vloeit vaak veel rijkelijker. Het zou me niet verrassen als bijna iedereen de komende dagen de behoefte zal hebben om zich nuttig te maken in en rondom de grote strandvilla aan Palm Sands.

Ik wil naast Mohammed, het hoofd beveiliging, gaan zitten om een praatje te maken en te horen of de orde is hersteld na de opstand in het personeelsdorp. Hij komt hiervandaan en heeft zich omhooggewerkt en weet beter dan wie dan ook wat hier leeft. We nemen plaats achter onze rode dienbladen met salade van de bar als mijn mobiel gaat. Ik neem direct op, voor het geval het de sjeik is.

'Hallo? Hallo?' zegt een schelle stem. Mijn eerste gedachte is dat het die stomme oppas is, die weer een golfkarretje wil.

'*Hola*?' zeg ik.

'*Ciao, ciao*,' zegt ze. 'U spreekt met gravin Donatella di Cassucci.'

'Goedemiddag,' zeg ik. 'Wat kan ik voor u doen?' Ik probeer te bedenken in welke villa ze zit. Een strandvilla? Een watervilla? Ik weet het niet. Ik weet alleen dat ze hier nog maar een paar dagen is.

'De zon is weg,' verklaart ze.

'Is dat zo?' De moed zakt me in de schoenen. Daar gaan we weer.

'Ja,' zegt ze. 'En ik ben op vakantie en ik wil zon.'

'Hij komt vast wel weer tevoorschijn, mevrouw. Dat gebeurt altijd. We zitten op een eiland en het weer is veranderlijk...'

'Dat weet ik ook wel!' Ze wordt steeds kwader. 'Maar ik ben hier al drie dagen en het regent alleen maar en nu is het bewolkt.'

'Het spijt me verschrikkelijk, mevrouw,' zeg ik. 'Maar gelukkig sneeuwt het niet.'

'Dat moest er nog eens bij komen. Als ik sneeuw wil, ga ik wel naar de Alpen. Ik wil zon. Ik ben voor de zon gekomen en er is geen zon.'

'Het wordt straks vast weer zonnig,' zeg ik.

'Daar heb ik niets aan. Ik wil nu zon. Ik wil naar Mauritius vliegen. Daar schijnt de zon altijd.'

'Wilt u weg omdat de zon niet schijnt?'

'En er staat hier te veel wind. Zoveel wind… en geen zon. Ik wil vanmiddag nog een vlucht.'

'Oké.'

'Ik wil naar Mauritius.'

'Juist. Het enige probleem is dat ik niet zeker weet ik of vandaag nog een vlucht voor u kan regelen.'

'Wat? Waarom niet?'

'Omdat er misschien geen vluchten zijn.'

'O.'

'Maar ik kan altijd een privévliegtuig voor u regelen.'

'Ja, graag.'

'Maar wat gebeurt er als de zon in de tussentijd gaat schijnen?'

'Dan waait het nog wel steeds. Bel me maar terug als het is geregeld,' zegt ze en ze hangt op.

Mohammed kijkt me aan. 'Heeft iemand het niet naar de zin?'

'Kennelijk niet,' zeg ik, en ik neem een hap van mijn salade. 'Ik moet naar het kantoor.'

Ik ben vervolgens anderhalf uur bezig met het bellen van diverse privévliegtuigmaatschappijen om vervoer te regelen voor de gravin. Het probleem is niet zozeer de vlucht naar Mauritius maar het vinden van een vliegtuig dat daar vandaag naartoe kan vliegen. Of in elk geval vanavond. Mijn ervaring is dat als iemand heeft besloten te vertrekken het verstandig is om te proberen die persoon zo snel mogelijk weg te krijgen, omdat ze anders over alles gaan zeuren. Uiteindelijk is een oude vriend van me met een paar toestellen op het vliegveld van Mombassa bereid me een gunst te verlenen. Hij zegt een paar uur nodig te hebben om er te komen en dat ze zeker vandaag nog kan vertrekken. Dus bel ik haar om het goede nieuws te vertellen.

'Wat voor type vliegtuig is het?' vraagt ze. Ze toont zich verheugd noch dankbaar over mijn inzet.

'Een Learjet 25,' zeg ik. 'Snel en goed. U bent er binnen een mum van tijd.'

'Is die klein?'

'Eh, ja,' zeg ik. 'Ik neem aan dat hij voor u en uw dochter is en hij is ideaal voor twee personen.'

'Die wil ik niet,' zegt ze. 'Het lijkt me niets.'

'Maar ze kunnen hier vanavond zijn zodat u nog voor middernacht op Mauritius bent.'

'Het bevalt me niets,' zegt ze. 'Ik wil een groot vliegtuig.'

'Maar u bent maar met zijn tweeën.'

'Ik wil een groot vliegtuig. Ik voel me niet veilig in zo'n koekblik dat heen en weer wordt geschud in de wind. Zoek maar iets anders.' Ze hangt op.

Ik ben geneigd haar terug te bellen en haar te vertellen wat ze met haar vliegtuig en haar nukkige gedrag kan doen. Maar er staat een sterretje naast haar naam op de gastenlijst, en dat betekent dat ze de eigenaar – of in elk geval een naast familielid van hem – kent, en ik haar dus niet kan zeggen dat ze mijn rug op kan. Ik schakel Lynne in en samen weten we een Falcon 900 te traceren die in Dubai staat. Het bedrijf zegt dat ze de gravin en haar dochter morgenochtend voor 98.000 dollar kunnen ophalen en naar Mauritius brengen. Ik bel haar terug, maar ze lijkt niet erg onder de indruk. Ik hou een promotiepraatje en zeg dat het een van de meest geavanceerde zakenvliegtuigen is die er bestaan, met de laatste technische hoogstandjes in aerodynamica en vluchtsystemen en dat het een snelheid haalt van 885 kilometer per uur, en uiteindelijk aanvaardt ze mijn vriendelijke aanbod. Ik vertel haar dat het vliegtuig vanavond rond de klok van tien uur gereed is en ze een paar minuten daarvoor op het vliegveld moet zijn. Ze bedankt me niet en vraagt niet eens hoeveel het kost. Maar ja, als je gewend bent bijna 100.000 dollar neer te tellen voor een vlucht omdat het een beetje waait op de plek waar je verblijft, staan goede manieren misschien niet hoog op je agenda.

Lynne en ik vieren onze overwinning met een kop thee en een paar chocoladekoekjes die ze bij de keuken heeft besteld als Kate belt. Ze vertelt me dat de trouwring met de middagvlucht uit Singapore gearriveerd is, evenals de Dolce Vitarozen.

'En ik moet zeggen dat de rozen fantastisch zijn,' voegt ze eraan toe. 'Ik heb nog nooit zoiets gezien. De stelen zijn zo lang als je arm.'

'Wat ben je opgewekt,' zeg ik.

'Ik heb een goede dag achter de rug,' zegt ze. 'Mevrouw Antonov was hier vanmorgen en heeft voor 3.000 dollar aan bikini's en Matthew Williamson-topjes met kralen gekocht. Ze is een aardige vrouw.'

'Ze zijn dus niet allemaal alleen maar geïnteresseerd in kapsels en nagels?'

'Zij in elk geval niet. Maar ze was dan ook al met hem getrouwd voor hij alle aluminium in Siberië in handen had. Ik denk dat ze zich verheugt op het boottochtje van vanmiddag.'

'Ja,' zeg ik, en ik doop mijn koekje in mijn thee. 'Sorry? Wat zei je?'

'Ze gaat vanmiddag varen.'

'Shit!' Ik laat mijn koekje in mijn thee vallen. De thee spat op mijn overhemd. 'Shit, shit, shit.' Ik sta op en probeer de thee eraf te krijgen. Er zit een grote melkvlek op mijn linkerborstzak. Dat is het zoveelste verpeste overhemd.

'Wat is er?' Kate klinkt erg lief en bezorgd voor een vriendin die er de pest in heeft. Ongelooflijk wat goede zaken kunnen doen voor de gemoedstoestand van een vrouw.

'Kan ik je terugbellen?'

'Tuurlijk.'

'Lynne!' roep ik.

'Wat is er, meneer?' vraagt ze, en ze steekt haar hoofd om

de deur van het kantoor. Terwijl Lynne mijn golfkarretje terugbrengt naar de villa om mijn derde overhemd van die dag te halen, ga ik aan mijn bureau zitten om een poging te doen het jacht van meneer Antonov te laten omkeren. Het lukt me om het charterbedrijf contact op te laten nemen met de schipper om erachter te komen waar hij zich in 's hemelsnaam bevindt. Gelukkig voor mij is hij onderweg en vaart hij langs de toeristische route terug naar het eiland waar hij over een uur à anderhalf uur weer zal terugkeren. Zo lang kun je een Siberische oligarch met de juiste vrienden nog wel laten wachten. Hij heeft nog niet om het jacht gevraagd, en dus kan ik vast wel een technisch mankement verzinnen dat opgelost moet worden, zodat we de boot kunnen klaarmaken voor een heerlijke cruise bij zonsondergang met liters champagne van de zaak.

Ik ben op weg naar Hans om met hem te praten over het jacht, als ik Geri tegenkom voor de spa.

'Godzijdank, je bent er,' zegt ze, terwijl ze haar sigaret uitdrukt in het zand. Ik heb haar hier al eerder voor berispt, maar op de een of andere manier vergeet ze dat altijd.

'Hoezo, wat is er?'

'Ik weet niet wat ik moet doen,' zegt ze. Ze schudt haar lange, geblondeerde haar en slaat haar armen onder haar ferme boezem over elkaar heen.

'Er ligt een stel te vrijen in de spa.'

'Echt?'

'Ja.' Ze haalt haar neus op. 'Het lijkt wel een live pornoshow. De therapeut is twee minuten geleden gillend het paviljoen uit gerend en toen ben ik maar even een peuk gaan roken om te bedenken wat ik moest doen.'

'Laat eens zien,' zeg ik.

Geri en ik lopen door de lobby van de spa. Enya komt nog altijd uit de boxen en een pasgetrouwd Japans stel verruilt zijn sandalen voor badstoffen slofjes. We lopen de tuin in. De zon komt achter de wolken tevoorschijn en het gezang van vogels klinkt uit boven het geluid van de vele waterwerken. Geri wijst in de richting van het strandhuisje. Het is van hout en heeft een rieten dak en is open aan de zeekant.

'Daar,' fluistert ze en ze wijst door de bladeren van een palmboom heen. Ik loop naar voren en zie een stel van middelbare leeftijd stevig tekeergaan. Ze zit met haar benen wijd op de behandelingstafel, terwijl hij haar neemt en tegelijkertijd over haar rechterschouder van het uitzicht geniet. Wie ook van het uitzicht genieten, zijn de deelnemers van Connies yogales. Connie doet haar best om ze af te leiden, maar niemand reageert. De meesten staan met hun handen in hun zij en ogen op steeltjes ademloos toe te kijken.

'Hoe lang zijn ze al bezig?' vraag ik.

'Geen idee,' mompelt Geri. 'Vijf minuten.'

'Nou, eh...'

We draaien ons allebei om om nog eens te kijken. De man heeft zijn hoofd inmiddels begraven tussen de borsten van de vrouw en gaat flink tekeer. Zijn roze billen trillen en deinen als pudding in een plastic zak. 'Het kan nu niet lang meer duren,' zeg ik.

'Denk je?'

'Nou...' Ik knik in de richting van het stel. 'Een man van zijn leeftijd houdt dit niet lang vol.'

'Vertel mij wat,' zegt Geri met een zucht.

Op dat moment begint de vrouw steeds harder '*Jah! Jah! Jah! Jah!*' te kreunen terwijl ze met haar hand door de haren van de man wrijft.

'Duits,' fluister ik hulpvaardig.

'Dat dacht ik al.'

Het gebonk wordt luider, evenals de gilletjes van genot en Connie laat haar les voor wat die is. Alle cursisten staan nu te staren, net als drie andere gasten van de spa die hun behandelingspagodes zijn uit gekomen om te kijken wat er aan de hand is.

'JAAAH!' roept de man plotseling uit, en hij stoot een geheel overbodige oerbrul uit. Hij valt voorover en leunt op de schouder van de vrouw die lichtelijk teleurgesteld voor zich uit staart.

'Jeetjemina,' snuift Geri, en ze trekt haar strakke jurk naar beneden. 'Je zou denken dat ze in geen jaren hadden gewipt.'

'Misschien is dat ook zo en zag hij nu zijn kans schoon.'

'Wat moeten we nu doen?' vraagt ze.

'We zullen even afwachten wat er gebeurt.'

De vrouw komt van de tafel en gooit haar haren naar achteren. Ze buigt voorover.

'O, jezus, nee hè!' huivert Geri. 'Ze gaat hem pijpen... Wat walgelijk... o nee... Nee. Gelukkig, ze doet haar papieren broekje aan.'

'En hij ook!'

'Raar, hoor.'

'Ze lijken me geen doorsneestel met die live seksshow van net.'

'Nee, dat is zo,' beaamt Geri. 'Het zijn meestal de pasgetrouwde stellen die zich laten gaan.'

'Wat?'

'Niet op deze manier, hoor' zegt ze. 'Maar ze worden heel handtastelijk na een behandeling en je weet gewoon dat er iets gaat gebeuren zodra ze terug zijn in hun villa. O, kijk,' zegt ze. 'Daar zul je ze hebben.'

De geile Duitsers komen gehuld in kamerjas het huisje uit lopen, en gaan hondsbrutaal naar de receptie en vragen of iemand een golfkarretje voor ze kan bellen. Ze lijken geenszins gegeneerd of angstig. Het is zelfs bijna alsof een ander stel ten overstaan van de halve spa wilde seks heeft gehad. Geri en ik wisselen blikken uit. Hoe langer ik werkzaam ben in deze industrie, hoe meer ik besef wat een wonderlijk wezen de mens is. Wat is het toch met hotels en vakantieoorden waardoor gasten de normale gedragsregels bij de pier of aan de andere kant van de draaideur achter zich laten?

De Duitsers gaan met hun golfkarretje terug naar hun villa, en lijken de onschuld zelve. Net als ik wil vertrekken, komt een mini-Shirley Temple schreeuwend en tierend de spa binnen, op de voet gevolgd door een villagastheer die haar naar buiten probeert te werken.

'O, shit,' zegt Geri, met hangende schouders. 'Ze is terug. Ze heeft hier deze week elke dag stennis lopen schoppen.'

Het meisje ziet eruit als een engeltje met blonde krullen en blauwe ogen, maar ze gaat tekeer als een helleveeg.

'Ik weet niet wat ik moet doen,' zegt Geri en ze schudt haar hoofd. 'Hassan heeft alles geprobeerd. Deze feeks loopt elke dag weer weg bij de kinderclub en scheldt iedereen de huid vol, en komt dan hierheen gerend en eist haar moeder te zien. Die hier vreemd genoeg meer behandelingen heeft geboekt dan plastisch-chirurgieverslaafde Jocelyne Wildenstein, om maar niet bij het kreng te hoeven zijn.'

Verwende kinderen zijn het ergst van dit werk. Eigenlijk wil je ze een draai om de oren geven en ze zeggen dat ze naar de hel kunnen lopen, maar in plaats daarvan moet je je verbijten en ze nog een bolletje Valrhona-ijs van zes dollar geven.

Ze mogen normaal gesproken de spa niet in, maar op de een of andere manier zijn er altijd een paar irritante tienjarigen die een massage eisen. Ze zijn meestal Russisch en meestal afschuwelijk. Ze zijn onbeleefd en hun ouders lijken zich er niets van aan te trekken. Er waren hier laatst wat tieners die stennis schopten. Ze renden de strandhuisjes gillend en tierend in en uit. Je wilt niet echt 280 dollar betalen voor een massage met al dat lawaai. Uiteindelijk moesten we de bewaking bellen om ze te verwijderen. Ik klaagde tegen de ouders, maar zoals gewoonlijk kregen we nul op het rekest. We zien hier de meest wonderlijke opvoedingstechnieken. Ik vermoed dat het komt doordat ze een vloot oppassers gewend zijn, maar ik kan de gedachte niet onderdrukken dat de superrijken vergeten zijn hoe ze van hun kinderen moeten genieten en hoe ze met hen moeten omgaan of zelfs met hen moeten praten. Ze dumpen ze gewoon bij ons. Met kerst of oud en nieuw is een van onze grootste zorgen hoe we de kinderen moeten vermaken. We houden barbecues, viswedstrijden en piratengevechten op zee, waarbij iedereen verkleed is, en daarna is er feest. Maar het probleem is dat de helft van deze kinderen niet eens kan spelen. Vorig jaar hebben we de handdoek in de ring gegooid en kochten een hoop Game Boys, wat ze tevreden leek te houden.

Je vraagt je af waarom sommigen van die mensen überhaupt kinderen hebben. Een paar weken geleden zag ik tijdens een van mijn avondlijke rondes langs de restaurants een stel in de Samurai dineren met hun zoon. Hij zal een jaar of zeven, acht zijn geweest. Ze zaten om een ronde tafel te eten en het jongetje zat met een koptelefoon op aan tafel een dvd te bekijken. Niemand zei iets. Zelfs de ouders niet. Ik vond het een behoorlijk deprimerend tafereel.

Geri gaat naar de blonde feeks toe en probeert haar tot bedaren te brengen, maar dat leidt tot nog meer gegil en gekrijs. Ik zie dat Geri haar zonder eten naar bed zou willen sturen, maar uiteindelijk krijgt het meisje haar zin en wordt ze naar de behandelkamer gebracht waar haar moeder zit. Ze is bijzonder blij met zichzelf.

Ik verlaat de spa en heb net een gesprek met Hans beëindigd als mijn mobiel weer gaat.

'Hoi, met mij.'

'Hoi, Ben. Wat kan ik voor je doen?'

'De sjeik heeft net naar de villacatering gebeld en om een strandbarbecue gevraagd.'

'Wat? Godsamme! Nee!' Mijn hart gaat als een razende tekeer. 'Hebben we die nog?'

'Dat weet ik niet zeker.'

'O, shiiiit.' Ik zak achterover in de stoel van mijn golfkarretje.

'Wat is er?'

'We hebben net beide restaurants afgehuurd. De kok vermoordt me.'

Vrijdag, zonsondergang

O, jee. Ik dacht dat ik aan alles had gedacht. De villa is schoongemaakt, het zand aangeharkt en de troep uit de zee gevist. Ik had beide restaurants afgehuurd voor het geval dat, maar ik heb er op de een of andere manier geen moment aan gedacht dat de sjeik een feestje zou willen bouwen. Chef-kok Antonio is zo woedend dat hij halverwege ons telefoongesprek ophangt. Dat heeft hij ook gedaan met Jean-François. En hij heeft Ben uitgemaakt voor alles wat mooi en lelijk is, en gebruikte daarbij woorden waarvan ik het bestaan niet eens kende. Het probleem is dat de koks van de Lotus en de Samurai de hele middag bezig zijn geweest met het bereiden van speciale gerechten. Ze hebben *amuse-bouchees* gemaakt om de afgestompte smaakpapillen van onze sjeik te kietelen, waarvoor ze hem uiteraard wilden laten bloeden. En nu zijn ze de lul. We hebben geen ruimte voor een strandbarbecue en niemand heeft aan kreeft en wagyu gedacht.

Nu moeten we uit het niets een soiree voor zeventien man tevoorschijn toveren. Er wordt zoveel geschreeuwd en gebeld dat de problemen van vanmorgen erbij verbleken. Koks worden weggehaald bij hun fornuis en voor de barbecue gezet. Er worden tapijten en kussens uit leegstaande villa's en bij minder belangrijke barbecues weggehaald. Godzijdank hebben we, dankzij de grote voorraad van de *Mary Celeste*, genoeg biefstuk en kreeft om een heel leger sjeiks en hun vrienden te voeden. Maar er moeten nog salades gemaakt worden en marinades bereid, om nog maar te zwijgen over dipsauzen en hapjes en voorgerechten. We hebben kookstations, dessertstations en een saladebar nodig. We moeten de bar opstellen en het strand en de verlichting regelen. Gelukkig zal de sjeik niet zo vroeg willen beginnen. Hij vindt het prima om rond negenen te eten, want hij, zo heb ik vernomen, verwacht nog meer gasten.

Antonio belt me opnieuw. Hij is nog steeds aan het nukken, en zeurt maar door over zijn voedselbudget en hoe ik zijn boekhouding heb verziekt. Hij moet elk jaar net als elke andere afdeling op het eiland uitkomen met zijn geld. Hij heeft jaarlijks 20 miljoen dollar tot zijn beschikking voor voedsel en moet dat zo goed mogelijk benutten. Hij zegt dat hij moet opdraaien voor de kosten van mijn fout. Dat de restaurants verlies lijden omdat de gasten zijn weggestuurd en hij veel te veel eten heeft klaargemaakt. Als ik hem erop wijs dat hij hysterisch is en iedereen weet dat hij de heerlijkheden voor de sjeik weer kan doorverkopen als specialiteiten van de chef-kok, zegt hij dat ik me niet met zijn zaken moet bemoeien. Ik begrijp die koks niet, waarom zijn ze toch altijd zo heetgebakerd? Hun leven lijkt me helemaal zo slecht nog niet. Ze krijgen producten toegespeeld van leveranciers, krijgen een percentage van de cashflow van het restaurant, en tegenwoordig hoeven een boel grote namen niet eens zelf het vuile werk te doen.

Maar goed, ik kan niet langer naar zijn Siciliaanse tirades luisteren. Ik moet weer naar een bruiloft. Meneer en mevrouw Forrest hernieuwen om zes uur hun trouwbelofte in de pagode op het strand van Palm Sands en er zijn behoorlijk wat personeelsleden uitgenodigd. Hoewel het natuurlijk erg lief van hen is om ons uit te nodigen om getuige te zijn van de ceremonie – of hem uit te voeren, in mijn geval – kunnen de meeste hogere personeelsleden dit missen als kiespijn. We moeten een strandbarbecue organiseren en een sjeik onderhouden en de klok tikt meedogenloos door.

Tegen de tijd dat ik op het strand aankom, is Bernard reeds in pak en loafers gehuld. De pagode is versierd met roze frangipane en er staat een rijtje witte stoelen in het zand.

'Hoe snel kunnen we dit afhandelen?' vraagt Bernard, terwijl hij een Dolce Vita-roos in mijn knoopsgat steekt.

'Dat weet ik niet precies,' zeg ik.

'Je moet het namelijk helemaal afwerken, omdat ze Engels zijn. Je kunt geen stukken overslaan, zoals met de Japanners.'

'Weet ik,' zeg ik knikkend. 'Wie komen er nog meer?'

'Ben, Jean-François, Garry, Geri, Kate is bruidsmeisje...'

De zon verdwijnt achter een wolk en het gaat zachtjes waaien als mevrouw Forrest arriveert. Kate staat achter haar, in dezelfde jurk die ze gisteravond droeg voor het feestje van meneer Georgi, maar ze ziet er opmerkelijk fris uit. De bruid ziet er echter ietwat ongemakkelijk uit. In plaats van de gebruikelijke, zijden japonnen die je hier in de tropen vaak ziet, draagt ze het soort meringue met strak bovenlijfje dat erg populair is bij huwelijken in Engelse plattelandskerken en ze lijkt er nu al spijt van te hebben. Het zweet breekt haar uit en ze is kortademig. Haar satijnen hakken zakken weg in het zand. Mijn personeelsleden zien er niet veel beter uit en kijken ongemakkelijk en rusteloos. De rozen ter waarde van 600 dollar die ze op hebben gespeld, maken hen er niet feestelijker op.

Dj Andy start de muziek en mevrouw Forrest loopt over het zand op de tonen van 'Angels' van Robbie Williams. Meneer Forrest glimlacht breed als ze de pagode nadert. Ze komt aan voor het eerste couplet is afgelopen en we staren allemaal naar zee terwijl we wachten tot het nummer is afgelopen. Ik schiet met fatsoenlijke snelheid door de ceremonie en overhandig de ring ter waarde van 1.500 dollar die we speciaal hebben laten maken en in hebben laten vliegen, waar we de cliënt 1.000 dollar extra voor in rekening brengen. Maar hij ziet er prachtig uit en past precies. Op het moment dat de zon aan de horizon staat, zeg ik de magische woorden 'U mag nu de bruid kussen'. Dat zal prachtig staan op de o zo belangrijke trouwfoto's.

En dan, voor je 'gefeliciteerd, tot zo bij de bar' kunt zeggen, verspreidt de menigte zich over het strand om de berichten op hun mobieltje af te luisteren. Ik praat nog steeds met de bruid en bruidegom, die verrukt lijken met de manier waarop het is gegaan – ze waren zeer verrast door de ring en de rozen – als Geri me op de schouder tikt.

'Het spijt me heel erg dat ik je lastigval,' zegt ze met een stijve glimlach op haar roze gestifte lippen. 'Kan ik je even spreken?'

'Uiteraard,' zeg ik. 'Excuses.' Ik knik verontschuldigend naar het echtpaar.

'Het spijt me,' zegt ze. 'Maar er is iets gebeurd bij de spa. Kun je even komen?'

'Ja, hoor,' zeg ik. 'Ik ga met je mee.'

Onderweg brengt Geri me op de hoogte. Een van de masseuses, Melinda, blijkt onderhands wat extra diensten aan te bieden aan cliënten.

'Ze is de koningin van het vrolijke einde,' zegt Geri. 'En dan te bedenken dat we ons al die tijd afvroegen waarom ze toch zo verdomde populair is bij Arabische en Russische mannen.'

De vrouwen in de spa wordt voortdurend om seks gevraagd. Minstens één keer per dag gaat iemand zijn boekje te buiten, maar de vrouwen zijn getraind om daarmee om te gaan. Als een kerel hitsig wordt of plotseling zijn papieren slipje uittrekt, of, wat vaker voorkomt, weigert hem aan te doen, moet de vrouw het vertrek verlaten en de cliënt tot rust manen, omdat ze de massage anders beëindigt en hem aangeeft. De dartele kerel krijgt dan de aantekening dat hij wel van een vrolijk einde houdt en krijgt in het vervolg altijd een mannelijke therapeut. Dit maakt normaal gesproken een einde aan hun hitsigheid, zodat ze al hun massageafspraken annuleren.

Maar er zijn vrouwen die aftrekken geen probleem vinden en het zien als manier om een klant aan zich te binden, eindeloos populair te worden en grote fooien te innen. Sommigen bieden alleen een vrolijk einde als dat vereist is, terwijl sommige vrouwen er actief naar op zoek gaan. Masseren is een zwaar beroep. Het is erg fysiek en als je er, zoals de meeste vrouwen in de spa, zes of zeven per dag doet, kan dat erg uitputtend zijn. Een makkelijke manier om je werklast tot een minimum te beperken, is een man opgewonden te krijgen, hem op de juiste plekken te masseren – de plekken die je tijdens je opleiding juist leert te mijden – en hem dan af te trekken. De sessie is na zo'n twintig minuten beëindigd en de masseuse heeft een uur vrij om thee te drinken, achterover te zitten en *Hello!* te lezen.

Geri weet dat dit gaande is, het is alleen erg moeilijk om te weten wie wat met wie doet in die strandhuisjes. Tenzij ze het, zoals de Duitsers, in de openlucht doen, is het moeilijk ze te betrappen. Maar volgens Geri heeft Melinda het vrolijke einde tot geheel nieuwe hoogten gebracht.

'Weet je dat ze het met de helft van het personeel heeft gedaan?' zegt Geri.

'Nee?!'

'O ja, iedereen heeft het met Melinda gedaan. Maar goed, ze schijnt bij een van de gasten in Dubai te hebben gelogeerd.'

'Echt waar?'

'Ja. Hij heeft haar ingehuurd als zijn persoonlijke masseuse met bonusopties, zeg maar, en nu is hij terug met zijn zwangere vrouw.'

'Gezellig.'

'En nu is er stront aan de knikker omdat hij heeft geweigerd Melinda te betalen en ze hem uit de behandelkamer heeft gezet.'

Er klinkt een hoop zeer opgewonden geschreeuw als we arriveren, wat niet erg bevorderlijk is voor een goedlopende spa. De Saudische zakenman ijsbeert in zijn wollige, witte kamerjas door de lobby en wijst met zijn vinger en schudt zijn hoofd. Ondertussen staat Melinda er gedecideerd bij in haar witte therapeutenuniform. Ze ziet eruit als een minimeesteres en het is niet moeilijk te begrijpen waarom de helft van de gasten haar heeft gehad. De arme receptioniste is zo rood als een kreeft en bezweet. Ze zit midden in een ruzie en weet niet wat ze ermee aan moet. Ze probeert de zakenman zover te krijgen dat hij uit principe voor de massage betaalt, maar daar wil hij niets van horen.

'Ik ben je slaafje niet!' sist Melinda vanaf de andere zijde van de lobby. Haar mooie, Thaise gezichtje is verwrongen.

'Ik heb je al genoeg geld gegeven,' zegt de zakenman. 'Ik heb je deze week al betaald.'

'Ik geloof niet dat het hier zo werkt dat je er twee voor de prijs van één krijgt,' zegt Geri, die zich op een terrein waagt waar ik me niet op zou durven begeven.

'Wat?' zegt hij. Hij draait zich om en kijkt haar woedend aan.

'Ik vind dat u voor de massage moet betalen, zonder fooi misschien, en dan kunnen we dit achter ons laten,' oppert Geri met zeer kalme en afgemeten stem.

'Waarom zou ik?' vraagt hij. 'Ze heeft de klus niet afgemaakt.'

'Ik denk dat we allebei weten dat dat niet helemaal waar is, meneer,' antwoordt ze. 'Ze heeft één klus afgemaakt, alleen niet die waar u haar eigenlijk voor had geboekt.'

'Nou, ze is geen erg goede masseuse,' zegt hij.

'Dat leek u niet te deren toen u haar vorige keer tien keer boekte, en nog eens zeven maal deze keer.'

'Ze heeft het niet meer in de vingers,' snoeft hij.

'Ik ga je vrouw bellen,' kondigt Melinda aan de andere kant van de lobby aan, en ze zet haar handen uitdagend in haar slanke zij. Ik heb nog nooit een man zo snel zien inbinden. Hij loopt naar de receptioniste, zet zijn handtekening op de cheque en loopt het gebouw uit.

'Jij daar,' zegt Geri, terwijl ze beschuldigend naar Melinda wijst. 'Je bent ontslagen.'

Melinda glimlacht, gooit haar lange, zwarte haar naar

achteren en loopt heupwiegend in de richting van de personeelskluisjes.

'Seksuele omgang met gasten is niet toegestaan,' roept Geri haar na. 'Als je bij gasten logeert en de relatie terugbrengt naar de spa, moet je hier direct vertrekken.'

'Daar is het nu eigenlijk te laat voor,' mompel ik.

'O?' zegt Geri.

'Papieren rompslomp.' Ik haal mijn schouders op. 'En de personeelsboot vertrekt al over een uur.'

'Ik wil dat je morgenvroeg direct vertrekt,' roept Geri tegen Melinda's rug en dichtslaande deur.

Ik laat Geri haar personeelsproblemen oplossen en ga naar de bar om een glas champagne te drinken met de opnieuw in de echt verbonden meneer en mevrouw Forrest. Onderweg word ik gebeld door Hans die zegt dat de zonsondergangcruise van meneer en mevrouw Antonov zonder problemen is verlopen en ze druk bezig zijn de gratis champagne achterover te slaan.

Als ik de bar binnen loop, bruist het van het leven. Dj Andy's zonsondergangcollectie lijkt aan te slaan. Er dansen mensen rond de barkrukken en gasten slaan cocktails achterover. Ik vind het altijd fascinerend om te zien dat je hotelgasten in twee categorieën kunt indelen: degenen die hun vakantie uitsluitend zien als een kans het op een zuipen te zetten, zich helemaal te laten gaan en veel lol te hebben, en de mensen die willen slapen, mineraalwater drinken en een paar pondjes willen afvallen. De dynamiek van het hotel verandert volkomen al naargelang welke groep op een bepaald moment domineert. Soms zit de persoonlijke fitnesscoach de hele week volgeboekt, zijn de Superlegs-cursussen overboekt en heeft de diëtiste geen minuut voor zichzelf. Op andere momenten wordt er geklaagd dat hier 's avonds niets te beleven is. We proberen elke avond iets te organiseren, ook al is het maar een film in de openlucht of sigaren roken in de Lotus. De helft van de tijd is er na tien uur 's avonds geen kip te zien, en de rest van de tijd moeten we extra beveiliging inschakelen om te voorkomen dat stomdronken gasten op de golfkarretjes rondrijden en orgieën houden in het zwembad.

Nu ik het daar toch over heb; ik herinner me dat we ooit een hele groep personeelsleden van de spa moesten ontslaan vanwege hun voorliefde voor topless baden. Het waren uiteraard Brazilianen. Het zijn altijd Zuid-Amerikaanse vrouwen die uit de kleren gaan. Maar de vrouwen die de mani- en pedicuren deden, waren ook dol op feestjes. Ze werden net iets te vaak om drie uur 's nachts in het zwembad aangetroffen met niet meer dan een slipje aan, ineengestrengeld met een gast of een of meer mannen van de sportzaal. Ze werden ontslagen, samen met een meisje van watersport dat om twee uur 's nachts een gast mee had genomen op een jetski.

Vanavond hangt er een onrustige sfeer in de bar, en ik weet dat dit gaat eindigen met een telefoontje naar dokter Singh. Zolang het niet veel meer is dan een geschaafde knie is er weinig aan de hand. Kate staat bij de bar en is in een goed humeur. Ze heeft twee glazen champagne op en heeft de glazige, schitterende blik in haar ogen van iemand die van plan is er een leuke avond van te maken. Het is een lange week geweest en ze moet zich even ontspannen. Ze slaat haar armen om me heen en stelt voor om naar huis te gaan en een lekkere fles wijn open te trekken. Dat is verleidelijk. Ik zou niets liever willen dan op de bank te hangen en wat televisie te kijken onder het genot van een van de vele wijnen die ik voor een prikkie heb gekocht. Toen ik hier anderhalf jaar geleden als manager begon, bezat ik een uitgebreide verzameling wijn die ik door de jaren heen had vergaard bij de verschillende etablissementen in de wereld waar ik heb gewerkt. Ik had in mijn contract laten vastleggen dat die hier veilig naartoe zouden worden gebracht. Maar ze stelden ook voor dat ik wat flessen zou opkopen van de voorraad hier. Toen ik de lijst bekeek, bleek echter al snel dat iemand hier duidelijk niet wist wat hij deed. Tien jaar geleden, toen de sommelier voor het eerst wijn inkocht voor het hotel, kocht hij kisten met heel dure wijn die niet correct waren gefactureerd, waardoor sommige flessen in de wijnkelder nergens stonden vermeld. Door de jaren heen hebben de diverse managers en sommeliers, onder wie ook ik, heel dure wijnen aangeschaft voor afbraakprijzen. Dus wanneer Kate voorstelt thuis te blijven en een lekker flesje open te trekken, is dat meestal iets heel erg lekkers.

We staan juist te bespreken welk ondeugend wijntje we gaan openen als mijn mobiel gaat. Het is Youssif, het hoofd van de villagastheren.

'Neem me niet kwalijk, meneer,' zegt hij. 'Maar we hebben een probleempje bij de grote strandvilla op Silver Sands.'

'De villa van meneer McCann?'

'Dat klopt, meneer.'

'Wat voor probleem?'

'Nu, meneer, het ligt nogal gevoelig.'

Nog geen vijf minuten later loop ik naar de villa van meneer McCann, en ik word daarbij begeleid met het luide gebonk van discomuziek. Ik kan tussen de schaduwen door net de figuren van Youssif en meneer McCann ontwaren. Meneer McCann lijkt een andere villagastheer bij zijn nekvel vast te hebben.

'Echt, meneer, het zal niet nog eens gebeuren,' zegt Youssif. Hij springt wanhopig van het ene been op het andere.

'Kan ik u ergens mee van dienst zijn?' vraag ik, terwijl ik door het donker op hen af loop.

'Ah, daar bent u,' zegt meneer McCann. 'Kijkt u eens wat ik hier heb gevonden.'

Hij schudt de villagastheer, die een paar sloffen in zijn handen heeft, door elkaar.

'Deze vent sluipt hier rond als een soort detective,' zegt meneer McCann. Zijn gouden halsketting glinstert in het licht van de villa. 'Kijk nou wat hij in zijn handen heeft, verdomme. Ik weet niet wat hij hoopte te zien. Een soort live seksshow… Hoewel, nu ik er over nadenk…' Hij begint te lachen. 'Hé, Yulia?'

'Ja, schat?' klinkt het met een zwaar accent vanuit de villa.

'Deze kerel hoopte ons samen bezig te zien!'

'O, echt?' zegt ze lachend. 'Grappig, hè?'

'Het is een giller,' zegt meneer McCann. 'Ik bedoel, die man moet zich echt kapot vervelen.'

Je moest eens weten, denk ik bij mezelf. 'Het spijt me vreselijk, meneer,' zeg ik. 'Ik laat hem onmiddellijk verwijderen.'

'Onmiddellijk,' voegt Youssif voor de goede orde eraan toe.

'Wat een trieste eikel,' zegt meneer McCann tegen de villagastheer, en hij kijkt opnieuw naar de sloffen. 'Ik heb deze daar gevonden, bij de openluchtdouche. Ik ben op hem af geslopen, wat nogal vreemd was. Hij was niet erg alert voor een gluurder.'

'Wat heb jij te zeggen?' vraag ik hem.

Hij laat zijn hoofd hangen van schaamte. 'Het spijt me verschrikkelijk, meneer,' zegt hij.

Ik zie dat hij nadenkt en een excuus probeert te verzinnen. Maar als je gesnapt wordt met een paar hotelsloffen in je handen om het geluid van je naderende voetstappen te verstommen, is dat wel een weggevertje.

'Dat mag ik hopen,' zeg ik. 'Meneer McCann, het spijt me vreselijk. We nemen de privacy van onze gasten zeer serieus.'

'Dat zal best.'

'Ik meen het. We hebben hier maar één keer meegemaakt dat iemand werd gefotografeerd door paparazzi, en dat was een troonopvolger en zijn vriendin. We proberen alles zo discreet en privé mogelijk te houden.'

'Ja, ja.' Hij knikt en grijnst. 'De volgende keer knip ik zijn ballen eraf.' Hij maakt een knippend gebaar met zijn vingers in de richting van de broek van de villagastheer. ‘Knip, knip, knip.’

Ik moet zeggen dat hij het schenden van zijn privacy erg goed opvat, voor zo’n belangrijke man die zich duidelijk op een publiekelijke manier laat gaan. Misschien heeft hij stiekem bewondering voor de man. Of misschien is hij gevleid door het idee dat het personeel op een eiland vol hoge piefen en multimiljonairs in zijn villa geïnteresseerd is.

Maar meneer McCanns publieke moment is van korte duur. Nadat ik instructies heb achtergelaten dat de junior villagastheer een geschreven waarschuwing moet krijgen, ga ik op weg naar mijn eigen villa als ik word gebeld door Bernard, die zegt dat de sjeik wat gasten heeft uitgenodigd die nu op weg zijn vanuit Singapore. Hij stuurt een boot om ze vanavond van het vliegveld te halen. Ze moeten rond een uur of tien op het eiland landen. We hadden dit wel zien aankomen, en het is in dit wereldje altijd fijn om je verwachtingen bevestigd te zien.

Maar het is ook altijd fijn om verrast te worden. Kate en ik zitten in onze hangmatten naar de zee te staren als Ben belt. Hij vertelt me dat er een ongeluk is gebeurd bij de boetiek en het restaurant en mijn hulp nodig is. Ik spring op en ga naar mijn golfkarretje, en laat Kate zuchtend en starend naar de zee achter, terwijl ze op het punt staat nog een fles wijn te openen.

Als ik ter plekke arriveer is het me niet direct duidelijk wat er gaande is. Meneer en mevrouw Thompson hebben allebei een rood hoofd en zijn woedend, en hun Spaanse oppas en de twee kinderen huilen. Ben komt op me af gerend.

‘Shit, man, shit,’ zegt hij, schuddend met zijn hoofd. ‘Ik weet niet wat er is gebeurd. Het ene moment stond ik met meneer en mevrouw Thompson te praten en legde ik uit dat we eerst een ander stel moesten ophalen voor we naar de receptie zouden gaan en de boot zouden halen om hen naar het vliegveld te brengen en het volgende moment ligt het golfkarretje in zee.'

'Wat?' zeg ik, en ik tuur over de rand van de aanlegsteiger, waar ik golven zie en een berg koffers. 'Met al hun bagage?'

'Met al hun bagage,' zegt Ben.

'En de bestuurder van het golfkarretje?'

'Die is daar. Hij is nogal geschrokken. Hij is eraf gesprongen toen dat ding in het water viel,' legt Ben uit.

'En...?'

'Hij stond op de gaspedaal, in plaats van op de rem,' zegt Ben.

'Aha.'

'We hebben onze koffers nodig om te vertrekken,' beveelt mevrouw Thompson.

'En wel onmiddellijk,' bevestigt meneer Thompson.

Net op het moment dat ze willen gaan schreeuwen en tieren, klimt een stel jongens omhoog met hun koffers. Ze zitten vol water en zand.

'Luister,' zeg ik. 'Ik heb een idee. Ik trommel het personeel van de stomerij op om alles te laten stomen en naar u te sturen.' Ze kijken vertwijfeld. Alsof ik er met hun spullen vandoor zou gaan. Maar pas als ik bij de stomerij aankom, besef ik waarom. Als de bestuurders van de golfkarretjes en ik hun koffers opendoen, zien we dat die vol zitten met spullen die ze uit het hotel hebben gejat. Het lijkt verdomme wel een schatkist. Er zitten kamerjassen in en sloffen, handdoeken, kleerhangers, zeepbakjes, kaarsen, ze hebben de hele villa leeggehaald.

We weten dat er gestolen wordt. De kamerjassen verdwijnen meestal eerst, gevolgd door de kleerhangers en sloffen. Maar gek genoeg nemen mensen wierookbranders mee, die van massief koper gemaakt zijn en erg zwaar zijn. We hebben een prijslijst in de villa's opgehangen om dieven af te schrikken. Soms denk ik dat mensen spullen stelen in de verwachting dat het wel op de rekening zal komen te staan. Maar omdat onze kamers zo duur zijn, hebben we een paar zeepbakjes en kleerhangers opgenomen in de rekening van 2.000 dollar per nacht. Het kost ons maar tien dollar om een kamer te laten schoonmaken, omdat arbeidskrachten hier zo goedkoop zijn. En het is wel wat flauw om een kamerjas van 300 dollar op een hotelrekening te zetten van 40.000 dollar.

Maar dit gaat wel erg ver. Ze hebben alles meegenomen dat niet vastgespijkerd zit. Ik ga met de jongens van de stomerij door de spullen heen, het is in totaal zo'n 3.000 dollar waard. We staren ernaar en dan vraagt een van de personeelsleden wat ze ermee aan moeten.

'Schoonmaken en in vloeipapier pakken,' zeg ik. 'We moeten ze alleen laten weten dat wij het weten. Op die manier zullen we geen klachten krijgen over het feit dat hun koffers in zee zijn gevallen.'

Ik laat ze alleen en bel Ben onderweg naar huis, om te checken of hij al heeft bedacht hoe hij het golfkarretje van 24.000 dollar uit zee gaat vissen zonder het nog meer te beschadigen. Hij vertelt me dat hij een hijskraan heeft ingehuurd en zes mannen bezig zijn het op het strand te krijgen voor het vloed wordt. Ik wens hem succes en ga naar huis. Ik doe een moord voor een drankje.

Kate is nergens te bekennen als ik terugkom in de villa. Ik had min of meer verwacht dat ze in bed zou liggen, maar het bed is leeg. Uiteindelijk vind ik haar achter het huis met een fles wijn, twee glazen en een verrekijker gericht op de villa aan de andere kant van de baai.

'O, lieve help!' fluistert ze. 'Dit moet je zien!'

'Wat dan?'

'Kijk!' zegt ze, en ze geeft me de verrekijker. 'Recht voor je uit.'

Ik tuur door de lenzen en stel scherp. Op het strand zijn de sjeik en zijn vrienden aan het feestvieren. De sjeik zit op een tapijt en kijkt naar de zee. Naast hem zit zijn assistent. Ze zitten te praten en roken een waterpijp.

‘Ze zitten te roken,’ zeg ik en ik geef de verrekijker terug.
‘Kijk nog eens goed.’

Ik kijk nog een keer goed en realiseer me dan dat de mannen niet alleen pijp roken, maar ook allebei worden gepijpt door prostituees. Ze liggen op het tapijt, kijken naar de zee en babbelen wat, alsof er niets aan de hand is terwijl de hoofden van twee prostituees op een neer gaan boven hun kruis.

Zaterdagochtend

God, wat heb ik beroerd geslapen vannacht. Tegen de tijd dat ik mijn hoofd eindelijk op mijn kussen vlijde en in een zalige, diepe slaap verzonk, waarin ik fantaseerde over de twee prostituees, ging de telefoon. Het was Geri en het gesprek ging ongeveer zo.

'Hoi, met Geri. Sorry dat ik je stoor.'

'Wat?' Ik draaide me om en kijk op de wekker. 'Het is twee uur 's nachts.'

'Weet ik. Maar de sjeik heeft me gebeld en om een massage gevraagd.'

'Op dit tijdstip?'

'Dat bedoel ik.'

'Heeft hij niet een hele zwik meisjes om dat klusje te klaren?'

'Dat zou je denken.'

'Nou, wat wil je dat ik doe?'

'Dat je me zegt wat ik moet doen.' Ze klonk erg bezorgd en in de war.

'Maak een van de meisjes wakker. Als de sjeik een massage wil, krijgt hij een massage.'

'En hoe zit het met het vrolijke einde?'

'Zorg dat de villagastheer in de buurt blijft, zodat het meisje maar een gil hoeft te geven als ze hulp nodig heeft.'

'Oké,' zei ze.

'O,' zei ik, vlak voor ik ophing. 'Stuur in godsnaam niet Melinda.'

Uiteraard beweert het meisje dat we wel hebben gestuurd nu dat ze getraumatiseerd is. Ze zit nu al een uur in mijn kantoor te vertellen dat ze vreselijk gevoelig is en de sjeik haar de stuipen op het lijf heeft gejaagd. Ik knik en toon medelijden, en vertel haar dat ze een grote fooi zal krijgen van de sjeik, en ik kan de gedachte niet onderdrukken dat die eikel een enorme geluksvogel is.

Gisteravond hadden hij en zijn vrienden na de ontmoeting met de twee hoeren zin in een glaasje cognac, en dus bestelde hij Hennessy Ellipse voor 1.220 dollar per glaasje; wat, neem dat maar aan van een cognackenner en -liefhebber, elke cent dubbel en dwars waard is. Hij slaat drie of vier glazen achterover en heeft dan duidelijk behoefte aan wat meer ontspanning en wil een massage boeken. Hij krijgt Maria, een van de beste masseuses die we hebben. Tegelijkertijd neemt een van zijn Natasha's hem aan de andere kant onder handen. Dus alles wat Maria doet met zijn schouders, doet de topless Natasha met zijn onderrug. Ze smeren hem in met olie en masseren allebei tegelijk zijn spieren. Uiteindelijk gaat de Natasha topless op handen en knieën op de massagetafel zitten om de olie beter in te smeren, terwijl Maria de knelpunten in zijn ondernek masseert. Pas als de Natasha boven op de sjeik klimt en Maria opzij duwt, mag ze weg.

'O, jee,' zeg ik, en ik schud mijn hoofd. 'Dat lijkt me echt verschrikkelijk.'

'Dat was het ook,' zegt ze, en ze knikt bevestigend in haar witte therapeutenjurk. 'Ik hoop dat ik nooit meer 's nachts massages hoef te doen.'

'Dat hoef je ook niet, schat,' zegt Geri, en ze slaat haar mollige arm om Maria's dunne schoudertjes. 'Je hoeft niets te doen wat je niet wilt.'

'Nou...' zeg ik. Geri kijkt me kwaad aan. 'Natuurlijk. Je zegt het maar. Ga maar even lekker een kopje pepermuntthee drinken. Kom maar even tot rust.'

'Vertelt u me nog hoeveel de fooi is?' vraagt Maria als ze naar de deur loopt.

'Natuurlijk.' Ik knik.

'En ik hoef die niet te delen met de andere meisjes?'

'Nee, natuurlijk niet,' zegt Geri. 'Hij is helemaal van jou.'
Maria vertrekt iets vrolijker dan ze binnenkwam.

'Weet je,' zegt Geri hijgend, en ze ploft neer op de bank in mijn kantoor en pakt een van de vele glossy's waar we in staan. 'Toen ik de spa runde van een hotel in de Malediven, waren de masseuses altijd beschikbaar voor sjeiks.'

'Echt waar?'

'Ja. Ze sliepen met hun uniform naast zich voor het geval ze midden in de nacht werden opgeroepen. Het was een geweldige manier om extra geld te verdienen, en ze vonden het heerlijk.' Ze staat op en laat het tijdschrift weer op tafel vallen. 'Waarom zijn therapeuten zo vreselijk gevoelig?'

'Geen idee,' zeg ik. 'Het leek mij een topavond.'

'Ja,' zegt Geri glimlachend, en ze trekt haar te dun geëpileerde wenkbrauwen op. 'Jullie mannen zijn ook allemaal hetzelfde.'

Geri vertrekt en ik zit aan mijn bureau en probeer het beeld van de ontspannende sjeik uit mijn hoofd te bannen. Met een foldertje met vluchtinformatie moet dat wel lukken. Op zaterdag zijn er veel vertrekkende en arriverende vluchten, vooral naar en van Europa. In het laagseizoen zijn er in het weekend wat minder vluchten, met weekendgasten uit Singapore en de gestage stroom Japanse bruiloften die ons draaiende houden. Maar nu is het hoogseizoen voor de nouveau riches uit Europa, en veel poeniger dan Formule 1-coureurs bestaat niet. We zijn gek op coureurs. Ze hebben bakken met geld en weten hoe ze dat moeten uitgeven. Anders dan andere sporters die we hier hebben gehad, zoals Roger Federer, die alleen maar vruchtensap dronk en zich elk dag afbeulde met onze tenniscoach, zijn de Formule 1-mannen echte feestbeesten. Vorige maand hadden we hier een F1-coureur die tijdens een enkel dineetje ruim 30 duizend dollar neertelde voor wijn. Hij bestelde vijftien flessen Rijkebourg 1990 van elk 2.260 dollar, en dat leidde tot een onvergetelijke avond.

Maar goed, vandaag zitten er nog meer gasten op dezelfde

vlucht als de F1-coureur, en dus ben ik van plan Ben te sturen om hen te ontvangen, en daarna zelf naar de aanlegsteiger te gaan om de gasten als meneer de manager welkom te heten. Ik moet vanmorgen te veel regelen om de halve dag op het Sunseeker-jacht door te brengen. Hoewel ik, als ik vanuit het raam van mijn kantoor naar de zon en de glinsterende, roerloze zee kijk, niets liever zou willen. Wat jammer dat gravin Donatella di Cassucci gisteravond is vertrokken, anders had ze wellicht genoten van de zachte zeebries.

Ik stuur Ben naar het vasteland en ga naar een man om over de kraaien te praten. We hebben een vogelprobleem hier op het eiland en ik heb vandaag een paar mensen uitgenodigd om het op te lossen. Het zijn zes jagers van het vasteland en ik moet zeggen dat ze er ietwat intimiderend uitzien in hun woeste kleding en zonnebrillen met spiegelglazen, en hun jachtgeweren over hun schouders. Geen van hen spreekt goed Engels, dus praat ik met hen via hun baas; een lange Australiër van in de veertig met een rood hoofd die Mike heet.

'*G'day, mate*,' zegt hij, en hij schudt me de hand. Zijn greep is ferm en ruw, net alsof je een stuk schuurpapier vastpakt. 'Hoeveel van die ellendelingen heb je hier, denk je?' vraagt hij. Hij duwt zijn leren hoed naar achteren en kijkt tabak kauwend naar de toppen van de bomen.

'Een paar honderd?' opper ik.

Ik heb werkelijk geen idee. Er zijn er in elk geval te veel, want ze vliegen voortdurend rond, krijsen vreselijk en schaden het cachet van het hotel. Genoeg om ze helemaal beu te worden.

'Ik denk dat het er wel wat meer zijn.' Hij zuigt lucht naar binnen door zijn tanden, als een beunhaas die de prijs wil gaan opdrijven.

'Jiwan, onze hoofdtuinman, heeft misschien een duidelijker idee,' opper ik.

'Driehonderdzevenentwintig, meneer. Min of meer,' zegt Jiwan, met griezelige precisie.

'Je hoort het,' zeg ik.

'Dat zijn er verdomd veel,' zegt Mike.

'Dat kun je wel zeggen,' antwoord ik.

'Je wilt dus dat we ze allemaal afschieten?' vraagt hij. Ik kijk naar Jiwan. Hij kijkt naar zijn voeten. Jiwan is moslim, maar lijkt ineens boeddhist te zijn geworden en wacht tot ik het bevel geef.

'Goed,' zeg ik. 'Ik wil graag dat jullie er zo veel mogelijk afschieten.'

'Tien dollar per vogel?' vraagt hij.

'Dat was de afspraak.'

'Geweldig,' zegt hij snuivend. 'We gaan meteen aan de slag.'

Mike en zijn team scherpschutters zijn niet de mensen die we normaal inschakelen om ongedierte te bestrijden. We hebben een geruststellend dure ploeg die 37.000 dollar per keer – exclusief vliegtickets – drie keer per jaar uit Bangkok overkomt om het eiland te bevrijden van allerlei onaangename schepsels. Toen het resort werd gebouwd, was met de bouwers afgesproken dat ze een dollar per rat zouden krijgen. Ze vingen de ratten levend en de afspraak was dat ze hen aan het eind van de dag per boot naar een ander eiland zouden vervoeren en ze daar los zouden laten. Maar het waren steeds dezelfde ratten die terugkwamen. De bouwers bewaarden de gevangen ratten gewoon 's nachts in containers en vingen die dan de volgende dag opnieuw om weer betaald te krijgen. Maar deze mannen uit Bangkok zijn echte professionals. Ze kammen het hele eiland uit. Ze zoeken de kamers en het omringende terrein af naar alles wat daar niet hoort. En als we tussen hun bezoekjes door iets onsmakelijks aantreffen, maken we er een foto van en mailen die naar ze toe en dan vertellen zij ons hoe we er vanaf kunnen komen. Ik moet zeggen dat het een heilloze strijd is. Telkens als er iets op het eiland arriveert, komt er iets ongewensts mee. We zoeken voortdurend de voedselvoorraden af naar torren en spinnen. Maar bouwmaterialen zijn een groter probleem. Bamboe arriveert onbehandeld op het eiland en zit vol kleine diertjes en snuitkevers.

Het ergst is stro. Dat komt in balen, die vol ratten en andere ellende zitten. We kloppen het uit, behandelen het met vloeistof en roken het uit en toch komen er nog altijd talloze dieren mee aan land. Het eiland was vleermuisvrij tot we zo'n 20.000 bomen aanschaften. Nu wemelt het hier van die dieren. Als de duisternis valt, vliegen ze van palmboom naar palmboom. Gelukkig zijn de meeste gasten zo onopmerkzaam dat ze het niet zien. Mensen komen hier niet om één te zijn met de natuur. Ze komen hier om zich te ontspannen, hun batterij op te laden en hopelijk een obscene hoeveelheid geld uit te geven aan bijzonder goede wijn. Dit is niet het soort plek waar je naartoe gaat voor een primitieve levensstijl. Er is niets primitiefs aan onze villa's van 2.000 dollar per nacht met villagastheren die rondrennen met koude en warme drankjes, plasmaschermen en surround sound. Maar als de natuur toeslaat, krijgen we dat tot in lengte der dagen te horen. Ik werd laatst gebeld door een vrouw die klaagde dat er een vlieg in haar villa zat. We worden gebeld over muggen en andere insecten en worden verzocht ze weg te halen. Sommige gasten zetten zelfs op hun enquêteformulier dat ze iets langs hebben zien vliegen. We spuiten ons helemaal suf op het eiland. We zeggen dat het allemaal afbreekbaar is, maar ik heb geen idee of dat waar is, ik vrees van niet. Het laatste waar een zelfrespecterende miljonair op zit te wachten, is een stel vliegen die zijn lunch in de open lucht bederven. Datzelfde geldt voor muggen en je cocktail rond borreltijd. Maar sommige gasten zijn wel erg streng. Ze wonen in een huis met airconditioning, waar het klimaat 98 procent van de tijd wordt beheerst en snappen niet waarom het op een eiland midden in de oceaan anders zou zijn.

Mike en ik staan op het strand van Palm Sands te luisteren naar de hagelschoten in de vegetatie achter ons. Ik heb een dag geprikt waarop veel gasten vertrekken in de hoop dat ze er niet te veel last van ondervinden. Het is bovendien elf uur 's ochtends, en dus zullen de meeste gasten aan een laat ontbijt, de spa, aan het zwembad of in de sportzaal zitten, dat wil zeggen: ver uit de buurt van dit strand.

'Hoe lang denken jullie bezig te zijn?' vraag ik Mike, terwijl ik zie hoe er weer zo'n zwart rotbeest flapperend uit de lucht valt. Dat is nummer zes of zeven. Deze kerels zijn goede schutters. 'De hele dag,' zegt hij. 'Misschien moeten we nog terugkomen. Het gaat 's avond altijd iets beter, omdat ze dan thuiskomen om te rusten en het woord "vogelvrij" van toepassing is.' Hij spuugt zijn pruimtabak in het zand en wrijft het met zijn laars in de grond.

'Dat is geen handige tijd,' zeg ik. 'Dan gaan mensen douchen en zo, weet je wel.'

Er klinkt weer een schot. Het weergalmt over het hele eiland. We kijken beiden door de bomen en wachten voor de klap van de vogel op het zand. Niets. Dan zie ik een vrouw op me af komen rennen door het struikgewas. Ze is van middelbare leeftijd en draagt een bikini. Het is niet bepaald een fijn gezicht. Ze lijkt te huilen.

'Hou op! Hou op! Hoe kunnen jullie dat doen?' Ze schreeuwt en zwaait met haar armen. O, jezus, denk ik. Dat kan ik echt niet gebruiken: een dierenactiviste.

'Stop! Hou op!' Haar gezicht is felroze van emotie, wat versterkt wordt door het feit dat ze verbrand is. 'Wat doen jullie?'

'We moeten hun aantal terugdringen, mevrouw,' zeg ik zo onverschillig mogelijk.

'Dat kunt u niet doen! Die dieren hebben er evenveel recht op om hier te leven als u en ik,' zegt ze.

'Dat is het hem juist: ze horen hier helemaal niet,' probeer ik uit te leggen. 'Ze zijn hier per ongeluk terechtgekomen. Het zijn geen inheemse dieren.'

'Maar ze zitten hier nu en u kunt ze niet afmaken,' zegt ze handenwringend. De tranen rollen over haar wangen. Er weergalmt nog een schot door de bomen en een halfdode vogel komt op ons af gefladderd. Er wordt nog een schot afgevuurd en het dier stort neer op het strand. De vrouw gilt en legt haar handen over haar oren. Ze stampt als een klein kind met haar voet in het zand.

'Hé! Schei daarmee uit!' roept een gezet mannetje, slechts gekleed in een minuscuul, geel Speedo-zwembroekje vanaf de rand van zijn zwembad. 'Het is een schande! Hou er onmiddellijk mee op.'

'Mike,' zeg ik.

'Gesnopen,' antwoordt hij, en hij begeeft zich in de richting van het struikgewas.

'Een andere keer, hè?' oppert hij. 'Als er wat minder gevoelige lieden aanwezig zijn.'

'Ik denk dat dat het leven een stuk gemakkelijker zal maken,' zeg ik.

Mike beent het strand op, fluit heel hard en het schieten staakt onmiddellijk.

'Bedankt,' verzucht de vrouw, en ze schudt haar hoofd. 'Ik kon het echt niet aan.'

'Het moet gewoon gebeuren, mevrouw,' leg ik uit.

'Ja, maar niet waar ik bij ben,' antwoordt ze. 'Het is afschuwelijk.'

'Het spijt me heel erg. Het was niet onze bedoeling om uw vakantie te verpesten,' zeg ik.

'Nou, dat is wel gebeurd,' zegt ze, met trillende schouders. 'Bijna.'

'Ik zal u en uw man een fles wijn sturen om het goed te maken,' stel ik voor, en ik knik in de richting van de rondbuikige man in de gele zwembroek.

'Wijn?' zegt ze, en haar gezicht betrekt weer.

'Champagne?'

'Dat zou heerlijk zijn.' Ze glimlacht en huppelt bijna over het strand naar haar echtgenoot. Ongelooflijk hoe een beetje vloeistof je je problemen kan doen vergeten.

Mike en ik en zijn zes scherpschutters lopen over de aanlegsteiger en proberen een oplossing te vinden voor het kraaienprobleem. Hij vraagt me of het hotel ooit leeg is, en het antwoord is nee. Dat is een van de problemen hier: het is onmogelijk om onderhoud of essentiële reparaties uit te voeren zonder de gasten lastig te vallen die zich blauw betalen voor hun rust. En ze verwachten niet de hele dag zandmachines te horen pompen of trekschuiten bergen stenen door de zee te zien trekken of kraaien uit de lucht te zien vallen. Ze willen een mooi uitzicht, mooi weer, goede wijn en een goede beurt van hun vrouw en/of iemand anders. Mike en ik spreken af dat ze in april terugkomen als de gasten voornamelijk Japans zijn en minder geneigd zijn te zeuren. Dan gaat mijn telefoon. Het is Ben.

'Hoi,' zeg ik. 'Kan ik je zo even terugbellen?'

'Even heel snel,' zegt hij. 'Heb je al van meneer Van de Berg gehoord?'

'Wie is meneer Van de Berg?'

'Een van onze gasten. We staan op hem te wachten op het vliegveld.'

'En?'

'En we zijn hem kwijt.'

'Kwijt? Kwijt? Hoe kun je nou iemand kwijtraken? Weet je zeker dat hij is aangekomen?'

'O, ja,' zegt Ben. 'Ik heb de passagierslijst gecheckt en zijn bagage ligt op de bagageband.'

'Kijk nog eens goed. Zo ver kan hij niet zijn. Het vliegveld is piepklein.'

'Oké,' zegt hij. 'O, trouwens, onze F1-coureur is er.'

'Uitstekend. Ik spreek je zo.'

Ik breng Mike naar zijn watervliegtuig als Ben weer belt.

'Jezus!' zegt hij uitgeput door de telefoon. 'Je gelooft nooit wat er is gebeurd.'

'Wat dan?'

'Die vent was zo dronken dat hij zich heeft geïnstalleerd

bij de afdeling geconfisqueerde alcohol en drankjes tot zich nam alsof hij in het café zat.'

Naar blijkt heeft onze nieuwe Nederlandse gast in het vliegtuig zoveel wodka-tonic gedronken dat hij amper uit zijn ogen kon kijken tegen de tijd dat hij landde en al helemaal niet in een rechte lijn kon lopen. En hoewel het vliegveld piepklein is – nauwelijks groter dan een paar kamers naast elkaar – heeft hij het op de een of andere manier voor elkaar gekregen om langs de paspoortcontrole te komen en kwam zo terecht bij de tafels met drank die in beslaggenomen was van nietsvermoedende toeristen. Vervolgens is hij naast de tafels gaan zitten, in de veronderstelling dat het een bar met drank was. De arme drinkebroer had een halve fles wodka opgedronken en wilde net aan de Jack Daniel's beginnen toen ze hem vonden.

Ben moest al zijn overredingskracht in de strijd gooien om Van de Berg langs de douane en het vliegveld af te krijgen. Maar aangezien hij ladderzat was en zo lastig was, stond de bewaking van het vliegveld erop om hem te begeleiden tot aan de receptie van het hotel. Dit stelde Ben voor een dilemma. Moest hij de zatte Nederlander samen met onze vip-F1-coureur en de andere gasten op het jacht zetten? Of moesten hij en zijn knorrige bewakers een ander transportmiddel zoeken? Uiteindelijk zette hij, na wat heen en weer gepraat met het vliegveldpersoneel, de dronkenlap en de agenten op een speedboot, en de vip en de andere gasten op het chique jacht hiernaartoe.

'Ik hoop dat ik er goed aan heb gedaan,' zegt hij boven het lawaai van de speedboot uit. 'Kan ik erop rekenen dat jij de gasten van het jacht afhaalt?'

'Natuurlijk, jongen,' zeg ik. 'Sorry van alle ellende.'

'Ach, ja,' zegt hij. 'De beste persoon om een zatlap in het gareel te brengen, is misschien wel een medealcoholist. Ik heb hem met een fles tequila de loopplank op gelokt.'

Dus begeef ik me naar de aanlegsteiger om de Formule 1-

coureur en zijn vriendin op te vangen, plus een stel Britse vrouwen die een vakante van een week hebben gewonnen met een wedstrijd in *The Sunday Times*. Ik zie de boot aan de horizon verschijnen, terwijl het ontvangstpersoneel de drankjes, glimlachen en gekoelde handdoeken voorbereidt.

Net als iedereen klaarstaat, komt de speedboot met de dronken Nederlander aan boord uit het niets aan gevaren. Ik weet niet of we zo geobsedeerd waren door het vooruitzicht van een beroemde Formule 1-rijder dat we de speedboot niet hebben zien aankomen of dat het ding zo klein en snel is dat we er gewoon overheen hebben gekeken. Hoe dan ook, we moeten nu op precies hetzelfde moment de twee partijen verwelkomen die we zo angstvallig uit elkaar proberen te houden.

'Ben!' schreeuw ik boven het geluid van de motor uit. 'We gaan eerst meneer Van de Berg van boord halen.'

'Begrepen!' roept hij terug.

Ik zie hoe hij meneer Van de Bergs schouders beetpakt en hem in de richting van de loopplank dirigeert. De man lijkt het stadium van de escapistische alcoholist van eerder te zijn gepasseerd en lijkt nu een gewone, ouwe zatlap. Zijn gezicht lijkt op een hondenkop, zijn ledematen hangen los en hij is zeer meegaand, maar een beetje instabiel. Ik kan Ben aanwijzingen horen roepen. Meneer Van de Berg loopt voetje voor voetje over het dek. Een golf slaat tegen de steiger en de boot gaat op en neer.

'Ho!' schreeuwt Ben, terwijl de Nederlander op zijn benen heen en weer zwaait. 'Kom op, doorlopen.'

De man sloft als een bejaarde over de boot. Ondertussen meert het Sunseeker-jacht aan naast de speedboot. Moet ik de dronkenlap zo snel mogelijk langs de receptie leiden? Of heet ik de F1-ster welkom? Uiteindelijk ga ik voor de ster. Ik glimlach breed en zwaai uitbundig, in de hoop dat mijn enthousiasme de ramp verdoezelt die zich elk moment kan voltrekken.

'Hallo! Ik hoop dat jullie een heerlijke reis hebben gehad. Was de boot in orde? Is het geen heerlijk weer?' Ik praat maar door, om maar te voorkomen dat ze over mijn schouder kijken.

'De reis was geweldig,' zegt hij, en hij schudt mijn hand zo stevig dat ik vrees dat hij mijn botten gaat breken. 'Wat is het hier mooi.'

'We hebben hier al eerder een paar van jullie jongens gehad,' zeg ik.

'Weet ik,' zegt hij knikkend. 'Schumacher, Hakkinen, Barrichello, Alonso, en zelfs Eddie Jordan, ze zijn hier allemaal geweest.'

'We zijn erg geliefd bij de F1.'

'Jezus christus!' roept de bestuurder uit, over mijn schouder wijzend. 'Kijk uit!'

Ik draai me om en zie meneer Van de Berg op de steiger op zijn benen heen en weer zwaaien. Hij staat precies op de rand en staat op het punt achterover in zee te vallen. De F1-coureur en ik staan als vastgenageld naar hem te staren, terwijl Ben over de loopplank sprint en hem opvangt, als een soort negentiende-eeuwse heldin met een appelflauwte. Ben duwt de man overeind en loopt door alsof er niets is gebeurd. F1 en ik zien hem zigzaggend naar de receptie lopen, en de serveersters van twee drankjes verlossen.

'Wat is er met hem aan de hand?' vraagt F1.

'Zeeziek,' zeg ik.

'Arme kerel,' zegt F1.

'Nou,' beaam ik, en ik begeleid de golfkarretjesbestuurders in de richting van de klaarstaande Louis Vuitton-koffers. 'Sommige mensen hebben er erg veel last van.'

We checken de F1-coureur zonder verdere incidenten in. Hij lijkt erg in zijn sas met zijn watervilla en vindt het zwembad fantastisch. Zijn vriendin is beeldschoon en duidelijk erg kostbaar in het onderhoud, want het eerste waar ze naar vraagt, is de spa, en daarna waar ze een glas champagne kan krijgen.

Ik loop terug over de houten planken die naar de F1-villa leiden als mijn mobiel gaat. Het is Ben.

'Hoi, met mij weer. Ik ben bij de villa van meneer Van de Berg.'

'Uitstekend,' zeg ik, terwijl ik naar de wolkeloze hemel kijk. 'Goed gedaan, kerel.'

'Het enige probleem is dat een of andere eikel het bed heeft gestolen.'

Zaterdagmiddag

Hoe kan iemand nou een bed stelen? Waarom zou je een bed wíllen stelen? Ik geef toe, onze bedden zijn mooi; een aardig staaltje Italiaans designwerk. Maar de meeste gasten willen alleen weten waar we ze vandaan hebben en wie ze heeft gemaakt. Is het nou echt nodig om ze te stelen? En hoe krijg je in godsnaam een bed van het eiland? Maar wat nog veel belangrijker is, wat moet ik verdomme beginnen met een stomdronken Nederlander die zijn roes niet kan uitslapen en wiens vrouw over zes uur met het vliegtuig vanuit Singapore aankomt?

Ik bel de mensen van de afdeling huishouding en probeer uit te vinden wat er aan de hand is. Ze zijn bijzonder ontwijkend. Hassan vertelt me een of ander langdradig verhaal over hoe een gast helemaal verliefd was geworden op het bed en hij er keer op keer om vroeg en huishouding het uiteindelijk aan hem heeft verkocht. Ik vrees dat ik er geen woord van geloof. Hij weet niet hoe de gast het bed van het eiland heeft gekregen, wie die gast was, of zelfs voor hoeveel het bed verkocht is en waar het geld is gebleven. Het komt erop neer dat een stel klootzakken dat hier werkt een boot heeft gepakt, het bed daarop heeft geladen en meegenomen. Ik kan het niet geloven. Wat moet iemand van de plaatselijke bevolking met een bed van 900 dollar?

Dit is de eerste keer dat er een bed is gestolen. Maar ik weet dat de duikboten 's avonds vaak vol zitten met spulletjes uit het hotel. Maar het gaat dan meestal om dvd-spelers, plasmaschermen, en de inhoud van de minibar. Er verdwijnt ook van alles uit de voorraadkamers naar de personeelsvilla's. Messen, vorken, peper-en-zoutstellen gaan voortdurend aan de wandel, evenals theelepeltjes. We moeten voortdurend nieuwe theelepels bestellen. En ga me niet vertellen dat ze kwijt zijn geraakt in het zand. Net als de roze servetjes aan het begin van deze week, zeker? Diefstal is helaas een beroepsrisico en ik denk dat een hotel het zo moeilijk mogelijk moet maken om dingen te stelen. Alles wordt geregistreerd bij binnenkomst en vertrek, en dus is er wel een papieren spoor. Ook al loopt dat dan snel dood. Het is ten dele een kat-en-muisspelletje. Ze kijken hoever ze kunnen gaan en ik probeer ze te slim af te zijn. We vallen regelmatig de villa's in het dorp binnen en checken de kluisjes. Uiteindelijk moet ik mijn cijfers rechtvaardigen tegenover de directie en ik ga me niet door een stel grijpgrage klootzakken in een kwaad daglicht laten stellen. Maar zelfs ik had niet gedacht dat het nodig zou zijn om de bedden vast te nagelen. Stom, stom, stom.

Nu zit ik met een villa die ik niet kan verhuren en dat gaat me 2.000 dollar per nacht kosten. Niet mij persoonlijk, natuurlijk. Maar ik kan er nu niet aan verdienen en ik ben, op zijn zachtst gezegd, heel erg pissig. Gelukkig is de bezetting momenteel 97 procent, en hebben we een paar villa's over. Maar omdat de zak geen bed heeft, moet ik hem een upgrade geven bij wijze van excuus. Niet dat hij zich zal herinneren dat hij hier ooit is geweest als hij borrels achterover blijft slaan zoals hij nu doet.

Dit is al eens eerder gebeurd. Zo waren hier ooit leden van een Britpop-band van wie een hele week uit het geheugen was gewist toen ze in de Four Seasons in Bali verbleven. Ze werden daar verwelkomd door een hippe groep mensen uit Londen en namen allemaal op de tweede dag van hun verblijf lsd en werden pas weer wakker toen ze de rekening moesten betalen. Ze waren allemaal ernstig verbrand omdat ze op het strand in slaap waren gevallen en moesten zo'n vijfduizend pond per persoon neertellen voor maaltijden en drankjes waarvan ze niet eens wisten dat ze die hadden besteld, of zelfs hadden genuttigd. We hadden ze alles kunnen wijsmaken. Ik kan eerlijk gezegd betere manieren bedenken om 5.000 pond te besteden.

Ik bel Garry op en vraag hem de accommodatie van meneer Van de Berg te regelen. Ik raad hem aan geen watervilla te nemen, omdat we de komende dag niet zitten te wachten op een drenkeling. Maar verder kunnen hij en Ben doen wat ze willen, en ga ik ondertussen een oplossing zoeken voor het verdwenen bed. Ik ga naar het personeelsdorp om met de jongens van de timmerwerkplaats te praten. Ze werken zich momenteel te pletter; ze moeten twintig ligstoelen repareren voor de kerstdrukte. Van de helft ervan zijn de spijlen verrot of gebroken, wat niet erg heilzaam is voor het achterwerk van een hoge piet, zeker als die van grote hoogte neerploft. Ze zijn niet in het minst verrast of verstoord als ik ze vertel dat ze een bed moeten maken voor villa 126. Ik zou kunnen zweren dat ze het hadden zien aankomen. Maar goed, ik ben momenteel ook wel wat paranoïde. Wat zegt dit over Mohammed en onze bewaking, als dieven er midden in de nacht met een enorm bed vandoor kunnen gaan?

De timmerlui vertellen me dat ze binnen een week iets soortgelijks in elkaar kunnen zetten. Ik zeg drie dagen en dus zal het wel een week duren, en ik ga op weg naar de middagvergadering. We vergaderen normaal niet op zaterdagmiddag, of welke andere middag dan ook, omdat zaterdag hier op het eiland een normale werkdag is; alleen wat drukker, misschien. Maar we moeten de plannen voor kerst en oud en nieuw bespreken, enkele knopen doorhakken en zorgen dat iedereen weet wat hem te doen staat en dat ze de juiste bestellingen plaatsen. Want als we blunderen en niet over de juiste hoeveelheid drank, voedsel, cadeautjes, versieringen en pakpapier beschikken, kun je niet even naar de winkel om de hoek om nog snel wat dingetjes te kopen. Ik heb getracht dit uit te leggen aan een Russische gast die hier vorig jaar verbleef. Hij wilde een geluidsinstallatie en boxen, voor een discofeestje voor hem en wat vrienden. Hij begreep niet dat het een fortuin zou kosten om dat allemaal vanuit Dubai te laten overvliegen. Hij bleef maar vragen waarom we de spullen niet even ergens konden gaan halen. Uiteindelijk gaf hij ons de sleutel van zijn privévliegtuig en stuurden we een paar mannen op pad om de spullen op te halen in Dubai. Zijn vliegtuig stond immers maar te niksen op het vliegveld en die man wilde graag een feestje. Helaas voor ons hebben we geen vloten Lears tot onze beschikking, en dus is een goede voorbereiding alles.

Tegen de tijd dat ik mijn kantoor binnen loop, zitten daar Garry, Bernard, Hori, Jean-François, Antonio en Marco koekjes te eten en koffie te drinken.

'Sorry dat ik een beetje te laat ben,' zeg ik. 'Maar een of andere zak heeft een bed gestolen en Ben probeert een kamer te regelen voor een alcoholist.'

'Een alcoholist?' Marco veert op. 'Een rijke alcoholist?'

'Daar lijkt het niet op,' zegt Garry. 'Ik heb hem gegoogeld, maar kon niets vinden. Maar goed, we zitten nu met een Formule 1-coureur, de burgers gaan bij lange na niet zoveel verbrassen als hij.'

'We moeten meer Russen hebben om de wijn aan te slijten,' mokt Marco.

'Daar hebben we er genoeg van,' zeg ik.

'Helaas vertrekt meneer Antonov vandaag,' zegt Garry. 'Maar gelukkig ziet het ernaar uit dat zijn rekening rond de 130.000 dollar zit.'

'Ik dacht dat het meer zou zijn,' zegt Jean-François, en hij begint alweer in zijn notitieblok te krabbelen. 'Met de boot stand-by.'

'Ik vind het niet slecht voor een familie-uitje,' zeg ik.

'De rekening van meneer Georgi is zo'n 400.000 dollar,' zegt Garry met een glimlach waarbij kraaienpootjes rond zijn ogen verschijnen. 'Dat is beter, *n'est-ce pas*?'

'Hoe lang blijft hij nog?' vraagt Marco, die duidelijk hoopt wat oude wijnen te kunnen slijten en zo ruimte te maken voor zijn kerstvoorraad.

'Nog een paar dagen. Ik geloof dat hij dinsdag vertrekt,' zegt Garry.

'Maar dat is minder dan een week,' zegt Jean-François verbaasd.

'Dat heb je met een privévliegtuig, hè?' zegt Garry. 'Veel gadgets, weinig tijd. Hij moet waarschijnlijk terug voor zijn kippen in Siberië of andere dringende zaken.'

'Siberische kippen,' zegt Bernard rillend. 'Denk je dat die drie poten hebben?'

'Dat merk je zo als we niet opschieten,' zeg ik. 'Ik moet een oligarch uitgeleide doen en...'

'En zeshonderd reddingsvesten afleveren,' voegt Bernard toe.

'Zeshonderd reddingsvesten?'

'Voor als er weer een tsunami komt.'

'O, jezus,' zeg ik, en ik leg mijn hoofd in mijn handen. 'Wanneer zijn ze aangekomen?'

'Een veel belangrijkere vraag is waar we ze moeten laten,' zegt Bernard.

'Nou,' oppert Garry, 'nog veel belangrijker dan dat is dat er achthonderd personeelsleden zijn en 140 kamers en maar zeshonderd reddingsvesten. Zijn het er niet wat te weinig?'

Garry heeft natuurlijk gelijk. We hebben niet alleen wat te weinig reddingsvesten; we zijn totaal onvoorbereid. Het is niet zo dat we een tsunami niet serieus nemen, we zijn getroffen door de laatste en hoewel er geen slachtoffers waren, was de schade groot genoeg om serieus genomen te worden door het hoofdkantoor. We hebben eindeloos heen en weer gebeld met de grote baas in het chique penthouse in Piccadilly, om te zeggen dat we maatregelen moeten nemen en een evacuatieplan moeten opstellen. Maar het probleem is dat we er gewoon geen tijd voor hebben. Ik heb een hele zwik walkietalkies die we inmiddels zouden moeten kunnen gebruiken in noodgevallen, maar eerlijk gezegd hebben we ze al drie maanden en zijn ze nog niet eens opgeladen. Ik ben geneigd te denken dat we toch ten dode zijn opgeschreven tegen de tijd dat onze mobieltjes het niet meer doen. Ik zie niet hoe ik de zaak vooruit help door tegen Hori te schreeuwen terwijl we op een enorme vloedgolf halverwege Antarctica zitten. Net zoals het weinig zin heeft om reddingsvesten uit te delen. Het beste wat je in het geval van een tsunami kunt doen, is als een gek naar hoger gelegen land rennen. Het hoogste punt op dit eiland zijn de maatdoppen achter de bar. En dat betekent dat meneer Van de Berg, die vast ongedeerd wordt aangetroffen met een fles gin in zijn handen, het als enige zou overleven als er vanavond onverwacht een tsunami komt. De rest van ons kan alleen maar het beste ervan hopen.

De hygiëne en veiligheid zijn niet geweldig op het eiland. Het is zelfs shit. Alle brandblussers zijn verroest en aangetast, en totaal onbruikbaar als er brand uitbreekt. De brandkranen zijn niet veel beter. Ze zijn roodgeverfd, staan verspreid over het eiland en zien er erg indrukwekkend uit, als in een Amerikaanse film. Het enige probleem is dat iemand is vergeten ze op de waterleiding aan te sluiten toen dit resort werd gebouwd. Dat hebben we pas vorige maand ontdekt, toen we een willekeurige inspectie uitvoerden. Maar gelukkig is het hier nogal vochtig, zoals gravin Donatella di Cassucci kan bevestigen, en wordt het gebladerte nooit kurkdroog. Of althans, dat was tot nu toe altijd zo.

'Waar laten we ze nou?' vraagt Bernard, opkijkend van zijn notitieblok.

'Wat dachten jullie van de opbergkast bij villa's 210-220 op het strand van Golden Sands?' stel ik voor.

'O, daar hebben we al gekeken,' zegt Bernard zuchtend, 'maar die zit vol roze, linnen servetten.'

'Wat voor roze servetten?' vraagt Jean-François.

'Weet ik veel.' Hij haalt zijn schouders op. 'Gewoon, servetten.'

‘Daar ben ik al langer dan een week naar op zoek!’

‘Is dat zo?’

‘Ja!’

‘Dat is zo,’ beaam ik. ‘Ik wilde ze al als gestolen opgeven.’

‘Gestolen?’ zegt Bernard. ‘Wie steelt er nu een berg linnen servetten?’

‘Ze hebben ook lakens gestolen,’ zegt Garry.

‘Meen je dat?’ vraag ik, teleurgesteld.

‘Ja,’ zegt hij. ‘Dat is de pest voor mijn omzet. Daarom was dat Duitse stel zo pissig toen hun kamer niet klaar was. Er waren geen lakens.’

De wasserij is een ramp. Hij zit weggestopt in een hoekje van het personeelsdorp, draait 24 uur per dag en lijkt de achterstand nooit te kunnen inhalen. De hoeveelheid was die ze moeten doen maakt het onmogelijk om het ooit allemaal te verwerken. Elke villa krijgt elke dag schone lakens en handdoeken. Dat zijn dus handdoeken van het strand, uit de spa, zes grote handdoeken uit de slaapkamer plus vijf badmatten, twee kleine handdoeken en twee washandjes, één onderlaken, één bovenlaken, een dekbedovertrek, zes kussenslopen en vier kamerjassen per villa, die allemaal op een wagentje worden geladen en naar de provisiekast worden gebracht, waar ze op een golfkarretje worden overgeheveld, zoals die Ben, Jean-François en ik hebben tegengehouden om naar de wasserij te worden gebracht. Daar moet alles worden gewassen, gestreken en gelucht en binnen zes uur op een ander bed liggen. Dat gebeurt bij alle 140 villa’s op het eiland. De mensen die daar werken, draaien twaalfurige diensten, van zes uur ’s avonds tot zes uur ’s morgens en hebben één dag per week vrij. Het is goedkoper voor ons om ze elke dag voor drie overuren te betalen dan meer personeel aan te nemen, omdat we geen ruimte hebben in het dorp om nog meer mensen onder te brengen en te voeden. Dat toont wel aan hoe goed alles hier is geregeld. Als we lakens kwijtraken, loopt het allemaal al snel vast.

‘Wil je de afdeling huishouding vragen dat in de gaten te

houden als je ze voor de vergadering van maandag ziet?' zeg ik. 'Want dat kan een groot probleem worden.'

'Doe ik,' zegt Garry, en hij maakt een aantekening in zijn notitieblok.

'Goed. Kerstmis,' zeg ik, terwijl ik in mijn handen wrijf, en de boel probeer te enthousiasmeren. 'Heeft er iemand suggesties?'

'Eh,' zegt Garry.

'Eh,' zegt ook Bernard.

'Nou...' zegt Hori.

'Goed,' zeg ik. 'Ik heb wel een vraag voor jullie. Hoe gaat de kerstman hier dit jaar komen? Hij kan niet door de schoorsteen klimmen. Dus...?'

Vorig jaar hadden we een half dozijn kerstvrouwen die in rode minirokjes en zakken op hun rug op waterski's achter een rode speedboot hingen en op het strand landden. Het was een groot succes, maar ik had het gevoel dat de vaders het veel opwindender vonden dan de kinderen. En dat is prima. Maar niet echt de bedoeling.

'Misschien kan de kerstman met een parachute komen?' oppert Hori. 'Dan laat je een van de watersportmensen zich verkleden als kerstman met een grote zak.'

'Maar jij speelt toch altijd voor kerstman?' zeg ik.

'Ik ga dat echt niet doen, vriend,' zegt hij.

'Ik wist niet dat jij zo'n angsthaas was,' zegt Garry glimlachend.

'Dat ben ik ook niet.'

'Nou dan.' Garry tuit zijn lippen. Dat is voldoende om Hori over de streep te trekken.

'Oké, ik doe het wel. Als die eikels van de watersport het kunnen, kan het niet moeilijk zijn.'

'Goed,' zeg ik. 'Maar we moeten wel eerst proefdraaien. Het laatste wat we willen is dat we de kerstman uit de zee moeten vissen. Dan heeft niemand meer trek in kalkoen.'

We hebben ook echt kalkoen. We hebben alle toeters en

bellen. We hebben op kerstavond een diner voor de Fransen en Duitsers, die graag de avond voor kerst foie gras eten en champagne drinken. We hebben de volgende dag kalkoen bij de lunch voor de Britten, die niet zonder hun farce en worstjes kunnen. We hebben ook mensen die kerstliedjes zingen. Tweeëntwintig personeelsleden oefenen al enkele weken op de tekst. We hebben ook twee mannen gevonden die gitaar kunnen spelen om te zorgen dat ze niet vals zingen, en iemand is hard aan het werk om uniforms voor ze te maken. Ze gaan zingen als de kerstman arriveert en tijdens de managersborrel.

'O, ja,' zegt Jean-François. 'We kunnen dit jaar geen roze Dom Pérignon voor de managersborrel krijgen.'

'Wat is dat toch met roze Dom?' zeg ik. 'Het lijkt wel alsof ze de boel expres voor ons versjteren. We hebben al een week niets binnengehad.'

'We hebben helemaal geen roze bubbels gehad,' klaagt Marco. 'Zo maak ik goddomme nooit winst. Iedereen weet dat je je blauw betaalt aan roze champagne.'

'Ik weet het,' beaam ik.

'Ik weet niet wat er aan de hand is,' zegt Jean-François schouderophalend. 'We kunnen altijd nog roze Cristal nemen.'

'Niet voor 3.900 dollar per fles,' dring ik aan.

'Maar we krijgen ze voor 1.000 dollar.'

'Dat is nog steeds veel te veel,' zeg ik. 'Je moet niet overdrijven.'

De lijn tussen te ver gaan en de gasten tevreden te houden is erg dun. Sommige gasten komen niet voor niets van de andere kant van de wereld, ze willen de feestdagen ontvluchten. En dus moeten we oppassen om het niet al te kerstachtig te maken, voor het geval dat ze op hun zenuwen werkt. We zijn altijd aan het discussiëren waar de kerstbomen moeten staan die we vanuit Singapore laten invliegen. We hebben er drie van 3.850 dollar elk, en willen er dus zo veel mogelijk plezier aan beleven. Iedereen zegt dat we er een bij de receptie moeten zetten. Er is een uitstekende plek bij de pagode, waar je over het eiland naar zee kijkt. Maar ik denk dat niemand erop zit te wachten om zodra je voet op het eiland zet een kerstboom te zien. Je hebt net het kerstfeest van kantoor achter de rug, je hebt afscheid genomen van je personeel, hebt vijftien uur in het vliegtuig gezeten en ziet bij aankomst een dertig meter hoge den. Dan maak je toch meteen rechtsomkeert?

Maar er zijn ook gezinnen die hier naartoe komen omdát het Kerstmis is en cadeautjes willen hebben voor hun kinderen. We gaan voor ze winkelen in Singapore, laten alle cadeaus invliegen, pakken ze in en zetten er hun naam op. We kopen geen speelgoedgeweren, geen waterpistolen, geen trommels; geen geschenken die lawaai maken. Alleen maar schattige knuffeldieren en poppen. We hebben overal aan gedacht. Zoals je kunt zien, verdienen we die kersttoelage dus echt.

Maar oud en nieuw is de klapper, zo herinner ik mijn personeel er tijdens de vergadering aan. Dit jaar hebben we een enorm feest bij het zwembad gepland, met duizend kaarsen, een rode loper die ernaartoe leidt en honderden paarse en witte satijnen kussens over het strand verspreid. Als je uit het golfkarretje stapt boven aan het met rode touwen afgezette gebied is er de gelegenheid een foto te laten nemen van jezelf en je gezin, die uiteraard de volgende dag ingelijst bij je kamer wordt afgeleverd. Iedereen is zo verstandig notities te maken als ik de lijst afvink. Dan is er nog de drank. Het moet gewone Moët zijn met het tempo dat het hier wordt genuttigd, maar ik hoop dat Jean-François ook wat Dom kan bestellen. Dan serveren we hapjes, kaviaar, oesters en foie gras, gevolgd door een bescheiden buffet met kreeft en de gebruikelijke gerechten. Om tien uur 's avonds zullen boten vol vuurwerk de baai in varen. Rond kwart over elf delen we hoedjes en knalvuurwerk uit, om te voorkomen dat de gasten het te vroeg afsteken, en om middernacht volgt een vuurwerkvertoning van acht minuten. Tenminste, dat is de bedoeling. Ik laat het niet invliegen, zoals vorig jaar. Ik hoop dat het nu allemaal op een container zit op een boot vanuit Thailand. Na het vuurwerk zal dj Andy, zo heeft hij beloofd, een muziek-en-lasershow geven bij het zwembad. Hij zegt steeds dat hij het gaat regelen en ik vraag hem steeds om een keer proef te draaien. Maar op de een of andere manier heeft hij daar nog geen tijd voor gehad.

'Dus jij en dj Andy moeten echt een keer proefdraaien,' stel ik voor.

'Dat is prima,' zegt Hori, terwijl hij notities maakt.

'Zorg dat alle Dom arriveert,' zeg ik tegen Jean-François. 'En dat we genoeg foie gras en kaviaar hebben voor de feestdagen, want we zullen niet de enigen zijn die dat willen eten. De gasten bestellen het in die periode om de haverklap.'

'Tuurlijk,' zegt Jean-François.

'En zitten we vol?' vraag ik Garry.

'Tot de nok,' zegt hij. 'Ik zit te wachten tot iemand me omkoopt!'

'Iedereen weet dus wat hem te doen staat?'

'Eh, ik heb het niet zo heel druk,' bekent Bernard. De hele kamer kijkt hem aan alsof hij gek is.

'Je kunt helpen met het organiseren van het zingen,' stel ik voor.

'Daar ben je vast goed in,' zegt Marco met een knipoog. 'Ik heb je 's avonds laat in de bar gehoord.'

Nu de kerst en oud en nieuw zijn geregeld, ren ik de vergadering uit om meneer Antonov en zijn gezin naar hun privévliegtuig te begeleiden. We staan in de receptie en ik schud hem de hand. Hij is bijzonder enthousiast over zijn verblijf. Hij vertelt me hoezeer hij heeft zich geamuseerd en hoe zijn vrouw en kinderen hebben genoten van het eten en de watersporten. De zonsondergangcruise van gisteravond op zijn jacht ter waarde van 40.000 dollar was perfect. Dan haalt hij zijn attachékoffer tevoorschijn en zet die op de receptiebalie.

Hij rommelt er even in en haalt dan een stapel enveloppen tevoorschijn. Hij vraagt om de namen van de mensen die voor hem hebben gezorgd en overhandigt 500 dollar voor Bernard en 200 dollar voor ieder van de bedienden. Hij geeft zijn villagastheer 2.000 dollar en geeft me vervolgens een enveloppe met daarin 4.000 dollar. Ik weet hoeveel iedereen krijgt omdat hij de bedragen op de enveloppen heeft gezet. Ik vertel hem nadrukkelijk dat het niet nodig is om ons zo gul te belonen, maar hij lijkt me niet te horen. Dan reikt hij opnieuw in zijn attachékoffer en geeft me een klein doosje. Ik moet zeggen dat ik me lichtelijk gegeneerd begin te voelen. Ik heb me nauwelijks in bochten gewrongen om de man tegemoet te komen. Het enige wat hij me heeft gevraagd, was een jacht te regelen en zelfs dat heb ik bijna verprutst.

'Ik meen het, meneer Antonov, dit is echt niet nodig.'

'Kom op,' zegt hij met een wegwuivend gebaar. 'Als we altijd alleen maar dingen deden die nodig waren, zou het leven doodsaai zijn.'

'Nou, dank u wel,' zeg ik.

'Nee, dank u,' zegt hij knikkend. 'We hebben verschrikkelijk genoten.'

'Dat doet me deugd,' zeg ik. Ik doe het doosje open. Jezus mina! Het is een horloge van Patek Philippe, van zo'n 10.000 dollar. Dat weet ik omdat een van de vele dingen die je in dit vak leert, het herkennen van horloges is. Breitlings zijn er dertien in een dozijn, behalve het soort dat meneer Georgi draagt; dan zijn het een mooie dertien in een dozijn. Een IWC betekent dat de drager stijl heeft. Een Rolex betekent dat hij dat niet heeft. Ik heb talloze Sector-horloges gekregen van rond de 800 dollar per stuk, ik heb een doos met zo'n vijftien horloges die ik het afgelopen jaar cadeau heb gekregen. Maar zoiets prachtigs heb ik nog nooit gehad.

'Bevalt het?' vraagt hij.

'Of het bevalt?' vraag ik. Mijn ogen zijn groot van opwinding, mijn mond hangt open van begeerte. 'Het is prachtig.'

'Ik ben blij dat u er blij mee bent,' zegt hij, driftig knikkend. 'O, ik wilde u nog even iets vragen.'

'O, ja?' zeg ik, en ik kijk naar het horloge.

'Mijn vrouw, mijn kinderen en ik; we willen terugkomen.'

'Geweldig,' zeg ik glimlachend.

'Met Kerstmis,' zegt hij.

'Kerstmis?' Mijn stem stijgt minstens een octaaf.

'Deze Kerstmis.'

'O,' zeg ik luchtig glimlachend. 'Ik weet zeker dat we u wel ergens tussen kunnen passen.'

Zaterdag, zonsondergang

Ik sta met een brede, stijve glimlach op de aanlegsteiger om meneer Antonov en zijn gezin uit te wuiven. Ik ben erg gevoelig voor dure horloges, en heb mijzelf en het hotel in een lastig parket gebracht, om het mild uit te drukken. Ik heb geen idee wat me bezielde toen ik tegen de man zei dat we hem over zes weken kunnen ontvangen. Ik was tijdelijk verblind door een prachtig gemaakt uurwerk en ik weet niet wat me mankeerde. Bovendien is de man duidelijk een slimme gozer. Hij zou niet het grootste gedeelte van alle aluminium in Siberië in handen hebben als hij niet wist hoe hij mensen moest manipuleren. Dus op weg naar kantoor bel ik Garry en vraag hem direct te komen.

'Wát heb je gedaan?' vraagt hij en hij loopt de deur door. Op de een of andere manier schitteren zijn gebruinde huid en witte tanden minder dan normaal.

'Het spijt me.' Ik haal mijn schouders op. 'Ik kon het moeilijk weigeren.'

'Nou, dan moet je volgende keer beter je best doen,' zegt hij, terwijl hij de enorme boekingsformulieren voor de kerstperiode erbij pakt.

'Het is een klein wereldje,' voegt hij eraan toe. 'En soms zeer effectief.'

'Het spijt me heel erg,' zeg ik, en ik sta op van mijn bureau om over zijn schouder mee te kijken. 'Hebben we ergens een plekje?'

'Als we plek zouden hebben, zou ik mijn werk niet goed doen, nietwaar?' zegt hij op sarcastische toon. 'Het is de drukste tijd van het jaar. Als ik dit hotel niet vol krijg met kerst, kan ik net zo goed helemaal uit mijn neus gaan zitten vreten.'

'Juist, ja,' zeg ik, en ik kijk naar de verzameling blauwe, groene, paarse, rode en gele strepen. 'Wat betekent dit allemaal?'

'Donkergroen betekent geboekt zonder aanbetaling; paars is betaald door agenten; geel betekent luxe touragenten; donderblauw is direct geboekt, bevestigd en geheel betaald; en roze is geboekt door agenten zonder aanbetaling.'

'Wat is turkoois?'

'Pers.'

'Prima, dan gooien we de pers eruit.'

'Als je het overzicht bekijkt, zie je de villanummers links staan en de data daarboven. Er is geen turkoois geboekt met kerst.'

'O.'

'Zeg dat wel ja: o...' Garry loopt met zijn vinger langs het overzicht en mompelt in zichzelf. 'We willen niet aan de standaardgasten komen,' zegt hij.

Daar heeft hij gelijk in. We zijn dol op zogenaamde standaardgasten. Dat zijn gasten die zonder morren het volle tarief van 2.000 of 6.500 dollar per nacht neerleggen. Ze hebben via een van onze agenten geboekt en hebben geld, geven fooien en boeken vermoedelijk een zandbank, een barbecue of iets anders heerlijk lichtzinnigs. Ze zijn dol op lekkere wijn en hun kinderen doen zich te goed aan de bolletjes chocolade-ijs van Valrhona van zes dollar per stuk.

Minder happig zijn we op gasten die via reisbureaus boeken. We brengen hen de kostprijs min 25 procent in rekening, dat hun reisagent inpikt om zo enige winst te maken met de transactie. Het idee is dat de reisagent het hotel vol boekt en wij hen korting bieden op de kamers. Soms is het echter goedkoper voor de cliënt om direct via ons te boeken. Er zijn talloze lastminutedeals en aanbiedingen. Als je direct bij ons komt, bieden we je de kostprijs min 10 procent; soms gaan we zelfs tot min 25, als we met veel lege villa's zitten. Natuurlijk hebben we liever gasten dan lege stranden en niemand die onze champagne drinkt. Maar aanbiedingen zijn uiteraard seizoensafhankelijk.

'Hoe zit het met deze meneer?' vraag ik.

'Nee,' zegt Garry. 'Hij is een van de honderd rijkste mannen ter wereld.'

'Hoeveel villa's heeft hij precies?'

'Twaalf,' zegt hij. 'Sommige zijn voor de bodyguards. Eén is voor zijn arts. En dan zijn er nog zijn babysitters.'

'Kunnen we de bodyguards niet op Fantasy Island zetten?'

'En hoe gaan ze hem vanaf daar dan beschermen?'

'Er kan hem hier niets gebeuren,' zeg ik. 'We zitten verdomme totaal geïsoleerd.'

'Dat weten jij en ik, maar hij doet zonder hen geen oog dicht. Net als Wayne Rooney en zijn föhn. Misschien heeft hij het geluid van hun gesnurk nodig om in slaap te vallen. Ik weet het ook niet? Daar!' zegt hij plotseling, wijzend naar een roze streep. 'Als we hem één keer verplaatsen tijdens zijn verblijf, lukt het.'

'Kunnen we niet iemand anders verplaatsen?'

'Vast wel,' zegt hij, turend naar het overzicht.

'Kijk, we hebben een reisagent, maar geen aanbetaling. Hier! Ongelooflijk.'

'Welke reisagent?'

'Geen idee. Elegant Travel, Sunfinders, wat maakt het uit? Als ze niet hebben betaald, dump ik ze! Vrolijk kerstfeest!'

'Je bent geweldig!' zeg ik, terwijl ik Garry een flinke klap op zijn rug geef.

'Weet ik toch,' zegt hij, en hij wijst naar me met zijn vinger. 'En waag het niet dat nog eens te doen.'

'Ga er maar van uit dat ik naar behoren ben gewaarschuwd.'

'Meneer Antonov,' zegt Garry, over de roze streep schrijvend. 'Wat heb je van hem gekregen?'

'Gekregen?'

'Ja,' zegt Garry.

'Hoe bedoel je?'

'Een horloge? Geld? Een villa in Zuid-Frankrijk?'

'Doe niet zo gek,' zeg ik, en ik loop het kantoor uit. 'Hij vroeg het gewoon aardig.'

'Ja, ja,' snoeft hij. 'En de tieten van Posh zijn echt.'

'Geloof maar wat je wilt.'

'O, trouwens,' zegt hij. 'Vanavond is toch het FLAG-programma?'

'Shit, is dat zo?' vraag ik, terwijl ik stilsta en me omdraai.

'Dat staat er tenminste op mijn reserveringsoverzicht.'

We hebben het *Feel Like A Guest* (Voel je een gast) of FLAG-programma bij wijze van traktatie voor het personeel ontwikkeld. Het is bedoeld om ze te laten zien hoe het is om een gast te zijn in het hotel en hoe het eruitziet vanuit hun perspectief. Het is ook iets om naar uit te kijken op een eiland waar maar weinig te beleven is als je eenmaal de hasj hebt geroken en aan Melinda hebt gesnuffeld. Het is niet zo vreemd dat we een heroïneprobleem hebben gehad, er laatst een opstand was en er steeds personeelsleden worden ontslagen omdat ze hebben gevochten. Maar goed, FLAG is een extraatje dat we aanbieden om iedereen wat meer gefocust te houden. Al moet ik zeggen dat het niet zonder problemen verloopt. Een paar villagastheren hadden een paar weken geleden een FLAG-avond en maakten daar grof misbruik van. Ze checkten in bij de receptie als echte gasten en werden toen naar een villa gebracht, waar ze vervolgens de minibar leegdronken en een feestje bouwden. Maar in plaats van het subtiel aan te pakken, nodigden ze al hun vrienden uit en maakten er een potje van.

We hebben het erover gehad om het programma geheel af te schaffen. Maar toen gingen een paar middelmanagers klagen. Ze wezen erop dat het niet eerlijk was dat zij werden gestraft voor het wangedrag van anderen en dat ze een kans wilden krijgen. Het is niet dat ze nooit konden ruiken aan de glamour van het hotel. Leidinggevenden en assistent-afdelingshoofden – onder wie bijvoorbeeld mensen als Connie, de yogalerares – mogen, afhankelijk van hun positie, een of twee keer per week uit eten. Ze mogen uit alle drie de restaurants kiezen en er zit een glas frisdrank of wijn bij de maaltijd inbegrepen. Alles wat ze verder bestellen, krijgen ze voor de helft van de prijs. Dus ze krijgen wel extraatjes. Maar de FLAG-avond is duidelijk bijzonder en iets om naar uit te kijken.

'Wie heeft er vanavond allemaal FLAG-avond?' vraag ik.

'Dat weet ik niet precies,' zegt Garry. 'Maar Keith in elk geval wel.'

'Keith?'

'Ja, hij heeft z'n gewichten ingepakt en maakt extra biltong voor de gelegenheid.'

'Notitie voor mijzelf,' zeg ik. 'Niet nodig om langs te gaan.'

'Ja,' beaamt Garry.

'Zie ik je straks?' vraag ik.

'Hoe kan ik dat nu weerstaan?' zegt hij. 'Het is het hoogtepunt van mijn week.'

Zaterdagavond is discoavond op het eiland en is treurig genoeg voor de meesten van ons het hoogtepunt van onze week. Elke week zeggen Kate en ik dat we niet gaan en elke week zijn we er weer, op het strand met alle dronken gasten die zich misdragen. We gaan voornamelijk omdat zaterdagavond voor mij een belangrijke sociale functie heeft. Er is altijd wel een miljonair, miljardair, magnaat of beroemdheid die vermaakt moet worden en vanavond is geen uitzondering. Het was ofwel meneer Georgi ofwel de sjeik die een strandbarbecue zou krijgen, en aangezien de sjeik er gisteravond een heeft gehad en nog een paar dagen blijft, ontvangen Kate en ik meneer Georgi vanavond in ons prachtige huis. Ik ga langs de boetiek om Kate op te halen. We hebben ongeveer een halfuur voor meneer Georgi, zijn vriendin, broer en de partner van zijn broer arriveren, en we moeten nog douchen en minstens twee glazen Dom achteroverslaan om in de stemming te komen.

Kate is net aan het afsluiten als ik binnenloop.

'Jezus,' zegt ze. 'De über-Desperate Housewives waren hier net. Ze hebben hier een halfuur rondgedrenteld en hebben van alles staan passen.'

'Wie dan?'

'Monica en Alison,' zegt ze zuchtend. 'Weet je dat ze hier hadden afgesproken? Ze vertelden dat ze elkaar hadden gebeld en hadden besloten te gaan winkelen.'

'Maar er is hier maar één winkel!'

'Weet ik. Maar ze hebben vanmiddag allebei hun haar en nagels laten doen in de spa.'

'Echt? Ik dacht dat ze helemaal vol zaten,' zeg ik. 'Ik moet Geri daarover aanspreken.'

'Naar het schijnt drong Monica aan en heeft Geri een behandelkamer voor ze gevonden.'

'Ze zal wel pissig zijn.'

'Woedend,' zegt Kate, terwijl ze de laatste bonnetjes aan elkaar niet.

'God, wat is het hier koud, zeg,' zeg ik, rillend. 'Hoe laag staat de airco?'

'Zo laag mogelijk,' zegt ze. 'Het is de enige manier om wakker te blijven.'

'Wat zeiden de Desperate Housewives nog meer?' vraag ik, terwijl ik de zware, glazen deur voor haar openhoud. We worden verwelkomd door een warme wind.

'God, wat is het warm,' zegt ze. 'Soms zit ik zo lang in die koelkast dat ik vergeet dat ik op een tropisch eiland zit en bikini's verkoop. Ik zou net zo goed in een winkelcentrum in Melbourne kunnen zitten.'

'Wat zeiden de Desperate Housewives?' vraag ik opnieuw en ik sla mijn arm om haar dunne schoudertjes, in een poging haar wat op te vrolijken. Kate is altijd lichtelijk gedeprimeerd aan het eind van de week. Liz Hurley teenslippers verkopen was niet bepaald haar toekomstdroom toen ze drie jaar lang toerisme studeerde in Sydney.

'O,' zegt ze. 'Ze hebben koffie gedronken in de bar en bij Alison thuis geluncht, waar het zoals gewoonlijk een uur duurde voor de roomservice kwam. Maar goed, ze verheugen zich erg op de disco van vanavond.'

'Echt waar?'

'O, ja,' zegt ze glimlachend. 'Het is het hoogtepunt van hun week.'

'Echt?'

'Ja. Ze hebben speciaal nieuwe kleren gekocht en zo.'

'Mooi zo,' zeg ik, terwijl ik het golfkarretje keer.

'O, wil je me er morgen aan herinneren dat we nieuwe kaftans moeten bestellen? Ze vlogen vandaag de winkel uit.'

Twintig minuten later is Kate een stuk vrolijker. Ze heeft gedoucht en champagne gedronken en kijkt vanuit een hangmat toe hoe de zon achter Fantasy Island zakt. Het barbecueteam heeft het huis getransformeerd. Er staan fakkels in het zand, er liggen tapijten op het strand en de salade- en desserttafels staan klaar, en vlak bij zee is er een tafel voor zes mensen gedekt. We hebben linnen tafellakens, wijnglazen van geslepen kristal en een kandelaber. Er liggen wagyu en kreeft klaar om op de hete kooltjes gelegd te worden, wijn en champagne koelen op ijs en we worden er beiden aan herinnerd dat er slechtere manieren zijn om je brood te verdienen. De lichtjes op Fantasy Island schitteren aan de overkant van de zee en de maan komt op als meneer Georgi, zijn vrouw Yulia, zijn broer Dimitri en diens vrouw/partner/speciale vriendin, die meestal Natasha heet, arriveren. De vrouwen zijn in avondkleding en dragen strakke japonnen, hoge hakken en diamanten, terwijl de mannen eerder gekleed zijn voor een barbecue op het strand. Ik neem aan dat als je er voor je werk en je brood altijd goed moet uitzien en interessant moet blijven voor je man, je verplicht bent je haar te föhnen en ongemakkelijke kleding te dragen. We wisselen beleefdheden en nieuwtjes uit. Meneer Georgi blijkt te hebben gedoken en lijkt de helft van al onze boten te hebben gehuurd voor zijn gezellige uitje. Terwijl hij vertelt over de reeks boten die achter hem aan voeren en de bijzondere vissen, schildpadden en roggen die hij heeft gezien, bereken ik in gedachten dat hij in één middagje zo'n 19.000 dollar heeft uitgegeven.

'Wat zal dat fantastisch zijn geweest,' zegt Kate enthousiast.

'Ach,' zegt hij schouderophalend. 'Ik heb op de Malediven mooiere vissen gezien.'

'O.' Ze glimlacht. 'We doen ons best.'

'Ja,' stemt hij in. 'Misschien is het wel het broeikaseffect. Maar jullie hebben gewoon niet zoveel verschillende soorten.'

'Dat zou kunnen. Maar jullie hebben een heerlijke dag gehad, en daar gaat het om,' zeg ik. 'Zullen we gaan eten?'

Het diner bestaat uit vijf gangen, met bij elke gang een andere wijn of champagne. Er zijn, naast de gebruikelijke kreeft en biefstuk, voorgerechten, salades, desserts en kazen. Na de maaltijd slaat Dimitri vso cognac achterover en boert luid en zien de dames er ietwat verlopen en nog ongemakkelijker uit in hun strakke jurk, en zijn Kate en ik ladderzat. Als je na een week in de veeleisende dienstensector grote hoeveelheden alcohol nuttigt, ga je vanzelf denken dat een dansje tijdens dj Andy's stranddisco een geweldig idee is.

'Dansen? Dansen? Dansen? Dansen?' vraagt Kate aan ieder van de gasten.

'Geweldig,' stemt meneer Georgi in. Ik vermoed dat hij weleens een uitstekende danser zou kunnen zijn. De vrouwen zijn al even enthousiast. Alleen Dimitri moet van zijn hoge strandstoel worden gehaald en het strand worden opgetrokken. Uiteindelijk doet de verlokking van tequilacocktails het hem. De wijn en de cognac zijn niet goed gevallen, zegt hij en hij moet iets sterkers drinken om zijn maag weer tot rust te brengen.

Ik rij dronken met het golfkarretje naar restaurant de Lotus – met een van de rijkste mannen op het gebied van diepvrieskippen, en heel Rusland – achterop. Hij en zijn vrouw lachen en roepen en doen alsof ze van het golfkarretje vallen, terwijl Dimitri en Natasha voorin naast Kate en mij tegen elkaar aan gedrukt zitten.

Het is volkomen tegen de regels, maar aangezien ik de baas ben en de wet bepaal op het eiland, trek ik me er niets van aan. We parkeren voor het restaurant en vallen uit het golfkarretje. We banen ons een weg langs de andere golfkarretjes en lopen naar de enorme draken, theelichtjes en de Chinese lantaarns. De funky muziek schalt door de luidsprekers en er zijn behoorlijk wat mensen, wat tamelijk ongebruikelijk is. Op de meeste zaterdagen moeten Kate en ik bij klassieke dansnummers als 'YMCA' of 'It's Raining Men' met de voetjes van de vloer voor iemand anders het zand op schuifelt. Maar vanavond zijn er genoeg stomdronken gasten die zich in allerlei bochten wringen om dj Andy bereid te krijgen wat van zijn meer eclectische nummers te draaien. En, jongens, wat ziet hij er tevreden uit; ik kan zijn benepen glimlach vanaf hier zien. Hij staat zichzelf zelfs toe met zijn armen boven zijn hoofd te zwaaien om de menigte op te peppen.

Ik kijk om me heen naar de mensen in het strandrestaurant en glimlach. Dit is zo'n moment dat het ontwerp van dit restaurant goed werkt. Het is een ideale avond, er staat amper een zuchtje wind en overal liggen rijke mensen op kussens cocktails te drinken, sigaretten te roken, op sigaren te kauwen en zich prima te vermaken. In deze tijd van het jaar zijn zaterdagavonden een feest. In april, als Kate, ik en drie pasgetrouwde Japanse stellen dansen op 'Say You, Say Me', zou ik het liefst van een hoog gebouw springen. Als er een hoog gebouw zou zijn.

Meneer McCann verschijnt met zijn schare schoonheden, die zich als elegante decoraties over de disco verspreiden. Hij bestelt vier magnums Cristal en nodigt iedereen uit met hem mee te drinken. Om zich niet de loef te laten afsteken, doet meneer Georgi hetzelfde, alleen bestelt hij er zes en verschijnen er plotseling nog meer managers uit allerlei hoeken en gaten. Ben verschijnt en ziet er niet echt geschikt uit voor een avond in de personeelsbar. Zijn gezicht is bezweet en rood en pafferig. Zijn ogen staan dof van de alcohol.

'Hallo daar,' zegt hij. Hij klakt met zijn tong en probeert subtiel te knipogen. Zijn hele gezicht doet mee. 'Dit is dus de befaamde zaterdagavond. De grote avond.'

'Inderdaad,' zeg ik. Ik sta aan de bar, en kijk toe hoe twee van de meisjes van meneer McCann op indrukwekkende wijze met elkaar lapdansen.

'Is dit alles?' vraagt hij.

'Wat bedoel je?'

'Gebeurt er verder niets?' Hij praat met dubbele tong.

'Wat wil je dan dat er gebeurt?'

'Kweenie.' Hij boert. 'Maar dit lijkt wel een schooldisco.'

'Ik kan me niet herinneren dat die twee bij mij in de klas zaten.' Ik knik naar de twee meisjes die nu in elkaar verstrengeld zijn en op het punt staan elkaar te zoenen.

'Nee!' zegt Ben, en hij neemt het tafereel in zich op. Zijn mond valt langzaam open. 'Die zijn afgetraind.'

'En duur.'

'En elke cent waard.'

Ben en ik staan nu regelrecht te staren. Het is pathetisch. Twee volwassen mannen die een stel mooie meisjes staan aan te gapen die zich staan uit te sloven. Of zich vervelen. Of misschien willen ze gewoon de aandacht trekken van de man die hun verblijf betaalt. Het is vast irritant om zo mooi te zijn en er geen enkele man aandacht aan je besteedt. Geen wonder dat ze hun toevlucht nemen tot elkaar.

'Loop niet zo te kwijlen,' zegt Kate, die naar ons toe komt

bij de bar. Ze duwt mijn mond dicht met haar hand. 'Jullie lijken wel een stel schooljongens.'

'Grappig dat je dat zegt' zegt Ben. 'Want zo voelen we ons ook.'

'Nou, ja,' antwoordt Kate, terwijl ze haar glazen fluitje bij een langskomende magnum Cristal houdt. 'Ik kan het jullie niet kwalijk nemen. Ze zijn bloedmooi. Ik zou bijna met ze meedoen.'

'O, niet doen,' zeg ik. 'Dat beeld kan ik niet aan.'

'Kijk daar eens,' zegt Ben, en hij wijst naar de andere kant van de dansvloer. 'Zie ik dubbel of is dit echt?'

'O, dat is echt,' zegt Kate glimlachend. 'Ik heb ze die betoverende ensembles vanmiddag verkocht.'

Aan de andere kant van de dansvloer, te midden van de kronkelende lichamen en de lesbische striptease, staan Alison en Monica, identiek gekleed. Dat zou niet zo vreemd zijn als ze witte T-shirts aanhadden, maar ze dragen allebei felroze en geel gestreepte kokerjurken van Juicy Couture. Alison, die de langste en het hipste van het stel is, komt ermee weg. Net. Monica, die klein, breed en niet meer de jongste is, ziet eruit als een wandelende tent. Vreemd genoeg lijkt geen van beide vrouwen zich te generen. Het lijkt haast alsof ze willen benadrukken dat ze tot een club behoren die hen van de rest van de menigte onderscheidt.

'Nieuwe jurk?' zeg ik, terwijl ik op Alison af loop.

'Ja.' Ze glimlacht, en strijkt verleidelijk over haar buik. 'Wat vind je ervan?'

'Geweldig,' zeg ik. 'Net als die van jou.' Ik glimlach naar Monica.

'Ja, hè?' zegt ze. 'Wat vind je van ons grapje?'

'Hilarisch!'

'Toch?' zegt Monica. 'We zijn er de hele dag mee bezig geweest.'

'Heb je het druk?'

'O,' zegt ze, hoofdschuddend. 'Weet je, ik heb tegenwoordig gewoon geen moment meer voor mezelf. En die arme Alison heeft niet eens tijd om te schilderen.'

'Wat vreselijk,' zeg ik. 'Een fijne avond nog.'

Ik maak praatjes en drink. Praat en drink. Ik dans op Boney M en alle Russen gaan uit hun dak bij 'Kalinka'. Het is zo'n vrolijk deuntje dat de kozak in ieder van ons naar boven brengt. Ik kijk om me heen en iedereen lijkt het naar de zin te hebben. Ik geloof dat ik met goed fatsoen kan vertrekken. Ik loop naar Kate en fluister in haar oor. We knijpen er stiekem tussenuit en laten meneer Georgi verstrengeld met zijn vrouw achter op de dansvloer terwijl zijn broer vlakbij bewusteloos op de vloer ligt.

De sterren staan aan de hemel, de maan schijnt en het is een prachtige, romantische avond. Als ik het golfkarretje behoedzaam naar huis slinger, legt Kate haar hoofd op mijn schouder. Op dit soort momenten voel ik me heer en meester van dit wonderlijke pretpark voor miljonairs.

De villa is donker als we ons voorzichtig een weg naar de voordeur banen. Ik kijk op mijn nieuwe horloge en zie in het maanlicht dat het halfdrie is. We staan voor de villa en zoeken naar de sleutel. Ik weet de deur open te krijgen, maar voor ik naar binnen kan gaan, pakt Kate mijn hand.

'Laten we het op het strand doen,' zegt ze. Haar ogen schitteren ondeugend. De champagne is haar duidelijk naar het hoofd gestegen.

'Nou, ik weet niet of...' aarzel ik.

'Kom op,' zegt ze. 'Er is toch niemand.'

'Maar ik...'

'O, kom nou,' dringt ze aan en ze trekt me mee naar het strand. 'Jij bent de baas. Niemand kan jou op je kop geven.'

Ze rent over het strand, trekt haar witte jurk uit en loopt in haar ondergoed de zee in. Het licht van de maan schijnt op haar rug en danst op haar schouderbladen. Ik loop achter haar aan naar de branding en trek mijn linnen overhemd en mijn broek uit. Ik heb alleen mijn Calvin Klein-onderbroek aan, en waad achter haar aan. Ze is haar slip ergens in de branding verloren en probeert die van mij uit te trekken. Ik voel haar koude, natte borsten tegen mijn borst en haar harde, platte buik tegen de mijne. Ze kust mijn lippen en ik proef zout water en champagne. Ik pak haar blote billen beet en ze gooit mijn onderbroek in het water. Ik kus haar lippen en laat mijn handen over haar naakte lichaam gaan als ik in de verte een telefoon hoor rinkelen.

'Dat is onze vaste lijn,' zeg ik, met mijn lippen tegen haar open mond.

'Niet opnemen,' mompelt ze.

'Maar stel dat het belangrijk is?' vraag ik, terwijl ik me van haar wegtrek, maar haar schouders stevig vasthoud. Ik word verscheurd tussen de wens haar keihard te nemen in de branding en de angst over het telefoontje en kan amper ademhalen.

'Niet weggaan,' zegt ze, terwijl ze naar voren leunt voor een kus.

'O, verdomme,' zeg ik, en ik duw haar de zee in. Ik ren poedelnaakt met een enorme erectie het strand op naar de villa. Ik duw snel de schuifdeuren opzij en werp mezelf op het bed.

'Ja?' roep ik door de telefoon.

'Spreek ik met de manager?'

'Ja!'

'Ik ben de assistent van de sjeik...'

'Ja?' Ik kom net weer op adem. Mijn hart bonkt in mijn keel. Mijn erectie verdwijnt. 'Wat kan ik voor u doen?'

'Eh... het ligt nogal gevoelig...'

'Juist... Oké...'

'De sjeik heeft geen condooms meer.'

'Wat?'

'De sjeik heeft condooms nodig.'

'Maar het is halfdrie 's nachts!'

‘Dat bedoel ik.’

‘Ik bel u zo terug,’ zeg ik, en ik hang op. Klootzak, denk ik als ik het nummer indruk van de dienstdoende manager. Ik heb je mijn kaartje gegeven voor noodgevallen. Ik had er niet op gerekend dat je me zou bellen om me op de hoogte te stellen van het feit dat de sjeik van bil wil gaan.

Tegen de tijd dat ik de dienstdoende manager heb gesproken en hem heb verteld naar de boetiek te gaan en hem heb uitgelegd waar de condooms liggen en welke maat hij moet hebben – kingsize, uiteraard – is Kate uit het water gekomen en staat ze rillend van de kou, gewikkeld in een handdoek ijswater te drinken. Soms vraag ik me af of deze baan het echt allemaal waard is.

Zondagochtend

Normaal gesproken ben ik dol op zondag. Ik kan uitslapen en met mijn vriendin op het strand een nummertje maken en ontbijten. Ik loop de halve ochtend rond in mijn kamerjas en onderbroek. Ik kijk soms naar het nieuws, lees de krantenkoppen en probeer soms zelfs via Skype met wat oude vrienden bij te kletsen.

Maar vandaag loopt niets volgens plan. Ik heb al niet kunnen uitslapen omdat ik om zes uur vanochtend werd gebeld om een incident in het personeelsdorp op te lossen. En zo ging de vrijpartij ook aan mijn neus voorbij. Je begrijpt dus dat ik behoorlijk pissig ben tegen de tijd dat ik in het dorp aankom en ontdek dat Marco een golfkarretje in zee heeft gereden.

Naar het schijnt had hij na de disco van gisteravond en een paar gratis fluitjes Cristal zin in een enorm drankfestijn. Hij charterde Hans en Yoshiji en met zijn drieën sloegen ze een groot deel van Marco's geheime wijnvoorraad achterover, die hij kennelijk al enige tijd in zijn villa bewaart. Hoe dan ook, ze verveelden zich duidelijk en stalen Antonio's golfkarretje om er met volle snelheid mee door het personeelsdorp te scheuren. Ze hadden ermee weg kunnen komen als Hori niet op was geweest omdat hij met een team ingenieurs een gebroken waterleiding moest repareren. Ze kwamen met veel geschreeuw en gejoel aangescheurd door het opspattende water, wat het team uiteraard zeer irriteerde. Hori hield het golfkarretje tegen en beval ze alle drie naar bed te gaan. Hans en Yoshiji gingen vreemd genoeg samen naar bed en Marco leek te gehoorzamen, maar ontsnapte vijf minuten later uit zijn kamer en reed weg in het golfkarretje. Hori maakte toen het golfkarretje onklaar en zette bewakers voor Marco's villa. Ze vertrokken na tien minuten, in de veronderstelling dat hij sliep. Maar Marco kwam weer tevoorschijn, stal Hori's golfkarretje en reed ermee weg, recht door de gebarsten waterleiding naar het strand en zo de zee in.

Op dat moment werd ik gebeld, en was mijn zondagochtend naar de klote.

Ik praat bijna een uur lang met Marco, Hans en Yoshiji. Marco en Hans beweren dat Yoshiji met het idee kwam het golfkarretje te stelen en er als een stel idioten dronken mee over het eiland te rijden. Het is zijn laatste avond hier, omdat hij en Angela vanavond vertrekken om een nieuw leven te beginnen in Japan. Hoewel het me een raadsel is waarom hij zijn laatste nacht doorbracht in de armen van Hans. Marco geeft toe dat hij het golfkarretje de zee in heeft gereden, wat heel grootmoedig van hem is, en hij krijgt weer een geschreven waarschuwing. Hij heeft er inmiddels twee. Nog één en hij moet vertrekken, wat jammer zou zijn, want ik mag hem wel. Bovendien doet hij zijn werk goed. Het is normaal dat sommeliers een voorliefde hebben voor hun eigen voorraad, maar bij Marco lijkt die wel erg sterk te zijn. Het alcoholisme is behoorlijk hoog in dit wereldje. De meesten van ons zijn functionerende alcoholici, in de zin dat er zelden een dag voorbij gaat dat we niet iets te veel drinken en het bijna nooit voorkomt dat we een dag niet drinken. Maar op het moment dat je niet meer functioneert; dat je de kater niet meer de baas bent en je golfkarretjes ter waarde van 24.000 dollar de zee in rijdt, is het mis.

Marco staat in mijn kantoor. Hij komt zo onder de douche vandaan, zijn haar is gewassen en gekamd en hij kijkt erg schuldbewust. Hij vertelt dat het zijn afscheid was aan Yoshiji en zijn vertrek hem erg aan het hart gaat. Ik wist eerlijk gezegd niet dat ze ooit met elkaar hadden gesproken. Hij is de onschuld zelve en zegt dat het hem vreselijk spijt, niet weet wat hem bezielde en het nooit meer zal gebeuren.

Hij weet me bijna geheel in te palmen. Totdat ik naar hem toe loop om hem de hand te schudden en hij naar zweet en alcohol blijkt te stinken. Ik zal hem goed in de gaten houden, nog één zo'n geintje en hij zit op de boot voor hij de halve wijnkelder in zijn koffers kan stoppen.

Als ik terugkom in de villa zwijgt Kate tegen me. Bij wijze van protest heeft ze niet gewacht tot ik terug was van kantoor om ons gebruikelijke zondagse ontbijt te bestellen. Ze heeft haar fruitsalade en pain au chocolat allang op, en mijn twee gebakken eieren liggen in de zon droog en hard te worden. De boter is zacht, de koffie is koud en de geroosterde boterhammen zijn net sponzen. Het is tijd om mijn excuses aan te bieden.

'Het spijt me,' zeg ik.

'Het is je vrije dag,' antwoordt ze. 'Kunnen we nou nooit samen zijn?'

'Ik kan er ook niets aan doen.'

'Dat kun je wel,' zegt ze, opkijkend van haar *Hello!* van vorige maand. 'Zeg gewoon dat je geen dienst hebt en het niet jouw verantwoordelijkheid is.'

'Maar het is wél mijn verantwoordelijkheid. Ik ben de manager. Ik run dit hotel. Ik ben overal verantwoordelijk voor.'

'Zo onmisbaar ben je goddomme heus niet, hoor,' zegt ze, terwijl ze van haar stoel opstaat en naar haar hangmat toe loopt. 'Ze kunnen je zó ontslaan.' Ze knipt met haar vingers.

'Misschien is dat ook juist waar ik bang voor ben,' zeg ik, en ik ga voor mijn gestolde ontbijt zitten. Ik snij de eieren doormidden. Het eigeel loopt over het bord. Wat zou het ook, denk ik, het is helemaal vanuit Duitsland ingevlogen, dus ik kan het net zo goed opeten. Ik pak een stukje koud, geroosterd brood, veeg het ei ermee op en duw het in mijn droge mond.

Mijn mobiel rinkelt op mijn bed.

'Dat is zeker weer een stel hielen die gelikt moeten worden,' schreeuwt Kate.

‘Ik ga niet opnemen,’ schreeuw ik terug. ‘Ik ben aan het ontbijten.’

‘Weet je het wel zeker?’ vraagt ze. ‘Misschien heeft de sjeik weer een condoom nodig.’

‘De winkel is open,’ zeg ik.

Mijn mobiel blijft rinkelen. Ik voel hoe mijn hart sneller klopt. Ik kijk naar het bed waar mijn telefoon ligt. Ik moet me uit alle macht inhouden om er niet naartoe te rennen om hem op te nemen. Uiteindelijk stopt hij met rinkelen.

Kate begint langzaam te klappen vanuit haar hangmat. ‘Bravo!’ zegt ze. ‘Die gast zoekt maar iemand anders om tegen te zeuren dat hij geen ontbijt heeft gekregen.’

‘Inderdaad,’ zeg ik en ik sta overdreven geeuwend op van mijn stoel. ‘Ik ga even douchen.’

‘Oké,’ zegt ze, bijzonder opgewekt. ‘Maak het niet te lang.’

Ik ga naar binnen en laat onderweg naar de douche mijn mobiel in mijn zak glijden. Ik check het schermpje om te zien wiens oproep ik heb gemist. Ben. Godzijdank, denk ik. Hij heeft een berichtje achtergelaten.

‘Hé, jongen,’ zegt hij. ‘Met Ben. Jezus, wat heb ik een kater. Mensen die beweren dat je geen hoofdpijn krijgt van goede champagne kletsen uit hun nek. Ik heb maar één fles gedronken van het favoriete drankje van de rapper en ik voel me klote. Maar goed,’ zegt hij gapend, ‘wat doen jullie hier ter ontspanning? Wat is hier op dit roteiland te doen op zondag? Ik verveel me. Bel me.’

‘Kate,’ zeg ik, terwijl ik het terras op loop.

‘Mmm?’

‘Misschien moeten we Ben vandaag uitnodigen.’

‘Ik vroeg me al af hoe lang het zou duren voor je je berichten zou checken,’ zegt ze. ‘Knap hoor, minder dan vijfenveertig seconden.’

‘Oké, duidelijk,’ zeg ik met een zucht. ‘Het spijt me. Maar ik kan er niets aan doen. Ik heb moeite met de zondag.

Ik vind het verschrikkelijk om uit de running te zijn. Ik vind het vreselijk dat ik niet weet wat er gaande is. Ik denk altijd dat alles in elkaar stort als ik er niet ben. Ik maak me zorgen. Ik maak me altijd zorgen. Ik kan er gewoon niets aan doen. Zo. Dan weet je dat ook.'

Kate klimt uit haar hangmat en komt naar me toe. Ze kust me op mijn voorhoofd.

'Dat heb ik altijd geweten,' zegt ze glimlachend. 'Ga nu maar douchen. Nodig die vriend van je uit en schiet op. We moeten onze wandeling nog maken voor de lunch.'

Elke zondagmorgen wandelen Kate en ik om het hele eiland. Het duurt ongeveer een uur en het is de enige keer dat ik het eiland vanuit het perspectief van de gasten zie. Ik neem pen en papier mee en noteer dingen die ik zie, en bespreek die maandagochtend tijdens de vergadering. Gek genoeg lijkt Kate zich niet te storen aan dit onderdeel van mijn dwangmatige gedrag. Misschien omdat ze zich er gewoon voor afsluit en van de wandeling geniet. Maar ik denk dat ze het vooral fijn vindt omdat het de enige keer is dat we ongestoord samen kunnen zijn en kunnen praten. We nemen vaak de roddels van die week door en bespreken waar we heen gaan met ons leven. Als we in de richting van Palm Sands lopen, lijkt haar humeur sterk verbeterd.

'Ongelooflijk dat Yoshiji en Angela vandaag echt vertrekken en in Japan gaan wonen,' zegt ze. 'Ik bedoel, is ze ooit in Japan geweest? Het is zo'n bizar land. Ik ben benieuwd of ze zich er staande houdt. Ze is vast binnen een mum van tijd weer terug. Weet je dat het gerucht de ronde doet dat Leila's kind van Yoshiji is?'

'Ja, dat weet ik,' zeg ik knikkend. 'Maar dat is niet zo.'

'Hoe weet je dat?'

'Dokter Singh vertelde me dat het kind rood haar heeft.'

'Zijn er mensen met rood haar op het eiland?'

'Niet dat ik weet.'

'Hans is wel een beetje rossig.'

‘Hij is blond.’

‘Dat is een beetje rossig,’ zegt ze. ‘O, kijk! Een jonge haai!’

We lopen langs het strand van Palm Sands en volgen de twee jonge haaien die verdwijnen en weer tevoorschijn komen in het ondiepe water. De zon schijnt en het koele zeewater rolt in golfjes over het strand. Kate is geobsedeerd en waadt achter ze aan, terwijl ik noteer dat het zand onder de palmen bij villa 150 hard is en kapot geslagen moet worden en vervolgens goed aangeharkt.

We lopen langs de villa van meneer en mevrouw Forrest. De gordijnen en de jaloezieën zijn nog dicht, ze genieten ongetwijfeld van de vruchten van hun hernieuwde jawoord. Naast hen zit de Duitse industrieel die nog altijd onder huisarrest is, al lijkt dat hem niet te deren. Hij is donkerbruin en ligt, dik ingesmeerd met olie, op een ligstoel. Hij zwaait opgewekt naar me als we langslopen en houdt iets omhoog wat op een cocktail lijkt. Hij geniet duidelijk van zijn vakantie. Dan lopen we verder, langs de sinds kort leegstaande villa 162, waar de Thompsons en hun bijzonder veeleisende oppas verbleven. Ik zie dat de tuin opgeknapt moet worden. De heg moet tussen de twee villa’s worden teruggezet. Ik was helemaal vergeten dat we die eruit hadden gehaald, en als gasten in een van de twee villa’s besluiten om buiten naakt te douchen, kun je ze vanaf het pad duidelijk zien.

We lopen om de baai heen en naderen de boetiek en de restaurants, waar ik even een blik wil werpen op het zwembad. Hopelijk liggen die peperdure stenen volgende week op hun plek. Ik wil even kijken of het zwembad nog verder is beschadigd na het slechte weer van begin deze week. Kate zegt dat ze het niet erg vindt als ik even ga kijken en gaat naar de bar voor een kop koffie, terwijl ik een kijkje neem bij het zwembad.

Meneer McCann ligt uitgeteld op een ligstoel in de zon en wordt geflankeerd door de meisjes die gisteravond de lesbische dans uitvoerden. Ze liggen als katten naast hem opgekruld. Als ik langsloop, kan ik een gevoel van jaloezie niet onderdrukken. Voor zo'n klein, lelijk dikkerdje vermaakt hij zich uitstekend.

In het zwembad trekken een paar bankiersvrouwen baantjes terwijl ze proberen hun hoofd droog te houden. Hun kinnen wijzen omhoog en hun haar is opgestoken met een klem. Ze zijn vast hun ontbijt aan het verteren. Connie loopt langs met een witte tulband om en een schapenvel onder haar arm.

'Morgen,' zegt ze.

'Heb je het lekker rustig, vandaag?' vraag ik.

'Twee lessen en meditatie om vijf uur vanmorgen,' verklaart ze.

Die verdient bakken met geld, denk ik glimlachend en ik loop naar het strand. Als je vanaf de kust omhoog kijkt naar het zwembad is het duidelijk dat de dure stenen zo snel mogelijk geplaatst moeten worden. Er zitten kleine lekken en scheurtjes in de hele wand aan de zeezijde. Er hoeven maar een paar hoge golven tegen de kant te slaan en het hele geval stort naar beneden. Dit heeft de hoogste prioriteit deze week, en het kan me niet schelen hoeveel vips ik daarbij ontstem. Als ik het strand op loop in de richting van de bar, zie ik hoe Kate in een hoekje wordt gedreven door de Desperate Housewives. Zondag is een goede dag voor hen, omdat ze dan op dezelfde voet staan als het merendeel van het management. Iedereen verveelt zich en is in voor een praatje. Zelfs Kate babbelt er op los.

'Ben je nog lang gebleven?' hoor ik haar aan Monica vragen.

'Niet zo heel lang,' zegt Monica en ze zet haar grote, goudomrande zonnebril op haar voorhoofd. 'De sfeer werd een beetje hitsig na jullie vertrek.'

'O?'

'De dames van die tv-man deden allerlei dansjes.'

'Echt waar?'

'O, ja,' voegt Alison toe. 'En het was behoorlijk seksueel getint.'

'Ach, ze vermaken zich tenminste,' zeg ik.

'Dat is waar,' zegt Kate.

'Dat weet ik wel, maar toch,' zegt Monica, en ze trekt een arrogant gezicht. 'Ik dacht toch dat dit een vijfsterren-, sorry, zessterrenhotel was.'

'Des te meer reden dat de gasten zich goed moeten vermaken,' zeg ik. 'Ze hebben er hard voor gewerkt.'

'De een wat harder dan de ander,' zegt Monica.

'Dat weet ik zo net nog niet,' zeg ik. 'Ik heb het idee dat sommigen van die meisjes keihard hebben gewerkt.'

'Nou, ja,' zegt Alison snuivend. 'Ik moet de lunch voorbereiden.'

'O, wat ga je bestellen?' vraagt Kate.

'Dat weet ik pas als Alan terugkomt van de sportschool,' zegt Alison.

'Ik wist niet dat Alan aan fitness doet,' zeg ik.

'Wij allebei,' kondigt ze aan. 'We zitten bij een diëtist. Zie je dat niet?'

'Ja, natuurlijk,' antwoorden Kate en ik tegelijkertijd.

'Ik wist dat er iets was,' voegt Kate toe.

'Ongelooflijk,' zeg ik glimlachend. 'Kom mee, schat.' Ik pak Kate bij de hand en leid haar over het strand.

We lopen langs de spa en de sportzaal, die beide relatief leeg zijn, maar dat was te verwachten, aangezien het nog vroeg is en het weer prachtig is. Er zullen vanmiddag en vanavond wel wat meer kandidaten zijn voor de spa, maar in de sportzaal zul je alleen mensen aantreffen die hun vrouw willen ontvluchten, zoals Alan. Kate en ik willen net rechts afslaan, in de richting van Silver Sands als er een golfkarretje met volle vaart op ons af komt.

'Als dat iemand van het personeel is, vermoord ik hem,' zeg ik, terwijl ik de bestuurder boos aankijk, die mij niet lijkt op te merken omdat hij mobiel aan het telefoneren is.

'Jee, die gaat snel,' zegt Kate als het golfkarretje en de bestuurder voorbij vliegen. 'Wie was dat in vredesnaam?'

'Het is die Formule 1-coureur,' zeg ik. 'Hoe komt hij aan een golfkarretje?'

Kate lacht. 'Denk je dat hij hem heeft opgevoerd, of zo? Ik heb ze nog nooit zo snel zien gaan.'

'Ik rij ook zo snel,' zeg ik.

'Ja hoor, schat.'

We lopen langs Silver Sands en waden door het ondiepe water. De zon staat nu hoog aan de hemel en ik begin te zweten. Ik ben in de verleiding om me met kleren en al in zee te werpen, maar dat is voor een man in mijn positie helaas niet passend. Zelfs als ik geen dienst heb, kan ik me niet helemaal laten gaan. Mijn telefoon gaat over in mijn zak. Kate is veel verder op het strand en merkt er niets van, en dus neem ik op.

'Hoi, met Jean-François.'

'Hallo.'

'Sorry dat ik je stoor op je vrije dag, maar de cadeaus zijn op.'

'Hoe bedoel je?'

'Ik ben in de voorraadkamer en ik kan geen cadeautjes vinden voor de vertrekkende gasten.'

Iedere gast vertrekt hier met een kleinigheidje: kaarsen, wierookstokjes, zelfs kaftans. We leggen ze de avond voor vertrek op hun bed bij wijze van afscheidsgeschenk. Het kost het hotel nagenoeg niets, maar doet ons zeer gul overkomen. Wat je op je bed aantreft, is afhankelijk van het tarief dat je hebt betaald, hoe vaak je hier al bent geweest en hoe lang je hier bent gebleven.

'Ik kan niets vinden,' zegt hij. Zijn stem weergalmt terwijl hij de opslagplaats doorzoekt.

'Wat wil je dat ik eraan doe?' vraag ik.

'Eh...'

'Wilde je soms dat ik je kom helpen zoeken?'

'Nou, ik wilde alleen...'

'Het is mijn vrije dag en ik heb er maar één per week. Verzin maar iets!' Ik hang op en zet mijn telefoon uit. Hij is volwassen, laat hem het zelf maar oplossen.

'Schat!' Ik kijk op. Kate zwaait naar me vanaf het einde van de baai. 'Kom! Snel. Dit moet je zien.'

Ik ren over het strand naar haar toe. 'Hierheen,' zegt ze, klimmend over de duintoppen. Ik volg Kate tot ze stilstaat en wijst. 'Kijk, daar.'

Het eerste wat me opvalt als ik van het strand naar de villa loop, is de geur. Die is wee en sterk: de stank van zo'n vijftig bierblikjes die in de hete middagzon liggen te zweten. En dan is er de troep. Overal liggen flessen en blikjes. Er staat een tafel in het zand, die bezaaid is met lege verpakkingen. Ook in het zand liggen blikjes cola en Sprite en tonic. Er drijven Haribo-verpakkingen en kokers Pringles in het zwembad. En er liggen overal mensen te slapen. De televisie is uit de villa gehaald en staat op het strand. Er hangt een visnet boven het zwembad en daarin liggen twee mannen in diepe slaap op een stapel kussens. Het matras is van het bed in de villa gehaald en naar het strand gesleept, net als de helft van de stoelen en kussens. Het lijkt wel of een Amerikaanse thrash-metal band hier een afterparty heeft gehouden. Het enige wat nog ontbreekt, zijn een paar motorfietsen in het zwembad of een lijk in de slaapkamer.

'Wat is hier in godsnaam gebeurd?' fluistert Kate met haar hand voor haar mond terwijl ze naar de puinhoop toe loopt.

'Een paar mannen van middelmanagement hadden gisteravond FLAG-avond.'

'Nee!' zegt ze, haar ogen wijd open van schrik. 'Zijn die kerels middelmanagement?' Ze kijkt nog wat beter. 'Is dat Keith?'

Ze draait haar hoofd om, zodat ze zijn gezicht kan zien.

'Het is inderdaad Keith,' fluistert ze. 'En hij ziet er behoorlijk bescheten uit. We hebben ze uitgespookt?'

'Nou, het lijkt erop dat ze de tv mee naar buiten hebben genomen om naar een voetbalwedstrijd of een film te kijken, en behoorlijk het beest hebben uitgehangen.'

'Zeg dat wel.'

'Ik bel Bernard,' zeg ik. 'Hij heeft me overgehaald ze een kans te geven. Hij mag deze troep komen opruimen.'

Arme Bernard wil net gaan lunchen met Monica als ik opbel. Hij probeert de dans te ontspringen, maar ik ben onverbiddelijk.

'Kom onmiddellijk hiernaartoe,' zeg ik. 'Voor ik echt uit mijn vel spring.'

'Oké, oké,' zegt hij door de telefoon. 'Ik kom zo snel mogelijk.'

'Hij is onderweg,' zeg ik tegen Kate.

'Godzijdank.'

Keith gaapt en strekt zich uit. Hij laat een wind en doet dan zijn ogen open. Hij gaat rechtop zitten en haalt zijn handen door zijn lange, touwachtige haar, terwijl hij de chaos in zich opneemt.

'Shit,' mompelt hij.

'Dat kun je wel zeggen, ja,' zeg ik.

Hij draait zich om, ziet mij en schrikt zich een ongeluk.

Zondagmiddag

Keith en zijn bende uilskuikens zijn bijna de hele middag bezig met het opruimen van hun eigen troep. Het is een triest en erbarmelijk gezicht. Ze hebben zich niet alleen mijn woede op de hals gehaald, maar die van iedereen op het eiland, als gevolg waarvan alle FLAG-avonden zijn geannuleerd. Het besluit was snel, eenvoudig en definitief. Ik laat me geen tweede – laat staan een derde – keer te kakken zetten. En dat is jammer, omdat het alleen het personeel was dat profiteerde van het idee. Maar als ze te stom zijn om dat te snappen, zijn ze ook te stom om in een dure villa te zitten met een zwembad en een geluidssysteem met dolby surround. En als ze echt zo stom zijn om de troep achter zich te laten liggen en gesnapt te worden door de manager, mogen ze blij zijn met hun wekelijkse tripje naar het vasteland en hun jaarlijkse vakantie naar huis. Als Kate en ik teruglopen naar onze villa – na hen een schop te hebben gegeven onder hun kont en andere edele delen – ben ik woedend, op zijn zachtst gezegd.

'Wat een klootzakken,' zeg ik, terwijl ik zand voor me uit schop. 'Ik bedoel, een van de leuke dingen van dit werk is dat je leeft als een vorst en betaald krijgt als een pauper. Je geniet de levensstijl zonder de verantwoordelijkheden die daarmee gepaard gaan. Maar dat moet je wel slim en subtiel aanpakken en je niet de woede van het management op de hals halen. En ik ben het management en ben woedend. Bovendien hebben ze me voor schut gezet.'

'Ik weet wat je bedoelt,' zegt Kate, naast me lopend. 'We hadden vroeger op Bali altijd geweldige strandfeesten en pikten de alcohol uit de voorraadkamers van het hotel en niemand is er ooit achter gekomen.'

'Dat is het hem juist,' zeg ik. 'Als je eenmaal de zeik neemt, is het feest voorbij. Ik snap niet hoe ze met die zwijnenstal dachten weg te komen. Ik ben echt woedend. Ik had ze slimmer ingeschat dan dat. Eikels.'

'Het zijn niet alleen eikels,' zegt Kate. 'Het zijn luie eikels.'

'Nou ja, ze kunnen hun kater uitzweten tijdens het schoonmaken en niemand gaat ze helpen want iedereen is woedend. En dan bedoel ik ook echt iedereen.'

'Dat is zo.'

'Ze mogen van geluk spreken dat de helft van het personeel vandaag op het vasteland is, anders stond hen nog meer ellende te wachten.'

Voor degenen die zondag vrij hebben is het vastelanddag. Al heb ik nooit begrepen wat er aan is om op je vrije dag naar het vasteland te gaan. De personeelsboot vertrekt rond halftien 's morgens en brengt de mensen die een dagje verlof hebben 's avonds weer terug naar het eiland. Ieder personeelslid krijgt een pas en die worden bij vertrek en aankomst geteld om te checken of iedereen terugkeert en er niemand ontsnapt of aan boord wordt meegesmokkeld. Maar ik heb geen idee wat ze tussen halftien en zonsondergang uitspoken. Er is geen ruk te doen. Er zijn een paar cafés, waar sommige Filippijnse en Thaise meisjes andere Filippijnse en Thaise meisjes ontmoeten die ook op dagverlof zijn van nabijgelegen resorts. Maar verder? Er is niet eens een bioscoop in de stad. Ik vermoed dat ze veel rondlopen, zitten en kletsen. Het is niet de meest opwindende manier om je dag door te brengen, dat kan ik je wel vertellen. Geen wonder dat de meeste westerlingen die hier op het eiland werken hun vrije dag luierend en bier drinkend in het personeelsdorp doorbrengen. Af en toe heeft iemand de energie om een barbecue te organiseren, maar meestal zit iedereen binnen bier te drinken en dvd's te kijken. Je zou toch denken dat de meeste mensen met stranden voor hun deur, die algemeen erkend worden als de mooiste ter wereld, hun dagen zouden vullen met zwemmen, snorkelen en vissen. Maar als je de hele week in het paradijs werkt, ben je het op je vrije dag zat. En bovendien is alles wat enige energie vergt veel te vermoeiend.

'Zullen we vanmiddag gaan varen?' oppert Kate, terwijl we over het strand in de richting van onze villa lopen.

'We kunnen ook lekker niksen,' antwoord ik.

'Dat hebben we vorig weekend al gedaan, en het weekend daarvoor ook,' zegt ze. 'Laten we met een boot naar een ander resort varen en daar dineren, of een late lunch nemen. We kunnen Ben meenemen.'

Dit hebben Kate en ik al een paar keer gedaan. We laten de bootjongens ons meenemen op de catamaran die we gebruiken voor de zonsondergangcruises, en varen naar een vijfsterrenhotel. Dat kan hartstikke leuk zijn. De manager of waarnemend manager aldaar verwelkomt ons en we genieten van een fantastische lunch met veel drank, op kosten van het andere hotel, uiteraard. Ze zijn min of meer verplicht om ons uit beleefdheid te trakteren. Dan varen we terug, doezelend op het dek. We hadden een paar weken geleden zo'n lol bij het Four Seasons dat de manager ons een overnachting aanbood. Het was een leuke vent, die een paar heerlijke flessen voor ons opentrok. Kate en ik hadden het alleen graag van tevoren geweten. Dan hadden we een tas kunnen pakken en ons de volgende ochtend vroeg kunnen laten ophalen door de boot. Het zou bijna een soort vakantie zijn geweest. Al is het voor mij strikt gesproken niet toegestaan de nacht op een ander eiland door te brengen, omdat ik de leiding heb over dit eiland. Mijn kooi mag dan wel van goud zijn, maar ik moet hier wel dag en nacht aanwezig zijn voor het geval er een brand of tsunami plaatsvindt of de zoveelste dronken gast in het zwembad dondert. Maar goed, ik heb wel gratis de hele dag een boot tot mijn beschikking die normaal 800 dollar per uur kost. Ik kan ook een hele dag gaan duiken met de dive master en met zoveel speedboten als ik wil gaan waterskiën, een rondje maken op een jetski of voor de zoveelste keer een lunch van gebarbecuede kreeft bestellen.

Mijn secundaire arbeidsvoorwaarden als manager zijn ook behoorlijk gunstig, vind ik. Behalve dat ik toegang heb tot jachten en speedboten en gratis kan duiken, krijg ik ook mijn eerdergenoemde jaarlijkse Club Class-vlucht naar Londen vergoed, plus al de wijn en champagne die ik bij de maaltijden in het resort wil nuttigen, of ik nu gasten moet onderhouden of niet. Ik probeer me echter in te houden bij het declareren van mijn culinaire kosten. Ik drink meestal goedkope bubbelwijn, zoals Moët of Veuve of een ondeugend rood wijntje van zo tussen de 160 à 180 dollar per fles. Anders dan de FLAG-gasten van gisteravond weet ik wel hoever ik kan gaan. Soms pakken Kate en ik het slim aan en nodigen we Jean-François en Marco uit, en soms ook Garry, en mogelijkerwijs Bernard, en trekken we een redelijk dure wijn open van zo'n 600 à 1.500 dollar, die we afschrijven als testen van de voorraad, een diner van personeelsleden en zakenrelaties of een klacht van een gast. Vanwege de erbarmelijke manier waarop de wijn hiernaartoe wordt vervoerd – eerst bevriest de wijn in het ruim van een vliegtuig zodat hij zuur wordt, om vervolgens drie dagen lang te staan koken op de kade tot hij naar het eiland wordt verscheept – hebben we behoorlijk veel kurk, en dat gebruiken we zo nu en dan in ons voordeel. Maar dat gezegd hebbende; ik moet me nog altijd elk jaar verantwoorden tegenover de directieleden, en als mijn jaarrekeningen niet kloppen, ben ik de lul.

Naast eten, wijn en gratis boottochtjes, krijg ik alle massages, manicuren of pedicuren die ik wil, plus gratis gebruik van de sportzaal, stoomkamer en sauna, wat het leven allemaal een stuk aangenamer maakt dan als een kistkalf in de metro op en neer te moeten reizen met je neus in een oksel van je medepassagier.

'Wat denk je?' vraagt Kate.

'Dat lijkt me geweldig.'

'Zal ik ze opbellen?'

'Uitstekend,' zeg ik. 'Ik wil vandaag lekker de boel de boel laten.'

'We hebben een zware week achter de rug.'

'Dat kun je wel zeggen.'

'En misschien is het een goed idee om aan Ben te laten zien dat je je hier prima kunt vermaken, omdat het zijn eerste week is. Hij heeft alleen nog maar ellende meegemaakt.'

'Ja, prima,' zeg ik.

Kate is druk bezig met het regelen van een boot en een late picknicklunch met champagne en Libanees eten uit het restaurant, terwijl ik voor het eerst die week lekker in de zon lig. Gek genoeg zon ik zelden of nooit. De zon is me juist vaak tot last tijdens mijn werk. Ik heb het ofwel te warm ofwel bloedheet, of het regent pijpenstelen, en dan moet ik allerlei crises oplossen. Het gebeurt hoe dan ook zelden dat ik als een normale sterveling in mijn zwembroek op het strand van de zon kan genieten. Het is zelfs zo dat ik, als ik op bezoek ga bij mijn moeder in Noord-Londen, van tevoren mijn best moet doen om een beetje bruin te worden om te bewijzen dat ik echt op een tropisch eiland werk.

Het is heerlijk om plat op mijn ligstoel te genieten van de zon en mijn botten op te laten warmen. Het is niet moeilijk om te begrijpen waarom uitgeputte zakenmannen en vermoeide miljardairs een fortuin ophoesten om op apegapen te liggen op deze hagelwitte stranden. Soms is het goed om jezelf eraan te herinneren wat het betekent om op een tropisch eiland te zitten. Ik gaap en rek me uit en overweeg een dutje te doen als mijn mobiel gaat.

'Hallo?'

'Hoi, met mij,' zegt Bernard in zijn onverbiddelijke Franse accent.

'Wat is er aan de hand?' vraag ik, terwijl ik me omdraai en

op mijn horloge kijk. Het is tien over halfeen.

'Er is een superjacht dat zijn anker hier wil uitgooien.'

'O, god. Echt waar?'

'Eh, *oui*.'

'Hoe super?'

'Dat weet ik niet precies.'

'Wie heeft het aangevraagd?'

'Een of andere Rus,' zegt hij.

'Weet je hoe de boot heet?'

'*Sea Breeze*.'

'Is er niet een cocktail die zo heet?'

'En een superjacht,' zegt hij zuchtend.

'Heb je het al opgezocht op yachtmati.com?'

'Nee.'

'Doe dat eerst en bel me dan terug,' zeg ik. 'Als hij kleiner is dan zeventig meter, mag hij opzouten.'

Ik heb een haat-liefdeverhouding met superjachten. Ze zien er fantastisch uit als ze voor de kust voor anker liggen, met die dure romp die schittert in de zon, de chique crew van top tot teen in het wit gekleed en de helikopters die de eigenaar en zijn fantastische gasten af en aan vliegen. Maar vaak zijn ze een nachtmerrie. Ten eerste zijn ze zo enorm groot dat ze een tender nodig hebben die ook weer een tender heeft om de passagiers aan land te brengen. Vorig jaar hadden we hier Abramovichs superjacht *Pelorus*. Zijn andere, grotere, kindje, *Le Grand Bleu*, lag hier ook voor anker, maar sinds hij die aan zijn vriend Eugene Shvidler heeft geschonken, hebben we die niet meer teruggezien. Maar om eerlijk te zijn is een tegelijk wel genoeg. De *Pelorus* is niet alleen 115 meter lang, maar heeft ook nog een 20 meter lange Sunseeker op het dek liggen, plus nog een ander jacht en een hijskraan om dat te water te laten. Hij heeft ook twee heliplatformen, een voor persoonlijk gebruik en een voor gasten, en er was zoveel ophef over dat schip dat ik me er kapot aan ergerde.

Abramovich zelf was een aardige vent. Hij sprak nauwelijks Engels en werd bijna voortdurend op de voet gevolgd door bodyguards. Zijn vijfenzestig voltijds personeelsleden aan boord waren bijzonder vriendelijk. De boot was fantastisch. Het dek is van zulk prachtig hout dat je sloffen aan moet als je aan boord stapt. Op de boot zijn zwembaden, jacuzzi's en alle gebruikelijke luxes. De boot splijt zelfs in tweeën als je de tender dokt, als iets uit een James Bond-film. Het schip is ook zo ingenieus ontworpen dat de helft ervan voor de gasten is en de rest voor het personeel – anders dan op bijvoorbeeld de *Titanic*, waar het plebs onderdeks zat – zodat het personeel nooit meer dan dertig seconden van de gasten is verwijderd. De service is daarom sneller en beter en zeer efficiënt.

Maar er kleven ook talloze nadelen aan superjachten. Ze creëren zoveel ophef op het eiland dat de sfeer totaal verandert. Het personeel is in alle staten en de andere gasten raken of nieuwsgierig of geïrriteerd. Er is niets discreets of ingetogens aan een loeigroot jacht dat voor de kust ligt aangemeerd, en dus weet iedereen op het eiland wie er is, waar ze zijn en wat ze doen, hoe je ook je best doet om het stil te houden. Bovendien is het lastig om voor veel meer gasten te moeten zorgen dan het resort voor is bedoeld. En toen de *Pelorus* hier was, werden er ongeveer 140 keer gasten per luchtbrug af en aan vervoerd, die arriveerden, vertrokken en hun tijd verlummelden. Elke keer dat er een helikopter vertrok, werd de telefooncentrale overspoeld met klachten. We wilden hen bovendien fêteren. We organiseerden een feestmaal in het restaurant en een barbecue op het strand, dat soort dingen, wat uiteraard niet al te best valt bij de gewone, betalende gast, die al een paar dagen op een strandbarbecue zit te wachten. Alle miljardairs zijn hier gelijk, maar sommige miljardairs zijn meer gelijk dan andere miljardairs. Al snap ik, nadat ik op de *Pelorus* en al die andere enorme boten die hier het afgelopen anderhalf jaar voor de kust hebben gelegen heb rondgekeken, niet waarom die mensen hier überhaupt aan land komen. De boten zijn zo verdomde chic dat alles wat wij hier hebben er totaal bij verbleekt. Als ik hen was, zou ik nooit de moeite nemen om van boord te gaan en de elegante en bijzonder kostbare vertrekken van mijn eigen schip achterlaten. Daar kan niets aan tippen. Bernard belt me terug.

'Zo,' zegt hij. 'De man staat in de top honderd rijkste mannen van Forbes. Hij heet Ivanov, heeft geld verdiend in de staalindustrie en zijn boot is vijfentachtig meter lang.'

'Juist, ja,' zeg ik zuchtend. 'Dan moeten we maar toestemming geven.'

'Dat denk ik ook,' zegt hij. 'Die dingen kosten 455.000 dollar per week om te huren, dus het is te hopen dat hij nog wat cash te besteden heeft.'

'Geld zal het probleem niet zijn.'

'Zal ik doorgeven dat het in orde is?'

'Zeker weten.'

Ik til mezelf uit de ligstoel en loop het huis binnen. Ik trek mijn kledingkast open en bedenk welke saaie, linnen outfit ik kan aantrekken om die snelle Harry met een bezoekje te vereren op zijn grote boot die zo geestig vernoemd is naar een wodkadrankje.

'Wat is er aan de hand?' vraagt Kate, die nog steeds op het bed aan de telefoon is om ons dagje uit te regelen.

'Een of andere eikel is net gearriveerd op een grote boot en ik moet hem verwelkomen,' zeg ik.

'Kan Bernard dat niet doen?'

'Niet echt,' zeg ik. 'Als je zo rijk bent en zulke grote speeltjes hebt, verwacht je door de manager zelf te worden verwelkomd.'

'Is dat zo?' zegt ze, en ze legt de hoorn op de haak.

'Helaas wel.'

Ze weet dat ik gelijk heb. Dat weet ze zelfs zo goed dat ze niet eens de moeite neemt om er tegenin te gaan.

'Daar gaat onze zondag,' zegt ze.

'We hoeven alleen even iets te drinken, wat handjes te

schudden en een babbeltje te maken.'

'Lieg niet. Als die kerel zo zijn best heeft gedaan zoveel geld te verdienen en dat zo wijselijk uitgeeft aan een grote boot, maak je mij niet wijs dat we dat ding niet van top tot teen hoeven te bekijken.'

Kate heeft natuurlijk gelijk, en een uur later zitten we achter op een prachtige, Italiaanse barkas, die gestuurd is om ons op te halen en een kijkje te nemen op de *Sea Breeze*. Meneer Ivanov ontvangt ons op het dek, gehuld in een elegante zeilshort, waar zijn dikke pens overheen hangt. Hij is een typische kleine, gezette Rus met een dikke nek, die rijk is geworden door zijn land te beroven van diens natuurlijke hulpbronnen terwijl Jeltsin wodka zat te drinken en de rest van de wereld de andere kant op keek. Hij is beleefd en in gezelschap van de bekende entourage zwaargewichten om de suggestie te wekken dat er machtige mensen in de wereld zijn die hem dood willen. Hij heeft ook een verzameling 'mokkels' zoals Kate ze noemt, dat wil zeggen: mooie meiden met mooie benen, mooie tieten en bar weinig anders. Hij lijkt een vast mokkel te hebben dat er perfect uitziet in een bikini. Ze huppelt over het bovendek en geeft mij een drankje en Kate een minderwaardigheidscomplex.

'Zo,' zegt meneer Ivanov. 'Willen jullie even rondkijken?'

'Mag dat?' zegt Kate met gespeelde verbazing.

'Als jullie dat willen,' biedt hij aan.

'Dat zou enig zijn,' zeg ik, nippend aan een heerlijk glas champagne. Meneer Ivanov en zijn vaste mokkel leiden ons rond. Het jacht kan 36 passagiers en 34 bemanningsleden bergen. Hij heeft een bereik van ruim 7.000 nautische mijlen en kan de Atlantische Oceaan over en via het Panamakanaal naar de westkust van de Verenigde Staten en Mexico doorsteken. Op het bovenste dek staan een bar, een barbecue en een achtpersoonsjacuzzi. In de salon is nog een bar, twee zitgedeelten, beide met 42 inch plasmatelevisies, dvd- en cdspelers, plus een bibliotheek/bioscoop met een scherm van honderd inch, overheadprojector en surround sound, en een eetkamer met weer een bar, een Yamaha-vleugel, een 51-inch Sony Wega plasmatelevisie, surround sound en dvd- en cd-spelers. Onderdeks is er een sportzaal met een jacuzzi, gescheiden studio's voor vrouwen en mannen met sauna's, stoomkamers, douches en kleedkamers, een ontspanningsruimte met een kap- en nagelsalon, een massagekamer, een behandelkamer en twee volledig gekwalificeerde schoonheidstherapeuten. Verder is er een speelkamer c.q. crèche voor kinderen, plus een sportzaal met een loopband, fietsen, steps en halters. En dan hebben Kate en ik nog niet eens de verschillende slaapkamers en badkamers en suite en ontspanningsruimten gezien op een ander dek. Drie glazen champagne later hebben we het hele schip gezien.

Meneer Ivanov is verfrissend enthousiast tijdens de rondleiding en bedankt me minstens twee keer voor het feit dat hij hier voor anker mag liggen.

'Sommige resorts zijn nogal onvriendelijk, ziet u,' zegt hij.

'O, ja?' zeg ik. 'Waarom zou dat zijn?'

'Dat weet ik wel,' zegt het mokkel. 'Ik heb ooit een vriend gehad die op een superjacht voer in de Seychellen. Ze kwamen ergens aan, namen vijftien villa's en een presidentiële suite in beslag, en namen zoveel prostituees en cocaïne mee dat de manager radeloos was. Ze zijn een week gebleven. Ik geloof dat de helft van de gasten is vertrokken.'

'Wie was dat?' vraagt Kate.

'Een of andere oligarch,' zegt het mokkel schouderophalend.

'Nou, dat zullen jullie ons niet zien doen,' zegt meneer Ivanov glimlachend. 'Ik ben veel te oud voor drugs.'

'Je bent helemaal niet oud,' zegt het mokkel en ze slaat een van haar eindeloos lange benen om haar tamelijk korte partner.

'Ha, ha, ha,' giechelt meneer Ivanov en hij knijpt even snel in haar bil.

'Goed, we zullen jullie alleen laten,' zeg ik. 'Doe alsof u

thuis bent. We kunnen barbecues, diners en borrels regelen. Wat u maar wilt.'

'We hebben al een feestje op het strand georganiseerd met uw assistent,' zegt meneer Ivanov.

'O, mooi zo,' zeg ik. 'Ik ben blij dat Bernard u van dienst heeft kunnen zijn.'

'O, zeker,' zegt meneer Ivanov.

Kate en ik worden bij terugkomst opgewacht door Bernard en een reeks helpers die voor de bar en het restaurant drankjes uitdelen op het strand. Er staan al wat mensen toe te kijken terwijl de tafels en kleden en fakkels stijlvol worden klaargezet voor de Russen.

'Dat had je me niet verteld,' zeg ik tegen Bernard, die de boel overziet.

'Ze hebben het georganiseerd terwijl jij op die miljoenentender zat,' zegt hij.

'Is die tender een miljoen waard?' vraag ik, terwijl ik de boot in de richting van het moederschip zie varen. 'Wie heeft je dat verteld?'

'Iemand van hier,' antwoordt hij.

'Jezus,' zeg ik.

'Dat betekent nog niet dat hij smaak heeft.' Hij haalt zijn schouders op. 'Kijk maar naar het smerige eten dat zijn mensen hebben meegenomen voor zijn gasten.'

Ik kijk naar de tafels en stoelen en schalen met hapjes, en verwacht op zijn minst foie gras, kaviaar en gerookte zalm te zien, maar in plaats daarvan staan er kommen met chips, worstenbroodjes, garnalen op toast met sesamzaad en wortelstengels.

'Het lijkt verdomme wel een kinderpartijtje,' zegt Bernard, en hij loopt weg met zijn lange, Franse neus stevig in de lucht.

Zondag, zonsondergang

Als Kate en ik eindelijk thuis komen, hebben we even de tijd om ons te ontspannen voor Ben en Jean-François komen eten. Nu we vanmiddag niet hebben gevaren, ben ik vastbesloten er een gezellige avond van te maken. Kate probeert onze Libanese picknick om te zetten in een diner en ervoor te zorgen dat we genoeg wijn hebben voor een geslaagde avond.

Ondertussen schenk ik een groot glas Fumé de Pouilly 2004 voor mezelf in, die we hier verkopen voor 200 dollar per fles. Hij is verrukkelijk en fruitig en precies wat ik nodig had na de drie glazen Krug die ik op de boot achterover heb geslagen. Ik ga aan mijn computer zitten om te kijken of ik onze eigen vakantie kan boeken. Kate en ik hebben begin december een week vrij, in de rustige periode voor de kerstdrukte, en we weten nog niet waar we naartoe willen. Voorlopig denken we aan Australië. Kate wil haar familie opzoeken en ik wil naar een stad. Ik wil auto's, lawaai, mensen en cafés en dingen zien. We moeten er uiteraard niet aan denken om weer in een ander hotel te zitten, maar soms heb je geen keus. In de zomer reizen we meestal door Europa, en gaan zo veel mogelijk op bezoek bij vrienden met villa's, om te ontkomen aan de hel die hotel heet. Maar Australië is zo groot en Kates familie woont in Melbourne en aan de oostkust, en dus moeten we misschien toch in een paar hotels overnachten. We krijgen wel korting bij onze eigen keten, en soms gratis overnachtingen. Ik heb bovendien een groot netwerk van vriendjes die ons een paar nachten kunnen onderbrengen in een presidentiële suite, terwijl we bijkletsen en tot laat in de avond cognac drinken. De vorige keer dat Kate en ik in Tokio waren, was het één groot feest en gingen we van het ene vijfsterrenhotel met prachtige uitzichten naar het andere, zonder ooit onze portemonnee te hoeven trekken. Maar zo wordt het niet bepaald een vakantie met veel privacy. We zitten vooral samen aan de bar ons kunstje te doen in de hoop op een gratis maaltijd en vertellen over die goeie ouwe tijd of lopen even snel door het hotel om zogenaamd de boel te checken om onze chique suites te rechtvaardigen. Ik vrees echter dat we nu even aan onze relatie moeten werken en ik weet niet of een weekje Australië op kosten van anderen het gaat doen bij Kate. En bovendien betwijfel ik of mijn lever de onvermijdelijk drankfestijnen aankan die gepaard gaan met al dat klaplopen. En dat brengt me weer bij de vraag waar we naartoe zullen gaan. Als je gewend bent mensen 2.000 dollar per nacht te rekenen en gasten uitgeleide te doen wier wekelijks rekening het kwart miljoen dollar vaak ontstijgt, verlies je al het gevoel voor proportie. Afgelopen zondag wilde ik een hotel in Sydney boeken waar de kamers 1.250 dollar per nacht kosten. Ik vond het een uitstekende optie. Het was immers een prachtig hotel, met uitzicht op de Harbour Bridge. En als je in een van de duurste resorts ter wereld woont, wil je ook wel naar een mooie plek op vakantie. Kate moest me erop wijzen dat ik geen oligarch ben en dat de 10.000 dollar die ik wilde neertellen voor vier nachten in een hotel in Sydney een maandsalaris is, en wie ik wel dacht dat ik was?

En toen had ze nog niet eens gezien wat voor een auto ik had gehuurd. Ik weet dat het een zwak excuus is, maar ik ben een man en kan maar één of twee keer per jaar autorijden. Kun je je voorstellen hoe het is om altijd maar in zo'n stom golfkarretje te moeten rijden? Dag in, dag uit langs dezelfde rotpaadjes het hele eiland over? Voorrang moeten verlenen aan gasten? Snelheid moeten minderen voor hun fietsende kinderen? Nooit het ronken van een motor te horen? Dat gevoel van kracht? Nooit de wind in je haren voelen of de spanning van de snelweg? De rest van je leven veroordeeld zijn om in twee minuten van nul naar twintig te gaan? Dat geeft iedere man het gevoel dat hij een eunuch is.

Maar stel je voor dat je je een eunuch voelt en moet glimlachen naar de grote jongens en ze moet toejuichen als ze arriveren met hun dure speeltjes, helikopters, speedboten en miljoenentenders. Je kunt mij niet wijsmaken dat jij, als je de kans zou krijgen, niet ook een Porsche 911 Carrera S cabrio zou huren. Hij was maar 850 dollar per dag. Ik vond het heel redelijk! Ik heb nog wat airmiles, en had de rekening van Hertz met mijn creditcard kunnen betalen en dan was de schade beperkt gebleven.

Maar goed, mijn gebrekkige gevoel voor proportie en het feit dat ik kennelijk boven mijn stand wil leven, deed Kate huilen van het lachen. Ze maakte me uit voor alles wat mooi en lelijk is en noemde me 'zielig' en 'pathetisch'. Ze vroeg me of ik twijfelde aan mijn mannelijkheid en verzekerde me dat ik me in dat geval geen enkele zorgen hoefde te maken. Echt, als ik me aan het begin van de avond niet seksueel ontoereikend voelde, voelde ik me dat aan het eind ervan in elk geval wel. Ik zit niet alleen zelden aan het stuur, maar als ik al de kans krijg om te rijden, moet ik een praktische auto nemen die binnen mijn budget past. Wat is daar nu in godsnaam romantisch aan? Je raakt er als man nog van aan de drank. Ik schenk mezelf nog een scheut Fumé de Pouilly 2004 in en doe een halfslachtige poging me te verdiepen in bescheidener geprijsde auto's en betaalbare hotelkamers. Ik ben bijna geneigd om mijn fooienkas te plunderen en de 18.000 dollar die daarin zit te verbrassen. Dat zou me het weekje wel worden. Maar het is nog altijd niets vergeleken met 98.000 dollar besteden aan een privévliegtuig omdat het een beetje waait op je vakantieplek. Of zelfs 55.000 dollar neertellen voor een avondje uit met je broer. Ik zucht. Soms is het zwaar om je niet de levensstijl te kunnen veroorloven waaraan je zo gewend bent. Mijn mobiel gaat. Ik spring op om op te nemen. Kate en ik hebben de hoop op een 'speciale' zondag allang opgegeven.

'Hallo?' Ik vermoed dat ik lichtelijk gedeprimeerd klink, want de beller vraagt me twee keer om mijn naam. 'Nee, nee, u hebt de juiste persoon te pakken. Ja. Ik ben de manager.'

Na nog wat over en weer gepraat, realiseer ik me dat dit iemand is die namens de kroonprins van Saudi-Arabië belt. Hij wil kamers huren.

'Hij wil twee grote villa's, twee strandvilla's, één watervilla's en twaalf villa's voor de entourage reserveren voor vier dagen. Wat denkt u?' vraagt de assistent door de telefoon.

'Oké,' zeg ik. 'Wanneer?'

'Volgend weekend.'

'Wanneer komt hij?'

'Aanstaande donderdag.'

'Ik zal kijken wat ik kan doen.' Ik noteer zijn nummer en beloof terug te bellen.

'Wie was dat?' vraagt Kate.

'De kroonprins van Saudi-Arabië.'

'Echt waar?' vraagt Kate met een verbaasde blik.

'Nou ja, een van zijn assistenten.'

'O,' zegt ze knikkend, plotseling een stuk minder geïnteresseerd.

'Ik moet Garry bellen.'

Ik bel Garry en verzoek die arme ziel naar zijn kantoor te gaan en de reserveringen op zijn computer te checken. Hij is knorrig en misschien zelfs een tikkeltje aangeschoten, alsof ik hem heb gestoord terwijl hij een uiltje knapte tijdens *The Sound of Music*.

'Dat gaat niet lukken,' zegt hij geeuwend.

'Je zorgt maar dat het wel lukt,' zeg ik.

'Luister, vriend!' bijt hij me toe. 'Het is gewoon godsonmogelijk. We zitten vol en daarmee uit.'

'Maar ik kan ze toch niet zomaar bij het One and Only of het Four Seasons dumpen,' zeg ik.

'Ze kunnen altijd nog naar het Oberoi.'

‘Dat zijn allemaal klootzakken. Ik haat ze.’

‘Dat weet ik,’ beaamt hij. ‘Maar denk er eens aan bij wie je een wit voetje kunt halen.’

‘Denk eens aan alle fooien,’ zeg ik kreunend.

‘En de horloges.’

‘Al die inkomsten die aan onze neus voorbijgaan. Kun je ze er echt niet tussen passen?’

‘Zo’n grote groep pas je niet zomaar ergens tussen. Kan hij niet wat mensen dumpen?’

‘Hij heeft ongeveer dertig vrouwen en vijfendertig kinderen, en reist dus niet erg licht,’ zeg ik.

‘Nou, dan houdt het op.’

‘Dat snap ik, maar…’

‘Niks maar,’ houdt hij vol. ‘Hoe eerder je je erbij neerlegt dat het niet gaat gebeuren, hoe sneller ik terug kan naar mijn biertje en mijn video en jij weer je lekkere dure wijntje kunt drinken.’

‘Hoe wist je dat ik dure wijn aan het drinken was?’

‘Dat doe je altijd, jongen. Je drinkt op zondagavond altijd een lekker wijntje.’

‘Ben ik zo voorspelbaar?’

‘We zijn allemaal gewoontedieren, man.’

‘Daarom willen we de kroonprins hier ook hebben, omdat hij dan weer terugkomt.’

‘Het antwoord blijft nee. Nou moet je opzouten en me niet meer terugbellen. Ik zit lekker een film te kijken.’

‘Welke?’

‘*Chicago*.’

‘Shit. Ik dacht dat jij een *Sound of Music*-fan was.’

‘Ik ben homo, vriend, geen meisje van zestien. En zeg maar tegen die sjeik van je dat hij het op zijn buik kan schrijven.’

‘Hij is koning.’

‘Ik ga ophangen,’ zegt Garry, en dat doet hij.

Ik bel de assistent van de prins en vertel hem het slechte nieuws. Hij vraagt of ik de kroonprins ertussen kan passen als hij iets eerder of later komt, maar ik vertel hem dat het antwoord nog steeds nee is. Het weekend is vol. Hij vraagt me om een alternatief, en ik verslik me haast als ik de woorden Four Seasons zeg.

'De wat?' vraagt de man weer.

'Natuurlijk is dat lang niet zo goed als ons hotel,' hoor ik mezelf zeggen.

'Dat weet ik ook wel,' antwoordt hij. 'Daarom heb ik jullie als eerste gebeld. Maar wat is er verder? Het zou fijn zijn als u suggesties had.'

Uiteindelijk raad ik hem aan naar het Four Seasons te gaan, omdat ik weet dat zij op hun beurt ook gasten naar ons zouden doorsturen, en ze ons laatst op een zalig dineetje hebben getrakteerd. Ik heb geen band met de managers van het One and Only of het Oberoi. Ik bel even met het Four Seasons, om me ervan te verzekeren dat ze mijn gulheid wel hebben opgemerkt. Ze zijn enthousiast en dankbaar en steken veren in mijn reet, en dus schenk ik nog maar een glaasje wijn voor mezelf in. Ik complimenteer mezelf met het feit dat ik zo aardig en gul ben tegen de concurrent als Ben zijn hoofd om de deur steekt.

'Ik vond het wat onzinnig om aan te bellen als ik zo kon binnenlopen,' zegt hij.

'Hoi, sorry, wat leuk dat je er bent,' zeg ik, en ik sta op.

'Zit je naar auto's te kijken?' vraagt hij, over mijn schouder kijkend.

'Ja, erg hè?' zeg ik lachend.

'Ik kan me voorstellen dat de behoefte aan autoporno groot is na een paar maanden op dit eiland,' zegt hij, terwijl hij de Porsche beter bekijkt.

'Jep,' zeg ik.

'Weet je wat ik mis?' zegt hij.

'Wat dan?'

'Reclames.'

'Echt waar?'

'Het is heel gek, maar ik ben er zo aan gewend ze te zien. Ik kan het gevoel niet onderdrukken dat het echte leven zich ergens anders afspeelt en alles aan me voorbijgaat.'

'Dat gaat wel weer over,' zeg ik. 'Wil je iets drinken?'

'Graag,' zegt hij. 'Wat jullie drinken is prima.'

'Ja, dat is iets waar je al snel niet meer bij stilstaat, dat dit niet het echte leven zou zijn,' zeg ik. 'Wie zegt dat werken in een stad en de hele dag van A naar B rennen echter is dan dit?'

'Nou, ik,' zegt hij, en hij neemt een grote slok van zijn gekoelde, witte wijn. 'Het is alsof je aan de mogadon bent, een slaperig bestaan zonder scherpe kantjes. Het is veel minder opwindend dan het leven in de grote stad. Je gebruikt veel minder adrenaline. Tussen hier en de spa kun je niet zo gek veel jagen en verzamelen, nietwaar? Daarom kijk jij op je vrije dag zo verlangend naar snelle auto's.'

'Dat zou best kunnen,' zeg ik, en ik neem nog een slok wijn. Ik ben kapot en niet in de stemming om mijn leven te verantwoorden tegenover Ben.

'Het is een goede plek om kinderen op te laten groeien,' zegt Kate, terwijl ze op het bed gaat zitten.

'Als we die zouden hebben,' zegt Ben, en hij loopt door de balkondeuren naar het strand. 'Mooi uitzicht.'

'Wij vinden het mooi,' zeg ik.

'Het is een stuk beter dan dat van mij,' zegt Ben. 'Echt,' gaat hij verder en hij draait zich naar me toe. 'Je had me wel even mogen waarschuwen dat het hier klote is als je geen manager bent.'

'Je bent manager,' zegt Kate. 'Maar goed, je vorige baan kan niet veel beter zijn geweest.'

'Maar daar kon ik tenminste wel weg in het weekend.'

'Hier toch ook?' zegt ze.

'En waar moet ik dan heen?'

'Naar het vasteland? Een ander eiland?'

'Van het ene eiland naar het andere? Doe me een lol,' zegt hij, en hij slaat zijn glas wijn in één keer achterover.

'Kan ik je nog bijschenken?' vraag ik.

'Het eten komt eraan,' zegt Kate. 'Ik heb ze gevraagd iets bijzonders te maken.'

'Iets wat niet op het menu staat?' vraagt Ben.

'Zoiets,' zegt ze glimlachend.

'Godzijdank,' zegt hij zuchtend. 'Ik ben het nu al zat om uit het menu te moeten kiezen en ik ben hier nog maar een week. God weet hoe jullie je moeten voelen.'

'Ja, ik weet wat je bedoelt,' beaamt Kate.

Ben laat zich op een ligstoel vallen en schopt zijn schoenen uit in het zand. Hij zet zijn zonnebril boven op zijn hoofd. De zon verdwijnt achter de golven. Er hangen wat wolkjes in de lucht. Het wordt een prachtige zonsondergang.

'Wat mis jij het meest?' vraagt hij, terwijl hij zijn glas omhoog houdt en ik hem bijschenk.

'Waar moet ik beginnen?' Kate haalt diep adem. 'Wat eten betreft zijn het rare dingen, zoals worteltaart, mueslirepen met een yoghurtlaagje, goede chocola, worstjes, kokosyoghurt, Magnums, chips. Echt eten, weet je, dat mensen in huis hebben, en niet de hele dag door dat vreselijke hoteleten. Geroosterd brood en Vegemite.'

'Een broodje ham. Een echt goed broodje ham met Engelse mosterd.' Ik neem een slok wijn. 'Een ploughman's lunch!'

'Een kop echte koffie in een café met uitzicht en tijdschriften,' zegt Kate. 'Een tijdschrift dat niet drie jaar oud is.'

'Naar een voetbalwedstrijd gaan, of een concert of een toneelstuk,' zeg ik lachend. 'En ik hou niet eens van toneel!'

'Winkels,' zegt Kate. 'Lekker winkelen. Ik heb het gevoel dat ik langzaam verander in een Desperate Housewife.'

'Kleding dragen die niet van linnen is,' zeg ik.

'Een spijkerbroek!' zegt Kate. 'En hoge hakken en een handtas. Ik heb hier nooit een handtas bij me. Wat moet ik erin doen? Geld en een huissleutel?'

'En eten dat naast elkaar op een bord ligt in plaats van op

een bedje van iets,' voeg ik eraan toe. 'Een pint bier. In een pub. Met een vriend.'

'Ondergoed!' valt Kate bij. 'Al mijn beha's en slipjes worden hier grijs en je kunt nergens sexy lingerie krijgen. O, en ik zou dolgraag naar een meubelwinkel willen gaan.'

'Een meubelwinkel?' zegt Ben. 'Waar heb je het over?'

'Nou ja,' zegt Kate glimlachend. Ze zwaait met haar voeten in de hangmat. 'Het verlangen om een normaal stel te zijn. Om op zondag naar de meubelboulevard te gaan. Snap je?' vraagt ze, haar schouders ophalend. 'Dat doen mensen toch?'

'Die gaan naar Ikea en schreeuwen tegen elkaar,' zegt Ben.

'Ik doe een moord voor een ruzie in Ikea,' zegt Kate weemoedig.

'Wat je je hier wel realiseert, is hoe weinig je eigenlijk nodig hebt,' zeg ik, in een poging iets minder wanhopig en wat opgewekter te klinken.

'Zeg dat maar tegen die eikels die hier aan komen zetten met hun Louis Vuitton-koffers, privévliegtuigen, superjachten en dure horloges. Ze zijn het toppunt van het consumentisme,' zegt Ben.

'Ach, ja.' Ik haal mijn schouders op.

'Wie wil er champagne?' vraagt Jean-François, terwijl hij zijn hoofd om de schuifdeuren steekt.

'O, hallo!' zegt Kate. Ze stapt uit haar hangmat. 'Sorry, we hoorden je niet aankomen.'

'Hindert niet,' zegt hij. 'Wie wil er bubbels?' vraagt hij, zwaaiend met een fles Cristal.

'Waar heb je die vandaan?' vraag ik, terwijl ik het antwoord al weet.

'Onze vriend meneer Georgi is een bijzonder gulle man,' zegt Jean-François blij.

'Wat aardig van hem,' zegt Kate, en ze drinkt haar restje wijn op om haar glas leeg te maken voor de champagne.

'Ja, hè?' zegt Ben, en hij doet hetzelfde. Jean-François komt erbij zitten op het moment dat vijf of zes bedienden van het restaurant arriveren met dienbladen met eten voor ons Libanese festijn. Ze zetten alles neer op het strand, leggen tapijten neer, plaatsen fakkels in het zand en zetten eindeloze rijen hapjes op de lage, platte tafels. Het ziet er fantastisch uit. Zelfs Ben leeft op als ze weg zijn en pakt als eerste een pitabroodje en een spies met gegrilde kip. 'Dit lijkt er meer op,' zegt hij, en hij ploft neer op het tapijt dat midden op het strand ligt. 'Vlees, champagne en een mooie zonsondergang met vrienden. Dat is toch veel beter dan met popcorn en cola in de bios zitten, vind je niet?'

'Nou,' zeg ik glimlachend, terwijl ik naast hem plaatsneem. 'Dat hangt er vanaf op welke dag en op welk moment van de dag je me dat vraagt.'

'Wat dacht je van nu?'

'Dan wel, ja. Cristal en zonsondergang winnen het altijd.' We klinken en nemen beiden een slokje. 'Maar dit werk is doodvermoeiend,' zeg ik. 'Er is geen verschil tussen werk en thuis. Ik rij in de regen met mijn golfkarretje naar huis en zie dat er een gat in de weg zit, dan ben ik degene die zich daarover ontfermt. Ik loop door het dorp en word aangesproken. Ik loop door de eetzaal en het eerste wat ik check, is of de peertjes vervangen moeten worden, en zo ja, waarom dat nog niet is gebeurd. Ik lijd aan dwangneurose. Ik ben op weg naar huis, zie een gast lopen en bied hem een lift aan. Ik ben altijd aan het werk.'

'Er zijn ergere banen,' zegt Ben, en hij slaat nog wat bubbeltjeswijn achterover. 'Heb je sigaren?'

'Slaapt Dolly Parton op haar rug?'

Ben en ik blazen ons een weg door mijn dure sigarenverzameling als de telefoon in de villa gaat. Ik doe net of ik hem niet hoor boven de harde muziek, maar hij blijft hardnekkig rinkelen.

'Ja?' vraag ik, als ik uiteindelijk opneem.

'Er wordt gevochten in het dorp. Je zult hierheen moeten komen,' zegt Bernard.

'Weet je het zeker?'

'Heel zeker,' zegt hij. 'Zes leden van de plaatselijke bevolking slaan elkaar tot moes.' Tegen de tijd dat ik in het personeelsdorp aankom, is de boel weer enigszins gekalmeerd, maar ik kan zien dat Bernard geen grap maakte. Er liggen plassen kleverig bloed en kapotte stoelen op de grond en er zijn een paar ramen gebroken, dat was me het gevecht wel. Bernard en Mohammed houden de boosdoeners vast op mijn kantoor. Het zijn zielige, bezwete mannen met snijwonden aan hun gezicht en handen. Sommigen hebben scheuren in hun kleren, anderen zien eruit alsof er iemand op hun gezicht heeft staan tapdansen. Alle zes de mannen worden op staande voet ontslagen en, zodra ik het papierwerk in orde heb, van het eiland gezet.

Ik heb een paar uur nodig om alles te ondertekenen. Ik vermoed dat het allemaal wat sneller was gegaan als ik nuchter was geweest, maar ja, het is zondagavond. Het is dus al elf uur tegen de tijd dat iedereen zich op de aanlegsteiger heeft verzameld. De grote schijnwerpers staan aan en alle ontslagen werknemers staan naast elkaar op een rijtje met hun handen op hun rug. Het is een bizar tafereel en ziet eruit alsof we op het punt staat gevangenen uit te wisselen in een film over de Koude Oorlog. De motor van de personeelsboot begint te brommen en blaast dampen in de lucht als de onteerde bedienden en de enkele tuinman aan boord schuifelen. Er zijn aardig wat mensen. Sommigen zijn hier om getuige te zijn van de massaontslagen, anderen om afscheid te nemen van Yoshiji en Angela.

De ontslagen personeelsleden bieden een treurige aanblik als ze voor de laatste keer aan boord gaan van de personeelsboot. Dan komt Yoshiji uit de schaduw tevoorschijn. Hij heeft een plunjezak op zijn rug en deelt high fives uit met zijn vrienden en neemt hartelijk afscheid van ze als hij langs de applaudisserende menigte loopt. Hij lijkt alleen te zijn. Dan, als hij bij de boot aankomt en zich voor de laatste keer omdraait om naar de mensen te zwaaien, komt Angela huilend en jammerend door de menigte aangerend.

'Niet weggaan! Laat me niet alleen!' zegt ze, en ze werpt zich op haar knieën en grijpt zijn benen vast. 'Laat me alsjeblieft niet achter!'

'Wat is hier aan de hand?' vraag ik Garry, die naast me staat en net zo betrouwbaar is als een roddelrubriek.

'Hij heeft ingezien dat je relaties niet mee kunt nemen van het eiland, en dus heeft hij haar gedumpt om op zoek te gaan naar iets beters.'

'En zij?'

'Zij is er duidelijk niet erg blij mee.'

'Aha.'

'Ze gaat vermoedelijk twee dagen zitten huilen om zich vervolgens te bezatten in de personeelsbar en daarna met iemand het bed in te duiken… Met hem, waarschijnlijk.' Hij wijst naar Ben, die in het licht van de felle zoeklampen met zijn koffers in de hand op me af komt lopen.

'Maar misschien ook niet,' zegt Garry, die tegelijkertijd met mij de koffers ziet.

'Het spijt me, jongen,' zegt Ben en hij schudt zijn hoofd. 'Ik ga. Ik neem de boot en vertrek. Bedankt dat je me een kans hebt gegeven.' Hij schudt me de hand. 'Maar dit is niets voor mij. Ik hou het hier geen week langer uit, laat staan twee hele jaren. Dan word ik gillend gek, en ga straks nog naar het vasteland zwemmen. Het is net Alcatraz, man, en je mag het hebben,' zegt hij, en hij zwaait nog een keer als hij over de loopplank loopt.

Eikel, denk ik, terwijl ik door het licht van de felle lampen naar hem tuur. Ik moet morgen verdomme weer op zoek naar een nieuwe souschef. Maar goed, volgende week komen hier een supermodel, een actrice die een Oscar heeft gewonnen, een Griekse scheepvaartmagnaat en de beste tennisspeler ter wereld. En in mijn koelkast staat een lekkere, gekoelde fles Dom. Ik kan slechtere manieren vinden om de zoveelste rotweek in het paradijs te beginnen.

Dankwoord

Veel dank aan Anonymus voor zijn humor, generositeit, vertrouwen en geduld; de geweldige Eugenie Furniss, de knappe Doug Young, de fantastische Laura Sherlock, de innemende Larry Finlay en iedereen bij Transworld omdat ze zo fantastisch zijn.

Over de auteurs

Imogen Edwards-Jones is medeauteur van de non-fictiebestsellers van *The Sunday Times: Hotel Babylon, Air Babylon* en *Fashion Babylon*, en de auteur van de romans *My Canapé Hell, Shagpile, The Wendy House* en *Tuscany for Beginners.*
Anonymus is de manager van een exclusief vijfsterrenresort op een eiland.

Lees ook van A.W. Bruna Uitgevers B.V.

Imogen Edwards-Jones & Anonymus

Fashion Babylon

Wat is mode? Wat is in de mode? Wie beslist wat 'in' is? Waarom dragen we het ene jaar groen en het volgende jaar blauw? Waarom kost dat ene zwarte jurkje drieduizend euro en het andere dertig? Wordt er echt zoveel drugs gebruikt en champagne gedronken? Wat maakt een supermodel super? En hoe wordt een ontwerper *too hot to touch*? Wie verdient wat? Wie bezit wie? Wie haat wie? Wie heeft de macht in de modewereld?

Fashion Babylon laat zien wat er zich achter de schermen van de modewereld afspeelt. Je volgt zes maanden uit het leven van een succesvolle ontwerper: van de dag na de show op *London Fashion Week* tot de presentatie van de nieuwe collectie. Je ziet hoe een nieuwe collectie tot stand komt. Wat zijn inspiratiebronnen? Wanneer komt een ontwerp in de show? Hoe komt het van de catwalk in de winkel en op de covers van tijdschriften?
Eindelijk een boek dat de waarheid onthult over een van de meest internationale, winstgevende en gesloten industrieën ter wereld. Na het lezen van dit boek zul je nooit meer op dezelfde manier een boetiek binnengaan of een modeblad lezen.

ISBN 978 90 229 9284 5

Lees ook van A.W. Bruna Uitgevers B.V.

Imogen Edwards-Jones & Anonymus

Air Babylon

Chagrijnige stewards die een laxeermiddel in je drankje doen? Gehandicapte passagiers die op wonderbaarlijke wijze weer kunnen lopen? Welke kleren draag je om een upgrade te krijgen? Wat is de beste plaats om seks te hebben in een vliegtuig? Het aantal onderbroeken en gebitten dat wordt achtergelaten in het vliegtuig? Wat doe je met het lichaam van iemand die overlijdt tijdens de vlucht? Wat gebeurt er met je bagage als je incheckt? En is dat veilig? Ben jij veilig?

Geen idee? *Air Babylon* vertelt je alles en nog veel meer. Je volgt een dag lang het grondpersoneel, de piloten, de stewards en stewardessen wiens taak het is om ons een veilige en comfortabele vlucht te bezorgen. Na je vlucht met *Air Babylon* zul je nooit meer op dezelfde manier een vliegveld of vliegtuig betreden.

ISBN 978 90 229 9170 1

Lees ook van A.W. Bruna Uitgevers B.V.

Imogen Edwards-Jones & Anonymus

Hotel Babylon

Mensen veranderen als ze een hotel binnenkomen. Al hun normen en waarden lijken ze te laten varen en ze doen alles wat God verboden heeft. En dat wordt alleen maar erger als het gaat om een van de duurste en meest luxe hotels van Londen. Hotelgasten stelen niet alleen de zeepjes en handdoeken, maar gaan er vandoor met de tv, de antieke toiletbril en de koelkast. Arabische sjeiks slachten een schaap op hun kamer. Prostituees lopen af en aan. En dan zijn er ook nog alle beroemdheden met hun eigenzinnige gedrag en bizarre eisen.

Maar ook het personeel houdt er een twijfelachtige moraal op na: kamermeisjes vechten om fooien, leveranciers hebben een dubbele boekhouding en de conciërge laat zich omkopen. Alles kan gebeuren in Hotel Babylon, en meestal gebeurt het ook…

Hotel Babylon vertelt het verhaal van 24 uur in een van Londens duurste en meest luxe hotels. Door de ogen van de receptionist, die door ziekte van een collega een dubbele dienst moet draaien, krijg je een onthullende en schokkende blik in de wereld van de ultieme dienstverlening. Geld opent hier alle deuren. Het verzekert je niet alleen van de beste kamer en service, maar geeft je ook een vrijbrief voor decadent en losbandig gedrag.

ISBN 978 90 229 8918 0